# 에르메스
# 수첩의 비밀

도라 마르가
살았던
세계

# 에르메스
# 수첩의 비밀

브리지트 벤케문 지음

윤진 옮김

복복서가

잃어버리는 행운과 찾아내는 행운을 누린

티에리를 위하여


잃었지만 영원히 잊지 못할

내 부모를 위하여

나는 우선 찾아내고, 그다음에 찾아나간다.

—피카소

남들 눈에 어떻게 보이든 내 운명은 멋지다.
한때는 어떻게 보이든
내 운명이 몹시 가혹하다고 말했는데.

—앙리에트 테오도라 마르코비치

# 차례

# 머리말
# 습득물

그 물건은 에어캡 종이에 잘 포장되어 우편으로 도착했다.

상표가 같고, 크기가 같고, 가죽의 윤기도 같다. 다만 더 빨갛고 부드러운, 좀더 오래된 광택이 나는 가죽이다.

그가 좋아할 것 같다. 어쩌면 원래 쓰던 것보다 더 좋아할지 모른다.

잃어버린 에르메스 다이어리는 이것보다 최근에 나온 제품이었지만 워낙 이 주머니 저 주머니 옮겨다닌 탓에 나이를 알아볼 수 없는 상태였다. T. D.*라는 이니셜이 새겨진 다이어리는 그가 늘 사용하고 항상 들고 다니고 애착하는, 말하자면 일종의 부적이

---

* 저자 브리지트 벤케문의 남편 티에리 드메지에르를 말한다.

었다.

그가 무언가를 잃어버릴 때면 항상 나도 같이 찾는다. 여권, 열쇠, 휴대전화—모두 금방 찾았다. 그런데 이번에는 어디에도 보이지 않았다. 며칠 후 T. D.는 체념하고 같은 다이어리를 사기로 했다.

"아쉽게도 그 제품은 이젠 안 나옵니다." 점원이 대답했다. 희미한 유감의 뜻이 담긴, 공손하면서도 단호한 답변이었다. 다른 사람 같으면 그레인 가죽*이나 줄무늬 악어가죽에 만족했을지 모른다. 하지만 T. D.는 포기하지 않았다. 마침내 이베이의 '빈티지 가죽 소품' 항목에서 마음에 드는 것을 찾아냈다. 70유로. 그리고 며칠 뒤 물건이 배송되었다.

강박은 전염병이다. T. D.가 없는 사이에 나는 새 물건이 잃어버린 물건과 정말 같은지 확인하고 싶었다. 가죽의 재봉 상태부터 꼼꼼히 살핀 뒤 펼쳐보았다.

다이어리의 전 주인이 해마다 갈아 끼워가며 약속과 초대와 비밀 들을 적어두었을 속지는 판매자가 제거한 뒤였다. 그런데 속주머니에 작은 전화번호 수첩이 여전히 끼워져 있었다. 나는 본능적으로 수첩을 넘기기 시작했다. 별생각 없이 세 장을 넘겼을 때, 아는 이름이 나왔다. 콕토! 그렇다. '콕토: 몽팡시에가街 36번지'!

---

* 털이 난 쪽을 겉으로 가공 처리한 가죽.

에르메스 수첩의 비밀

전율이 일었다. 이어 '샤갈: 도팽 광장 22번지.' 숨이 멎는 것 같았다. 내 손가락이 미친듯이 수첩을 넘겼다. 자코메티, 라캉…… 줄줄이 이어졌다. 아라공, 브르통, 브라사이, 브라크, 발튀스, 엘뤼아르, 레오노르 피니, 레리스, 퐁주, 풀랑크, 시냐크, 스탈, 사로트, 차라…… 스무 장짜리 수첩 안에 제2차세계대전 직후의 위대한 예술가들 이름이 알파벳순으로 나열되어 있었다. 믿기지 않아서 다시 읽어보았다. 그러니까 이 수첩의 전 주인은 초현실주의와 현대예술의 한가운데에 있던 인물이다. 나는 어리둥절한 상태로 그 스무 장을 읽어나갔다. 수첩이 사라질까봐, 꿈일까봐 숨도 제대로 쉬지 못한 채 스무 장을 넘겼다. 맨 뒤에 이 보물의 시대를 가늠할 수 있게 해주는 달력이 있었다. 1952년. 미지의 인물이 이 다이어리를 1951년에 샀다는 뜻이다. 나는 다짐했다. 앞으로는 T. D.가 물건을 잃어버려도 절대 잔소리하지 않으리라.

이 수첩에 밤색 잉크로 이 이름들을 적어놓은 인물은 과연 누구일까? 도대체 어떤 인물이기에 20세기를 빛낸 이 천재들과 어울려 지냈을까? 수첩의 주인 역시 그런 천재들 중 한 명일 터다.

솔직히 말하면, 아무 이름도 떠오르지 않았다. 내가 이 수첩을 고른 게 아니라 수첩이 불쑥 나타났으니까…… 그렇다, 수첩이 불쑥 나타났다.

나는 덫에 걸렸다. 실종자의 냄새를 맡는 경찰견이 된 양, 이 이름들의 부름에 저항하지 못한다. 찾아야…… 찾아야 해……

수첩 속 글씨 뒤에 숨은 사람이 누구인지 알기도 전에 나는 이미 끌려들어갔다. 당사자의 삶보다 먼저 그 친구들에게 매혹되었고, 이제 유령을 좇기 시작한다. 내가 찾는 유령이 누구인지 아직 모르지만, 이 수첩이 열쇠 구멍이다. 나는 이 작은 구멍을 통해 그 너머에 묻혀 있을, 어느 세계와도 다른 한 세계를 들여다보기 시작한다.

에르메스 수첩의 비밀

# 미셸 S.

Michèle S.
Hameau de la Chapelle
Cazillac

우체국 소인대로라면 소포는 브리브라가야르드*에서 왔다. 안에 적혀 있는 주소들은 거의 다 파리인데 정작 수첩이 브리브라가야르드에서 왔다니 이상하다.

이베이의 소개 문구에 판매자는 카지야크의 골동품상이라고 나와 있다. 카지야크는 브리브에서 30킬로미터 정도 떨어진 곳, 마르텔 고원**의 푸르른 계곡을 끼고 펼쳐진 로***의 작고 아름다운 마을이다. 주민이라고 해봐야 500명이 채 안 되는 곳으로, 아는 사람이 많지는 않지만 그나마 로마네스크 양식의 성당과 12세

---

 * 프랑스 중남부 코레즈의 주도(州都).
 ** 프랑스 중부 산악 지역인 마시프상트랄에 속한 석회질 고원지대.
 *** 코레즈의 남쪽에 위치한 지역이다.

기의 탑, 옛 빨래터, 오래된 빵 화덕, 북극과 적도의 중간 지점인 북위 45도를 표시하기 위해 세운 소바의 십자가 정도가 알려져 있다. 내 수첩은 바로 그곳에서 왔다! 지구상의 어느 외진 곳, 하지만 북반구의 정가운데에 위치한 곳에서.

제일 먼저 카지야크 출신의 초현실주의 예술가 한 사람을 찾아냈다. 샤를 브뢰유. 하지만 수첩의 이름 중에 브뢰유와 아는 사이였을 만한 사람은 없다. 브르통도 브라크도 발튀스도 아니다.

에디트 피아프가 마르텔 고원을 자주 찾기는 했다. 1950년대에 그녀는 카지야크에서 조금 떨어진 요양원에 몇 차례 머물렀다. 해가 지면 절벽 위에 세워진 허름한 성당에 가서 기도를 했다. 주임 신부에게 그녀가 살아 있는 동안에는 절대 아무에게도 말하지 않겠다는 다짐을 받아낸 뒤 창유리 보수를 위한 비용을 대기도 했다. 피아프의 수첩일까? 피아프는 콕토와 각별한 사이였고, 파리가 나치 치하에서 해방된 시기에 아라공을 만났으며, 브라사이가 그녀의 사진을 찍기도 했다.

하지만 카지야크의 골동품상에 보내놓은 문의에 금방 답장이 오면서 피아프와 카지야크에 대한 추론은 단번에 끝나버렸다. "몇 년 전 페리고르*의 사를라에서 있었던 경매에서 제가 구입한 에르메스 다이어리 두 개 중 하나입니다. 그 외에는 저도 아는 게

* 중세의 페리고르 공작령에 해당하는 지역으로, 현재의 도르도뉴와 거의 겹친다. 이어서 나오는 '사를라'와 '베르주라크'는 도르도뉴의 부도시들이다.

없습니다. 하지만 당시의 경매 담당자를 알고 있으니, 혹시 그 물건들을 경매에 내놓은 사람들에 대해 정보가 더 있는지 문의해보겠습니다. 아무것도 약속드릴 순 없지만, 어쨌든 결과를 알려드리겠습니다." 미셸 S.가 말했다.

그녀는 약속을 지켰다. 한 달 후에 다시 메일이 왔다. 물건을 내놓은 사람은 베르주라크에 사는 여자였고, 문제의 다이어리 두 개와 다른 물건들을 직접 경매 평가인에게 가져왔다고 했다. 미셸은 경매 행사가 있었던 정확한 날짜도 확인해주었다. 사를라에서, 2013년 5월 24일이었다.

미셸은 더 알고 싶으면 사를라의 경매 담당자에게 직접 문의해보라고 했다. 하지만 문제의 경매 담당자와 연락하는 일은 쉽지 않았다. 휴가중이거나 업무가 바빴고, 내가 우연히 전화번호 수첩을 손에 넣었다는 소설 같은 이야기에 전혀 감흥을 느끼지 않는 것 같았다. "그 물건을 내놓은 부부에 대해 저는 거의 아는 게 없습니다. 게다가 최근에 아주 먼 곳으로 이사를 갔어요. 그분들은 수첩 주인과 연락이 닿지 않거나 수첩에 대해 별로 말하고 싶어하지 않는 것 같습니다."

내가 보기에는 그 역시 "수첩에 대해 별로 말하고 싶어하지 않는" 것 같았다. 짧은 메일 뒤에 몇 차례 통화할 때마다, 그는 서둘러 전화를 끊으면서 어떻게든 내가 수첩의 옛 주인에게 다가갈 수 있는 길을 막으려고 애썼다.

나는 그의 환심을 얻기 위해 내 아버지도 경매장을 운영한 적이 있다는 얘기까지 했다. 거짓말이 아니다! 어릴 때 나는 아버지의 경매장에서 온종일 포마이카 가구들과 프로방스풍 옷장들 사이를 오가면서 녹슨 철제 상자와 삐걱대는 서랍들을 열어보며 놀았다. 오래된 앨범들과 열쇠들, 뒤죽박죽 놓인 회중시계들 틈에서, 혹은 아직 풀 기운이 안 빠져 뻣뻣한 시트 더미 아래에서 언젠가 보물을 발견할지 모른다고 기대했다. 매캐한 먼지 냄새, 벌레 먹은 목재에서 나오던 노란 톱밥 가루가 아직도 기억난다. 그때 '상속권자 부재' 얘기도 들었다. 가족 없이 죽은 사람들의 가구가 어느 토요일 아침 사방으로 흩어지게 된다는 사실을 알고 그 운명에 가슴이 아팠더랬다. 1프랑짜리, 이것저것 묶어서 5프랑짜리 경매도 있었다. 아버지가 망치를 두드리며 "낙찰!"이라고 외치는 모습은 흡사 놀이의 일부 같았다. 낙찰받은 사람들이 기뻐서 어쩔 줄 몰라하던 모습도 기억난다. 아버지의 친구 하나는 그곳을 '가난한 사람의 카지노'라고 불렀다.

나는 사를라의 경매 담당자에게 다시 한번 부탁했다. 그의 직업에 대해 잘 알고 있다고, 직업윤리에 대해서도 이해한다고 강조했다. 아양을 떨며 비위를 맞추려 애썼다. 하지만 그는 완강했다. 수첩의 옛 주인이 이사한 새 주소를 알려주지 않았고, 심지어 그들이 수첩과 함께 가져온 다른 물건이 어떤 것이었는지에 대해서도 입을 다물었다. 그저 자기가 편지를 한번 보내보겠다고, 하지만 아마 답장을 받기는 힘들 거라고만 했다. 그러면서 이제부터는 내 메일에 답장하지 않겠다고 했다.

"좀 까다로운 문제이고, 전 그 사람들에게 답변을 요구할 법적 권리가 없습니다. 계속했다가는 항의를 받을 수도 있어요."

법률적으로 볼 때 옳은 말이다. 나도 잘 안다. 아버지도 똑같이 말했다. "판매자의 이름은 절대 알려줄 수 없지." 그게 우리가 마지막으로 진지하게 나눈 대화 중 하나였다. 아버지는 단호하게 말했지만, 그러면서도 어차피 전화번호 수첩일 뿐인데 뭘 그렇게까지 숨기는지 놀랍기는 하다고, 당신이라면 그렇게까지 까다롭게 굴지는 않을 거라고 했다. "피카소 정도 되는 인물의 수첩이라면 모를까, 안 그러냐?" 나는 문득 그럴지도 모른다는 생각이 들었다. 확인해보았지만 아쉽게도 피카소의 필체는 수첩의 필체와 전혀 달랐다.

아버지의 지적을 듣고 보니 나도 좀 이상하다는 생각이 들어 사를라의 경매 책임자가 보내온 마지막 메일을 다시 읽어보았다. 왜 그 부부에 대해 거의 아는 게 없다고 했을까? 그들이 "최근에 아주 먼 곳으로" 이사갔다는 것까지 알면서? 게다가 그들이 "수첩 주인과 연락이 닿지 않거나 수첩에 대해 별로 말하고 싶어하지 않는 것 같다"고 한 걸 보면 내 메일에 답장을 쓰기 전에 그들과 연락한 게 분명하지 않은가. 왜 감추는 걸까? 그는 내가 가진 수첩에 대해 아무런 질문도 하지 않았다. 오히려 내 질문 때문에 거북해하는 느낌이었다.

아마도 그는 나처럼 고집 센 여자가 하늘에서 뚝 떨어진 이런 수수께끼에 얼마나 악착같이 매달릴지 미처 짐작하지 못했을 것이다. 그는 수첩이 나의 보물이 되었다는 것도 모른다. 사를라 경매장의 문은 닫혔지만, 내 수첩은 여전히 상상할 수 있는 가장 매혹적인 세계를 향해 열려 있다.

누군가 베르주라크에서 이 와인색 가죽 다이어리를, 안에 든 내용물을 미처 다 비우지 못한 채 내놓은 경위가, 그럴 수밖에 없었던 이유가 있을 터였다. 지도를 펴고 베르주라크의 위치를 찾아보면 뭔가 떠오를 것 같았다. 도르도뉴의 부도시,* '자색 페리고르'** 의 한가운데. 보르도, 브리브라가야르드, 카오르, 앙굴렘에서 100킬로미터 거리다. 하지만 생제르맹데프레***에서는 600킬로미터 넘게 떨어져 있다. 베르주라크에서 태어나거나 사망한 사람 중에 파리의 명사들을 알고 지낸 인물이 누가 있을까?

* 프랑스의 행정구역에서 각 도는 도청 소재지에 해당하는 주도 한 곳과 부도시들을 갖는다. 도르도뉴의 주도는 페리괴이고, 베르주라크, 사를라, 농트롱이 부도시이다.
** 페리고르 지방은 관광산업 활성화의 일환으로 네 구역으로 나뉘었다. 페리괴를 중심으로 하는 '백색 페리고르', 사를라를 중심으로 하는 '흑색 페리고르', 베르주라크를 중심으로 하는 '자색 페리고르', 농트롱을 중심으로 하는 '녹색 페리고르'다.
*** 파리 좌안의 중심 구역으로, 이 책에 등장하는 예술가들이 많이 모여 살던 곳이다.

에르메스 수첩의 비밀

위키피디아의 베르주라크 항목 중 '지역 관련 인물' 명단에서 수첩에 적힌 1950년대의 천재들과 교류했을 만한 사람을 몇 명 찾아냈다.

—'곡예에 가까운 포즈로 유명한 미국인 고전무용가' 데샤 델테유

—배우 엘렌 뒤크

—영화감독이자 시나리오작가인 장 바스티아

—배우이자 연출가로 뮤직홀을 운영한 장마리 리비에르

—가수 쥘리에트 그레코

이중 누구도 수첩의 이름들과 이어지지 않는다. 심지어 쥘리에트 그레코도 그렇다. 그레코의 1951년 수첩이라면 오히려 사르트르, 비앙, 코스마 같은 이름이 나와야 한다. 내가 가진 수첩 속 이름들은 그레코와 관련이 없다.

하지만 난 찾아낼 것이다. 끝까지 갈 것이다. 이 수첩의 주인이 누구였는지 알아내고 말리라.

# 아실 드 메네르브

Achille de Ménerbes

22 rue Petite Fusterie

Avignon

베르주라크는 잊어버리자! 수첩을 판 사람들, 경매에 관련된 사람들, 모두 무시하자! 어차피 증거물이 내 손에 있다. 나는 수첩을 직접 심문해보기로 한다. 한 줄씩 한 장씩 해독해내고, 미지의 천재가 알고 지내던 사람들 가운데 내가 아는 이름들의 목록을 만들고, 나머지 이름들은 인터넷에서 찾아보기로 한다.

우선 A와 B 항목. 첫 이름은 검은 잉크가 튀어서 알아볼 수 없다. 둘째는 안드라드 같고, 그다음은 아얄라다. 넷째 줄에서 아는 이름이 나온다. 아라공! 그리고 아실 드 메네르브, 베르니에, 바글륌…… 알 수 없는 이름들이다. 이어서 '그 혹은 그녀'가 주소까지 알아야 할 만큼 친했던 친구들이 등장한다. '브르통, 퐁텐가 44번지', '브라사이, 생자크가 81번지', '발튀스, 샤시성城, 블리

슴, 니에브르.'*

C 항목. 콕토가 제일 먼저 나온다. '콕토, 몽팡시에가 36번지, RIC 5572',** '28일, 밀리'***라고도 적혀 있다. 하지만 앞쪽에 적혀 있다고 해서 가까운 사이라고 말할 수는 없다. 당시 시인 콕토는 워낙 유명한 사교계 인물이었으니 파리에서 내로라하는 사람은 모두 그의 전화번호를 알았을 것이다. 콕토 다음으로 화가들이 이어진다. '쿠토, 플랑트가 26번지', '샤갈, 도핀 광장 22번지'……

내 눈은 파파라치가 된다. 유명하지 않은 이름은 일단 건너뛰고 VIP들에 초점을 맞추기로 한다. 엘뤼아르, 자코메티, 레오노르 피니, 노아유, 퐁주, 풀랑크, 니콜라 드 스탈…… 그런데 내가 모르는 다른 이름들도 인터넷에서 쉽게 검색이 된다. 소설가이자 초현실주의의 뮤즈였던 리즈 드아름, 피카소와 각별한 사이였던 화가 루이스 페르난데스, 예술품 수집가이자 예술사학자 더글러스 쿠퍼, 영국의 초현실주의 예술가 펜로즈, 우루과이의 시인 수사나 소카……

이름들을 추려나가다보니 점점 제2차세계대전 직후의 명사 명부, 엄선된 내빈 명단, 어느 저명한 예술가의 전기에 수록된 인명

---

* 부르고뉴프랑슈콩테에 위치한 지역. 발튀스는 1953년부터 1961년까지 이곳에 있는 중세의 성에 머물렀다.
** 당시의 전화번호는 지역을 나타내는 문자와 숫자가 더해진 형태였다.
*** 콕토는 1940년부터 파리의 몽팡시에가에 살았고, 1947년에는 파리 남쪽 교외 지역 밀리라포레에 작은 성을 마련했다.

색인을 닮아간다. 마치 암실의 불그스레한 빛 아래 현상액에 담긴 인화지 위로 단체사진 속 인물들이 한 명씩 모습을 드러내는 것 같다.

여전히 정체를 알 수 없지만, 인맥을 통해 수첩 주인의 윤곽이 서서히 그려진다. '그 혹은 그녀'는 당대의 가장 훌륭한 시인들과 교류한 사람이다. 전부는 아니라도 대부분이 초현실주의자다. 엘뤼아르, 아라공, 콕토, 퐁주, 앙드레 뒤부셰, 조르주 위네, 피에르 장 주브…… 화가들도 있다. 샤갈, 발튀스, 브라크, 오스카르 도밍게스, 장 엘리옹, 발랑틴 위고…… 초현실주의자들이 많고, 갤러리 운영자들, 캔버스 제작자들도 있다. 이 수첩의 주인은 화가일 확률이 높다. 그리고 라캉의 전화번호가 있는 걸 보면, 어쩌면 그에게서 정신분석 치료를 받았을 수도 있다.

괴로움에 시달리던, 우울증에 빠진, 신경질적인 혹은 침울한 예술가일까? 하지만 정착하지 못한 떠돌이나 저주받은 예술가는 아니다. 배관 설비업자와 대리석 가공업자, 의사, 수의사의 번호를 적어둔 것으로 보아 '그 혹은 그녀'는 이 땅에 발을 딛고 살던 사람이다. 그리고 미용사의 연락처도 있다. 분명 여자다!

요약해보자. 여자이고, 화가이고, 초현실주의와 긴밀히 엮여 있었고, 라캉에게 정신분석 치료를 받았을 수 있고, 무엇보다 당대의 유명인사들과 교류했다. 따져보면 그 시대의 천재들 가운데 수첩에 적히지 않은 이름은 네다섯뿐이다. 피카소, 마티스, 달리, 미로, 르네 샤르…… 하지만 여자여야 한다. 수첩에 모두의 이름을 적은, 자기 세계의 사진을 이 스무 장짜리 수첩으로 우리에게 건네준 여자를 찾아야 한다.

철자 오류나 이름을 틀리게 적은 경우도 가끔 보인다. Rochechouart(로슈슈아르)를 Rochechaure(로슈쇼르)로, Leiris(레리스)를 Leyris로 썼다. Alice Toklas(앨리스 토클라스)의 이름은 Toklace로 잘못 썼다. 외국인이었거나 난독증이 있었을 수 있다.

처음에는 정성 들여서 썼다. 각 장의 시작 부분에는 전부 같은 만년필로, 분명 전년도 수첩의 이름들을 그대로 옮겨 적은 듯하다. 글씨가 고르고, 조금 동글동글하다. 힘찬 필치시만 단정하다. 하지만 몇 줄 내려가면서 점점 흐트러지고 뒤죽박죽이 된다. 1951년에 새로 알게 된 사람들의 연락처를 나중에 급히 적어야 했기 때문이다. 테이블 한구석에 수첩을 얹어두고 한 손에는 수화기를 든 채 손으로 썼으리라. 아니면 괜히 짜증나고 지치고 마음이 바쁜 날이었을 수도 있다.

나는 헌책방에 가서 1952년 전화번호부를 구했다. 고색을 띤 주황색 클로스 장정에 찾아보기 쉽도록 책배 부분에 알파벳을 인쇄해놓은, 무게가 5킬로그램은 나갈 만큼 두꺼운 책이다. 나는 수첩에 적힌 이름과 주소 들을 이 전화번호부와 비교하기 시작한다.

'라캉, 의사. 릴가 30번지, LIT 3001.' 수첩에 적힌 자크 라캉의 전화번호와 같다. 하지만 '블롱댕, 그랑드 아르메 대로'의 경우 작가 블롱댕과 동명이인인 외과의사였다. 수첩에 의사 연락처가 최소 세 번 나온다. 더 놀라운 것은 필적감정사 트리야의 이름이다. 수첩의 주인이 이런 종류의 분석에 관심이 있었다는 뜻이다. 그리고 중요성이 떨어지는 것으로 미용실 번호와 생제르맹 대로의 모피상 번호가 있다. 내 머릿속에 자신을 가꾸기 좋아하는 예술가 여인이 그려지기 시작한다. 아마도 상당히 아름다운 여인이었으리라. '미코멕스, 리슐리외가, 수입-수출'을 보면 그림을 외국에 보내기도 한 것 같다. 나는 전화번호부와 수첩을 계속 오간다. 수첩과 구글 사이를, 구글과 위키피디아 사이를 오간다. 아주 작은 것만 찾아내도 대단한 승리를 거둔 듯 기쁘다.

물론 해독 불가능한, 혹은 알아낼 수 없는 이름들도 있다. 카미유, 카텔, 폴레트, 로렌, 마들렌…… 쓴 사람만 알아볼 수 있을, 굳이 성姓까지 적을 필요가 없을 정도로 친했을 사람들이다. 도라 브루데*를 찾아 나섰던 모디아노의 말이 떠오른다. "우리가 사람들에 대해 아는 게 주소가 전부일 때가 많다. 지도 위의 이 정확성은 그 인물의 삶에서 우리가 영원히 알 수 없는 것, 빈자리, 미지와 침묵의 덩어리와 대조를 이룬다."

* 파트리크 모디아노가 쓴 동명의 소설 속 인물로, 화자는 파리에서 실종된 도라 브루데라는 열다섯 살 소녀를 찾는 광고를 보고 관련 기록들을 뒤져가며 찾아 나선 과정을 이야기한다.

아실 드 메네르브 역시 누구인지 도무지 알 수가 없다. 주소는 '아비뇽 프티트퓌스트리가 22번지'이고, 전화번호는 '2258'이다. 하지만 일흔 해가 지난 지금, 그는 아예 존재한 적조차 없는 사람처럼 아무런 흔적이 없다. 그렇다면 그 이름에 매달릴 이유가 없다. 합리적으로라면 다음으로 넘어가는 게 옳다. 하지만 아실 드 메네르브는 손가락의 반창고처럼 계속 달라붙어 버렸다. 얼마나 다행이었는지! 한순간 확대경 아래서 글자들이 해체되기 시작한다. 그때까지는 너무 급히 읽었거나 집중을 덜 한 탓에 보이지 않았던 것이다. 수첩 주인이 써놓은 것은 Achille de(아실 드)가 아니라 Architecte(건축업자)였다! 그러니까 '아실 드 메네르브'는 '메네르브의 건축업자'였다. 수첩의 주인은 뤼베롱*의 메네르브라는 마을에 집을 가지고 있었고, 집을 수리하느라 아비뇽에서 건축업자를 구해야 했던 것이다.

컴퓨터 자판을 두드리는 손이 마구 떨린다. 위키피디아를 확인하니 1950년대에 메네르브에 머문 화가는 두 명뿐이다. 수첩에 이미 적혀 있는 니콜라 드 스탈은 제외한다.

또다른 이름의 주인은 여자이고…… 화가이고…… 사진작가이고…… 초현실주의 예술가들의 뮤즈였고…… 엘뤼아르와 발튀스와 절친한 사이였고…… 라캉에게 정신분석을 받았다. 분명

---

* 프로방스알프코트다쥐르 지방의 산악지대로, 메네르브는 뤼베롱 서쪽에 위치한다.

하다! 모든 게 들어맞는다. 딱 맞는다. P 항목에 피카소가 빠져 있는 이유까지 설명된다. 1951년은 그녀가 피카소와 헤어진 지 육년째 되던 해다. 피카소를 마음에서 지우지 못한 그녀는 대신 그의 주소와 전화번호를 지웠다. '피카소 정도 되는 인물'까지는 아닐지라도, 나는 도라 마르의 수첩을 손에 넣은 것이다!

내가 고함을 내지른 것 같다. 막 골을 넣은 축구선수처럼 주먹을 꽉 쥐고 난데없이 "좋았어!"라고 외쳤다. 곧바로 T. D.에게 전화를 걸었다. 받지 않는다. 누구라도 붙잡고 외치고 싶었다. "찾아냈어!"

"나는 우선 찾아내고, 그다음에 찾아나간다." 피카소가 한 말이다. 나도 그렇게 할 것이다. 이제부터 사연을 찾아나가자.

에르메스 수첩의 비밀

# 테오도라 마르코비치

Theodora Markovitch

6 rue de Savoie

Paris

 도라 마르. 내가 도라 마르에 대해 아는 건 그녀가 찍은 피카소의 사진들 정도다. 상반신을 드러낸 피카소, 줄무늬 수영복을 입은 피카소, 혹은 〈게르니카〉를 그리는 피카소…… 그 외에는 피카소가 그녀를 모델로 그린 그림들, 때로는 고통으로 일그러지고 황폐해진 '우는 여인'의 모습뿐이다.

 구글 만세. 나는 검색하고 클릭한다. 읽는다기보다는 집어삼킨다. '도라 마르. 프랑스의 사진작가이자 화가, 피카소의 연인.' '도라 마르, 본명은 앙리에트 테오도라 마르코비치, 1907년 11월 22일 파리에서 출생.' '크로아티아 출신 건축가였던 아버지와 프랑스 투르 출신 어머니 사이의 외동딸.' '유년기를 아르헨티나에서 보낸 뒤에 프랑스로 돌아왔다.' '앙드레 브르통을 비롯한 초현실주의자들과 가까웠다.' '조르주 바타유의 연인.' 여러 날짜, 도시, 이름들. '도라 마르, 20세기를 빛낸 인물.' '심오한 독창성을 지닌 스타일.' 피카소 얘기도 빠짐없이 등장한다. '피카소가 도라보다 더 열정적으로 사랑한 여자는 있지만, 도라 마르만큼 피카소에게 영향을 끼친 여자는 없다.' '피카소가 도라 마르에게 사진을 그만두도록 종용했다.' '피카소는 도라 마르를 버리고 어린 프랑수아즈 질로에게 갔다.' 그리고 삶의 편린, 고통의 파편이 있다. 정신병원 입원, 전기충격 치료, 정신분석, 하느님, 고독……

수첩의 주인 도라 마르는 1936년부터 1945년까지 약 십 년 동안 피카소의 연인이었다. 그녀는 피카소를 만나기 전에 이미 이름이 알려진 사진작가였다. 피카소와 함께한 뒤에는 화가가 되었고, 광기를 겪었고, 신비주의 신앙에 빠졌고, 결국은 칩거하는 은둔자가 되었다.

도라에게 붙은 수식어들을 모아보자. 아름다운, 지적인, 사교성 없는, 의지력 강한, 화산 같은, 화가 많은, 오만한, 타협할 줄 모르는, 잘난 척하는, 의연한, 교양 있는, 권위적인, 겉멋 든, 허영심 강한, 신비스러운, 미친…… 이 많은 말들로 하나의 초상화를 그릴 수 있을까?

도라 마르에 관한 기사는 대부분 1997년 그녀의 사망과 관련된 것이고, 그 외에는 유산 상속을 위한 경매가 열렸을 때의 기사들이다. 도라 마르가 사망한 뒤 남겨진 2억 1300만 유로의 유산은 국가와 감정사, 족보학자, 그리고 단 한 번도 고인을 만난 적 없이 상속인이 된 프랑스와 크로아티아의 먼 친척 두 명이 나누어 가졌다.

기사들 중에는 이런 문장도 있다. "도라 마르는 파블로 피카소의 연인이었고, 그 역할이 그녀의 작품 대부분을 지워버렸다." 인터넷에서 복사−붙여넣기를 워낙 많이 반복한 탓에 처음에 누가 한 말인지도 확실하지 않다. 어쨌든 후세는 잔인하게도 도라 마르라는 예술가를 오로지 거인 피카소의 연인으로만 기억했고, 도라가 남긴 작품들은 피카소의 그림자 아래 묻혀버렸다. 지금 도라 마르의 작품을 아는 사람이 있을까? 도라 마르가 초현실주의 예술가들 사이에서 인정받은 몇 안 되는 여성 사진작가였다는 사실은? 육십 년 동안 그림을 그린 화가였다는 사실은?

도라 마르의 사진작품 가운데 가장 널리 알려진 것은 피카소를 찍은 사진들이다. 하지만 그전의 사진들이 훨씬 놀랍다. 몽환적인 경험과 초현실주의적 콜라주가 있고, 사회문제를 다룬 사진들도 있다. 피카소를 만나기 전, 그러니까 서른 살이 채 안 되었을 때 도라 마르는 이미 브라사이와 카르티에 브레송보다 유명한 사진작가였다. 지금도 도라 마르의 사진이 경매에 나오면 수집가들과 대형 미술관들이 앞다투어 달려든다. 하지만 정작 그녀가 자신의 사진보다 중요하게 생각했던 그림들은 그런 대우를 받지 못한다.

이미 도라 마르의 운명에 관심을 갖고 글을 쓴 사람들이 있다.

훌륭한 몇 권의 전기와 자유로운 영감을 통해 그녀의 삶을 소설로 그린 책들이 나와 있고, 예술서들도 있다. 하나같이 도라 마르의 운명에 끌린, 카미유 클로델*이나 아델 위고**처럼 삶에 열정적으로 자신을 바치고 뛰어든 비극적 여주인공의 신비에 매혹된 여성들이 쓴 책이다. 이제 나 역시 그 일원으로서 달려든다.

도라 마르는 1951년 1월에 이 수첩을 쓰기 시작했다. 파리에 차가운 북풍이 불어오는 시기다. 새해맞이를 축하하려는듯 이미 눈도 내렸다. 사부아가의 아파트는 무척 추웠으리라, 도라가 석탄을 아끼려 했으니 더욱더 그랬을 것이다. 도라는 마호가니 책상 위 가죽 필기대 앞에서 피카소가 선물한 만년필을 꺼낸다. 아파트 안은 여섯 해 전 피카소가 떠났을 때 그대로다. 여전히 도라는 피카소와 사랑을 나눴던 제정양식의 침대에서 자고, 피카소가 준 선물들 틈에서, 그가 그리고 조각한 작품들 사이에서 산다. 서랍에는 피카소가 만든 자질구레한 물건들이 가득 쌓여 있다. 벽도 새로 칠하지 않았다. 피카소가 벽이 갈라져 틈이 생긴 자리에 장난삼아 그려놓은 곤충들을 지운다면 신성모독이 되리라.

나는 도라가 이 작은 수첩을 한 장 한 장 채워나가는 모습을 상

---

* 프랑스의 조각가로, 연인이던 오귀스트 로댕의 그늘에 가려 작품세계가 빛을 보지 못했다.

** 빅토르 위고의 딸. 거절당한 사랑으로 괴로워하다가 정신병원에서 사망했다. 그녀가 남긴 일기를 바탕으로 프랑수아 트뤼포가 영화 〈아델 H.의 이야기〉(1970)를 만들었다.

　　　　　　　　　　　에르메스 수첩의 비밀

상한다. A로 시작하는 이름들부터 쓰고, 이어 B로 넘어간다. 이름의 둘째 철자부터는 알파벳 순서를 따지지 않는다. 그렇게 새 수첩에 이름들을 옮겨 적으며 도라는 분류작업을 한다. 옛친구들 중 그녀를 버린 이들은 더이상 수첩에 남아 있을 자격이 없다. 하지만 도라는 망설인다. 이름을 없앤다 한들 무슨 의미가 있겠는가. 사진이나 기념품을 버리지 않고 간직하듯, 그냥 옮겨 적기로 한다. 이미 세상을 떠난 사람들의 이름을 없애기가 제일 어렵다. 오래된 전화번호부 속 유령이 될 이름들. 도라는 그 이름들을 버리면서 한번 더 그들을 땅에 묻는다.

이 수첩은 1951년에 도라 마르가 살았던 세계를 담아낸 사진이다. 오래전부터 층을 이루며 쌓여온 친구와 지인 들이 대부분이고, 일부는 새로 알게 된 사람들이다. 하지만 이들 중에 누가 정말로 중요한 인물일까? 누가 도라에게 전화를 걸어줄까? 도라는 누구에게 전화를 걸까? 오늘날 누군가 우리의 스마트폰에 담긴 연락처를 살펴보면 우리가 누구와 특별한 사이인지 알 수 있을 것이다. 통화내역을 확인하고, 주고받은 문자와 메일을 읽고, 메시지를 들어보고…… 우리의 삶 전부를 알게 되는 셈이다.

도라의 수첩은 무덤처럼 고요하다. 하지만 이 수첩을 핸드백에 넣고 꺼내던, 늘 매니큐어가 칠해져 있던 고운 손 이야기를 들려준다. 진정한 친구들의 이름도 말해준다. 이 수첩이 바로 도라의 대화와 고백과 웃음과 다툼과 눈물을 기억하는 유일한 증인이다.

테오도라 마르코비치

도라가 수첩을 옆에 덮어두고 유일한 동반자인 고양이와 함께 보내던 순간들 역시 그 안에 담겨 있다.

도라는 사부아가 아파트의 거실에서 그림을 그린다. 그리고 며칠 동안, 때로는 더 오래 집밖으로 나가지 않는다. "난 사막에 있어야 해요." 그녀는 한 친구에게 말한다. "그림을 그리는 동안 신비의 아우라가 나를 둘러싸게 만들 거예요. 사람들이 내가 해놓은 것을 보고 싶게 해야죠. 모두 나를 피카소의 연인으로 기억할 뿐 화가로 받아들이질 않잖아요."[1] 도라는 스스로를 다시 만들어내야 함을, 사람들의 뇌리에서 '우는 여인'을 지워야 함을, 새로운 이야기를 써내야 함을 알고 있다.

자기 자신이나 자기 그림을 더이상 참을 수 없을 때도 도라는 그 거실에 갇혀 지낸다. 고립을 견딜 수 없을 때도, 남과 함께 있는 것을 견딜 수 없을 때도. 얼굴이 초췌하고 눈이 붓고 전처럼 아름답지 못할 때도 도라는 사부아가의 거실 밖으로 나가지 않는다.

도라는 수첩을 넘겨보기만 할 뿐 전화를 걸지는 못한다. 수첩 속에 적힌 사람들을 알고 있다는 사실만으로 위안을 얻는다. 그 이름들을 보면서 모두가 친구라는 환상에 젖는다. 그러고 나면 간신히 힘을 내서 갤러리에, 미용실에, 혹은 매니큐어 숍에, 혹은 그냥 아는 사람에게 전화를 걸 수 있게 된다.

한때 피카소는 점심을 먹으러 그의 집과 도라의 집 중간에 위치한 스페인 식당 카탈랑에 갈 때마다 전화를 걸어 평생 버리지 못한 독특한 스페인 억양의 프랑스어로 말하곤 했다. "지금 출발하니까 내려와." 그러면 자존심 강하고 오만하기까지 한 도라 마르가 핸드백을 챙겨 들고 3층에서부터 계단을 달려 내려와 길모퉁이에서 피카소를 만났다. 도라가 먼저 와 있는 때가 많았다. 어쩌다 늦으면, 피카소는 기다리지 않고 먼저 가서 식탁에 자리 하나를 맡아두었다.

도라는 1951년에도 카탈랑을 출입한다. 하지만 이제는 특유의 억양으로 "내려와"라고 독촉하는 사람이 없다. 어차피 이제 그녀도 더는 받아들이지 않을 것이다. 하느님만이 예외다. 그렇다. "피카소 다음엔 하느님뿐이야." 도라 마르가 한 말이다.

나는 인터넷을 뒤지다가 도라 마르의 마지막 전시회를 기획한 사람을 찾아낸다. 마르셀 플레스. 그가 1990년에 전시회를 위해 도라를 만났을 때의 놀라운 일화가 『게임의 규칙』* 웹사이트에 올라와 있다.[2] 나는 그가 운영하는 갤러리 사이트에서 메일 주소를 알아낸다. 메일을 보내자마자 답장이 온다. "FIAC**으로 와요. 만납시다!"

다음날, 나는 도라의 수첩을 가죽 주머니에 넣는다. 지하철에서

---

* 베르나르앙리 레비가 주축이 되어 1990년에 창간한, 철학·문학·정치·예술을 다룬 잡지.

** Foire Internationale d'Art Contemporain, 해마다 파리에서 열리는 현대미술 국제 전시회.

는 내내 핸드백을 꽉 움켜쥐고 있다. 그리고 마치 음모를 실행하기 위해 비밀스러운 보물을 들고 온 사람처럼 태연하게 행동하려 애쓰면서 그랑 팔레*로 들어간다.

* 20세기 초 파리 만국박람회를 위해 세운 대형 전시장.

에르메스 수첩의 비밀

# 마르셀 플레스

Marcel Fleiss
6 rue Bonaparte
Paris

도라 마르의 수첩에 마르셀 플레스의 이름은 없다. 1951년에 그는 열일곱 살이었다. 파리 모피상의 아들인 그는 뉴욕의 재즈바들을 돌아다니며 제2차세계대전 직후의 위대한 뮤지션들을 사진에 담았다. 도라와 마찬가지로 마르셀 플레스 역시 사진으로 시작해서 회화로 넘어갔다. 친구인 사진작가 만 레이의 조언으로 1972년에 첫 갤러리를 열었고, 몇 년 만에 프랑스에서 초현실주의 작품을 가장 많이 거래하는 전문 미술상이 되었다. 이제는 심드렁해져서 오만하고 까다롭게 굴 만도 하지만, 그는 독학으로 미술을 배운 열정적인 수집가의 모습을 그대로 간직하고 있다. 신중하고, 친절하고, 눈웃음을 짓고, 말을 많이 하지 않는 사람이다. 오십 년 전부터 걸작품들을 취급해온 그는 지금 내가 가진 이 작은 수첩에 흥미를 느끼는 게 분명하다.

마르셀 플레스는 말없이 수첩을 넘기며 M항목까지 읽는다. "레오 말레가 없군요." 그는 안경을 고쳐 쓴 뒤 노랗게 변한 수첩을 집게손가락으로 짚어가며 다시 한 줄 한 줄 읽어나간다. 도중에 고개를 끄덕이기도 한다. "맞네요. 아라공, 브르통, 그래요…… 브라사이, 발튀스, 콕토, 뒤부셰, 엘뤼아르, 피니…… 전부 도라가 말했던 사람들입니다!" 그가 다시 레오 말레를 찾아본다. "레오 말레의 이름이 왜 없을까……" 그러다 마침내 말한다. "맞아요, 도라 마르의 수첩이에요." 그러면서 도라 마르에게서 받은 엽서를 복사한 종이를 꺼낸다. 세잔의 그림 〈수프 그릇이 있는 정물화〉 뒷면에 '맛있는 초콜릿 고마워요. 즐거운 새해를 맞이하길'이라는 짧은 글과 도라 마르의 이름이 적혀 있다. 수첩과 엽서의 글씨체를 비교하는 순간, 남아 있던 의혹이 말끔히 해소된다. "맞아요, 분명합니다. 도라 마르의 것이군요." 그는 아내와 아들에게, 그리고 옆을 지나가던 다른 수집가에게 수첩을 보여준다. "이분이 뭘 찾았는지 한번 보게!" 나는 그를 껴안아주고 싶다.

마르셀 플레스는 1990년에 우연히 도라 마르와 인연을 맺었다. 한 동업자로부터 도라 마르의 그림 열두어 점을 사게 된 것이다. 그런데 보나파르트가의 갤러리에 걸리기 전에 바닥에 놓여 있던 그 그림들이 파리에 다니러 온 어느 미국인 미술사학자의 눈에 띄었다. "신기한 일이로군요. 저 화가와 내일 만나기로 했는데, 가지고 계신 그림들에 대해 얘기해도 되겠습니까?" 그렇게 마르셀 플레스는 도라 마르가 아직 살아 있다는 사실을 알게 되었다. 피카소가 세상을 떠나고 십칠 년 뒤, 여든세 살의 도라 마르는 여전히 파리의 사부아가에 살고 있었다.

이튿날 마르셀 플레스는 도라의 전화를 받았다. 도라는 자기 그림들을 어떻게 구했는지 이해할 수 없다면서 오후 3시까지 자기 집으로 와달라고 했다. 플레스는 조금 일찍 도착했다. 그의 습관이다. 마르셀은 마르코비치라는 이름이 붙은 버튼을 눌렀지만 대답이 없었다. 오 분 뒤에도 마찬가지였다. 잠시 후 3시 정각에 다시 누르자 인터폰에서 날카롭고 메마른 목소리가 흘러나왔다. "이봐요, 젊은이. 3시라고 했으면 3시에 와야지." 드디어 도라 마르의 집이다! 그녀는 '우는 여인'보다는 '타티 다니엘'*을 닮았다. 그녀는 3층 층계참에 나와 기다리고 있었다. 손님을 집안에 들일 마음이 없다는 뜻이다. 게다가 플레스가 그림을 가져오지 않고 사진으로 찍어 왔다고 하자 전부 가짜 그림이라고 단언했다. 플레스는 내일 그림을 가지고 다시 오겠다고 말하고, 두 번째에는 실수 없이 정확한 시각에 벨을 눌렀다. 도라의 등뒤 반쯤 열린 문틈으로 보이는 아파트 안은 온통 뒤죽박죽이었다. "부랑자의 움막이나 다름없었어요. 몇 년 동안 살림을 안 하고 버려둔 집이랄까요.

---

* 1990년 제작된 코미디 영화 〈타티 다니엘〉의 주인공. 여든두 살 난 괴팍스러운 할머니이다.

개수대에 씻지 않은 식기가 가득하더군요."

그림 뒷면에 미처 떼지 않은 이전 전시회의 품목표가 붙어 있어서 도라는 그가 가져온 그림들이 진품임을 인정하지 않을 수 없었다. 하지만 갑자기 말을 바꾸어 당시 갤러리 주인이던 앙리에트 고메스가 돈을 떼어먹었다고 주장했다. 변호사를 구해보라고 하니 자기는 변호사를 싫어한다고 대답했다. 플레스가 이 그림들로 전시회를 열자고 제안하자, 도라는 전시회 카탈로그 문구를 자기가 미리 확인하는 조건으로 수락했다. "나에 대해 떠도는 멍청한 말들이 너무 많으니까."

전시회 개막일, 옛친구 몇 명이 너무 오랫동안 만나지 못한 도라를 다시 볼 수 있다는 희망을 품고 갤러리에 왔다. 미셀 레리스, 마르셀 장, 그리고 레오 말레. 하지만 끝내 도라 마르는 나타나지 않았다. 그녀는 며칠 뒤에야 혼자 몰래 와서 보고 갔다.

전시회가 끝난 뒤 마르셀 플레스는 몇 차례 도라 마르를 찾아갔다. 그녀가 침대 밑에 보관하고 있는, 사진작가로 잘나가던 시절에 찍은 작품들을 사기 위해서였다. 협상은 쉽지 않았다. 도라가 너무 비싼 값을 불렀기 때문이다. 도라는 자기 사진들이 "만 레이의 사진들에 뒤지지 않고, 그러나 같은 액수를 받아야겠다"고 주장했다. 마침내 협상이 이루어지지만, 도라는 곧바로 둘째 조건을 내걸었다. "당신이 유대인이 아니라고 내 앞에서 맹세해야 해요." 마르셀 플레스는 말문이 막혔다. "평생 처음으로 입을 다물고 거짓말을 했죠." 그가 고백했다.

마르셀 플레스는 그날 도라의 서가에서 히틀러의 자서전 『나의 투쟁』을 보았다. 다른 책들 사이에 꽂혀 있지도, 안 보이게 치워져 있지도 않았다. 그러니까 잊힌 채 아무렇게나 굴러다니는 책이 아니었다. 히틀러의 책은 마치 모두 볼 수 있도록 전시된 장식품처럼 선반에 놓여 있었다. 물론 도라의 삶에서 모두라 해봐야 그리 많은 사람은 아니다. 여든세 살의 도라가 문을 열어주는 사람은 아파트를 관리하는 스페인 여자, 같은 아파트에 사는 영국인 여자, 그리고 신부가 전부였다.

도라 마르는 어쩌다가 〈게르니카〉에서 『나의 투쟁』으로 넘어갔을까? 피카소를 사랑하고 엘뤼아르와 우정을 나누던, 반反파시즘 청원에 참여했던 도라가 왜 인간을 증오하는 야비한 무리로 향했을까? 고통과 쓰라림을 겪다보니 인간 혐오와 편협한 신앙이 뒤섞인 광기에 이르게 된 걸까? 슬픔에 눌려 이상한 사람이 되고 만 걸까?

도라 마르의 삶의 이 '사소한 세부 사항'에 대해, 전기들은 그녀가 크로아티아인 신부와 다시 가까워진 일에 주목한다. 그는 친親나치 성향을 지닌 까다로운 사제였다. 또 어떤 사람들은 편협한 신앙을 가지게 된 도라가 예수를 죽인 민족을 증오하게 되었다고도 한다. 혹은 순전히 지적 호기심에서 『붉은 소책자』*를 구해 읽듯이 『나의 투쟁』을 샀으리라 생각하는 사람들도 있다.

나의 직감으로는, 마르셀 플레스에 대해 이미 알고 있던 이 비열한 노파가 그에게 모욕을 주려 했던 것 같다. 사진을 팔면서 돈 이상의 다른 대가를 더 끌어내기 위해 마지막으로 시도한 저급한 도발이 아니었을까?

나는 비틀거린다. 『나의 투쟁』이 나의 열정을 죽여버렸다. 과연 내가 반유대주의를 신봉하고 편협한 신앙을 가졌던 여자의 발자취를 몇 달 동안 따라갈 수 있을까? 사랑할 수 없는 사람의 이야기를 글로 쓸 수 있을까? 나는 최소한 어째서 사람이 도라 마르처럼 변하게 되는지 이해하고 싶다. 무엇 때문에 엇나가게 되는지, 어쩌다 표류하고 마는지, 왜 그런 책을 사는지.

---

\* 원제는 『마오 주석 어록』으로, 마오쩌둥의 글과 강연 등으로 엮은 책이다. 작은 판형에 붉은색 표지로 출간되어 '붉은 소책자'라는 이름으로 불린다.

에르메스 수첩의 비밀

# 브르통

Breton

42 rue Fontaine

TRE 8833

나는 한 장 한 장 수첩을 넘기며 여정을 이어가기로 한다. 각각의 이름들에 똑같이 질문해볼 것이다. 수첩 속에서 무엇을 하고 있는가? 도라 마르의 삶에서 어떤 자리를 차지하는가? 편지로 만든 소설도 있으니, 알고 지낸 이들의 이야기로 전기를 만들지 못할 이유는 없다. 내 얘기를 들은 사람들은 도라 마르와 초현실주의자들이 흥미를 느낄 만한 방식이라고 했다. 우연히 손에 넣은 물건을 가지고 놀기, 실패의 실을 풀듯이 전화번호들을 하나씩 풀어나가기, 직감을 따라가기, 질문하기, 대답할 사람이 없으면 가정하고 상상하기.

이렇다 할 이유 없이 수첩에 적힌 이름들, 성이 없어서 확인할 수 없는 이름들도 있을 테고, 별다른 이야기가 담겨 있지 않은 이름들도 있을 것이다. 그래도 보존 자료, 전화번호부, 우편물, 사진들을 확인해볼 것이다. 아주 작은 단서라도 놓치지 않으리라. 잘 알려진 사람이든 드러난 적 없는 관계이든, 무조건 도라 마르의 인맥 속으로 들어가보리라 다짐한다. 때로는 논리적으로 때로는 논리와 상관없이 한 사람씩 확인해가며, 도라 마르의 세계라는 '카다브르 엑스키'*를 그려낼 것이다. "네가 누굴 만나는지 말해주면 네가 누구인지 말해주리라."

문제는 어디서 시작하느냐이다. 이미 목록화되어 있으니 알파벳 순서를 따라 A부터 시작해 Aragon, Architecte, Ayala…… 이런 식으로 가는 게 논리적이다. 초현실주의의 교리를 모두 익힌 마르셀 플레스 역시 위계나 시간적 순서에 구애받지 않을 수 있겠다며 이 방법을 조언했다. 하지만 자칫 사전처럼 따분한 작업이 될 위험이 있다.

그냥 운에 맡겨볼까? 눈을 감고 수첩을 넘기다가 아무 데나 손가락을 짚어 결정할까? 예를 들어, 그냥 무턱대고 엘뤼아르부터 시작할까?

하지만 어차피 수첩으로 하여금 말하게 하기로 했으니, 이제 내가 할 일은 귀기울여 들어주는 것이다. 수첩은 내게 뜻밖의 발견, 습득물, 행운, 우연의 일치…… 이런 말들을 속삭인다. 결국 나는

---

* 한 사람이 그림이나 문장의 일부를 만들면 다음 사람이 이어서 완성해가는 초현실주의 연상 기법.

'객관적 우연'* 이론의 대가인 브르통에서 시작하기로 한다.

브르통에 의하면, "어떤 물건이든 우연한 발견은 전적으로 꿈과 동일한 기능을 한다. 개인을 마비시키는 감정적 불안에서 벗어나게 해주고, 힘을 내게 해주며, 스스로 넘을 수 없으리라 믿는 장애물을 이미 뛰어넘었음을 깨닫게 해주기 때문이다."

브르통은 적어도 1933년부터 매해 도라 마르의 수첩 속에 등장했을 이름이다. 브르통은 1924년에 아라공, 수포와 함께 초현실주의를 창시하고 엘뤼아르, 데스노스와 함께 발전시켜온 초현실주의 운동의 지도자였다. 이 이름들이 당시에 어떤 의미였는지 생각해볼 필요가 있다. 그들은 예술 무대에서 가장 독창적이고 천재적인 아방가르드 예술가들이었다. 그들을 만나기 위해, 모임에 합류하기 위해, 기성 질서와 부르주아적 관습을 뒤흔드는 그들의 말을 듣기 위해 너도나도 블랑슈 광장의 카페로 모여들었다. 매일 누구든 원하면 와서 함께할 수 있었다. 브르통이 먼저 말하고, 다른 이들이 이어갔다. 모두들 화이트와인 혹은 망다랭 쿠라사오**에 취해 마치 어린 학생들처럼 마음대로 얘기했다. 물론 그러다가 말이나 생각이 잘못 나오면 서로 따귀를 때리고 드잡이를 하는 불

---

* 브르통이 『나자』에서 처음 주장한 개념으로, 우연히 발생하는 것처럼 보이는 사건들이 실제로는 필연성에 의해 이루어진다는 초현실주의 이론이다.
** 밀감으로 만든 식전주 '망다랭'에 카리브해의 퀴라소(쿠라사오)섬에서 자라는 밀감으로 만든 리큐어를 첨가해 만든 음료.

상사가 벌어지기도 했다.

브르통과 그의 친구들은 무의식, 꿈, 신비에 관심이 컸다. 그들은 자동기술*과 최면, 때로는 약물을 통해 현실에 다가가는 방법을 실험했다. 새로운 시적 표현을 창안했고, 삶과 세계를 바꾸겠다는 야망을 품었다. 랭보와 마르크스의 결합이다.

도라가 초현실주의자들의 모임에 나타나기 시작할 즈음, 그녀가 조르주 바타유의 연인이라는 소문이 돌았다. 안 그래도 난교 파티와 사도마조히즘적인 의식들에 환상을 품고 있던 초현실주의자들은 바타유와 함께 그런 의식을 벌이는 도라를 상상했고, 그로 인해 이른바 그녀의 매력 자본이 열 배쯤 더 커졌다. 하지만 도라와 바타유의 관계에 대해 제대로 아는 사람은 아무도 없었다.

오랫동안 사이가 나빴던 바타유와 브르통은 1930년대 중반 나치의 위협과 파시즘의 대두에 맞서기 위해 다시 힘을 합쳤다. 그들은 함께 '반격' 그룹을 창설했고, 도라는 그 모임에서 적극적으로 활동하는 몇 안 되는 여성 중 하나였다. 그 시절 수많은 남자들 틈에 뛰어든다는 게 얼마나 큰 용기와 배짱이 필요한 일이었을지 지금은 가늠하기 어렵다. 하지만 도라는 그 무엇도 두려워하지 않았다. 그녀는 명석하고 지적이고 교양 있고 열정적이고 급진적이고 전투적인 여자였다.

---

* 이성에 기반한 기존의 미학을 배제하고 무의식적인 이미지를 시나 그림에 그대로 기록하려 한 초현실주의 기법.

　　　　　　　　　　　　　에르메스 수첩의 비밀

이후 도라는 정치적으로, 또 성적으로 바타유와 멀어지고 초현실주의 그룹과 더 가까워지게 된다. 완전히 가담한 것은 아니지만 초현실주의자들의 예술적이고 정치적인 방식에 매혹되었고, 그 영향으로 도라 자신의 사진 세계도 변했다. 도라는 아름답고 반항적인 여인, 예술적이고 재능 있으며 영감을 주는, 조금은 히스테릭한 여인이라는 초현실주의자들의 이상적인 여인상에도 부합했다.

도라 마르는 갈색 머리, 갸름한 얼굴, 빛에 따라 변하는 밝은색 눈동자를 가졌고, 기다란 손 끝의 손톱에는 늘 매니큐어가 발려 있는 우아하고 세련되고 아름다운 여자였다. 그 시기 만 레이가 찍은 도라의 사진에 그녀의 선정적이면서도 당찬 모습이 잘 드러난다. 화가 마르셀 장의 회고에 따르면, "하루는 그녀가 익사 직전에 물에서 빠져나온 여자처럼 머리카락을 얼굴과 어깨 위로 흐트러뜨린 채 카페 시라노에 들어섰다. 모여 있던 초현실주의자들 모두가, 최소한 거의 모두가 탄성을 내질렀다!"[3] 거침없이 찬탄을 쏟아내는 브르통의 모습도 충분히 상상이 간다. 하지만 늘 단정하고 우아한 차림이었던 도라가 그렇게 흐트러진 머리로 나타났다는 사실이 좀 의외이긴 하다. 아마도 사람들을 놀라게 하려고, 예기치 못한 혼란을 야기하려고 일부러 그랬을 것이다. 아니면 뭔가 상태가 좋지 않았는지도, 이후 피카소에게 버림받고 그랬듯이 그때 이미 불안정한 상태로 이따금 흔들리고 있었는지도 모른다.

도라는 초현실주의 그룹 중에서도 프레베르의 집에서 만난 엘 뤼아르와 가장 친했다. 하지만 그녀에게 더 강한 매혹을 안긴 사람은 브르통이었다. 아마도 본능적으로 부대장보다는 대장에게 더 마음이 갔을 것이다. 브르통이 소문처럼 거칠지 않았기에 더 그랬다. 브르통은 여자들에게 놀라우리만치 부드럽고 친절했다. 여자가 카페에 들어서면 그의 얼굴에 환한 미소가 번졌다. 그는 일어서서 손등에 키스하며 여자를 맞이했고, 그것은 브르통이 초현실주의자들에게 강요하는 의식 중 하나였기에 다른 이들도 모두 그렇게 했다. 그럴 때마다 도라 역시 마음이 조금 흔들렸을 것이다.

무엇보다 도라는 브르통이 자신의 사진에 관심을 표하고 공개적으로 재능을 칭송해주는 게 좋았다. 1936년에 브르통은 초현실주의 오브제 전시회를 위해 도라의 작품 하나를 골랐다. 아르마딜로의 태아를 찍은 흉측한 초상 사진 〈위뷔 영감〉이었다. 브르통은 도라의 사회참여적인 르포 사진들도 높이 평가했고, 그녀가 찍은 몽환적이고 시적인 사진들에도 지지를 보냈다. 패션과 광고 분야에서 이미 사진작가로 이름을 알린 도라는 그렇게 초현실주의 예술가로 인정받았다.

브르통이 나비 채집망을 들고 풀밭에 누워 도라의 사진 모델이 된 적도 있다. 자기 입으로 "몇 시간이고 나비만 바라볼 수 있다"

고 말했던 그 아닌가. 어쨌든 지나치게 공들인 초상 사진보다 망친 증명사진이 더 좋다고 주장하던 브르통은 도라를 위해 기꺼이 목가적인 장면을 연출했다.

이후 브르통이 자클린 랑바와 '미친 사랑'에 빠지면서, 도라와 브르통은 더 가까워지게 된다.

# 랑바

Lamba

7 square du Rhône

랑바? 자클린 랑바가 분명하다. 자클린은 수첩에 이름이 적힌 사람들 중에서 도라와 가장 오래된 사이다. 둘은 아르 데코라티 프*에서 처음 만났다.

1926년, 도라는 열아홉 살이었다. 아직은 이름이 앙리에트 테오도라 마르코비치였지만, 이미 도라라고 불렸다. 열여섯 살의 자클린은 아직 금발로 염색하지 않은 짧은 갈색 머리에 입에 늘 담배를 물고 있었다. 그때부터 고집 세고 용감하고 대범한 여자였다.

파리의 '광기의 시절'** 동안 도라와 랑바는 찬란한 젊음을 누렸

---

* 파리에 있는 장식미술학교.
** 프랑스의 1920년대를 지칭한다.

에르메스 수첩의 비밀

다. 아직 무명의 건축가이자 디자이너였던 샤를로트 페리앙, 영화 감독이 될 앙리조르주 클루조, 사진작가 앙리 카르티에 브레송, 작곡가 조르주 오리크 등과 어울려 다녔다. 모두 아름답고 지적이고 명석하고 재기발랄하고 재능 있는 젊은이들이었다. 그래도 그들을 다 아는 한 친구는 "도라가 가장 우아했고 흐름에 앞서갔다"⁴고 기억했다. 가장 속물적이기도 했다. 당시 아르헨티나로 돌아가 여름을 보내며 도라는 그곳 사람들에 대해 "현대미술이고 고전미술이고, 아예 예술 자체에 대해 아무것도 모르면서 잘난 체하는 멍청이들뿐"⁵이라며 불평했다.

자클린은 어머니가 사망하는 바람에 학업을 중단할 수밖에 없었다. 십대에 부모를 모두 잃고 생활을 꾸려가야 했던 그녀는 가게 점원이나 조수 같은 자질구레한 일들을 했고, 카바레로 개조한 수영장에서 나체로 물속에 들어가는 나이아스* 역할까지 했다.

망설이다가 결국 사진으로 방향을 잡은 도라와 달리, 자클린은 흔들림 없이 화가의 길을 택했다. 화가가 될 수만 있다면 거대한 아쿠아리움 속에서 음란한 눈길들을 받으며 나체로 수영을 하는 것쯤은 아무렇지도 않았다.

도라와 자클린은 예술과 창작에 대해 분명한 생각을 지닌 예술가들이었고, 함께 열띤 토론을 했다. "인상주의는 죽고 또 죽었

* 그리스신화에서 연못, 호수, 작은 강에 사는 물의 요정.

다. 큐비즘도 마찬가지다. 둘 다 불완전하다." 스물한 살의 젊은 테오도라는 말했다. 마티스에 대해서도 "조금 부족하다"고, "그림은 잘 어울리는 색들을 조합하는 것 이상의 무엇"이라고 주장하면서, "새로운 공식을 찾아내자"고 다짐했다.

도라와 자클린은 정치에도 열정적인 관심을 쏟았고, 분노했다. 사촌의 영향으로 자클린이 먼저 극좌파 유토피아주의자가 되었다. 도라는 신념은 늦게 얻었지만 좀더 과격했고, 변증법에 타고난 감각을 보였다. 도라와 자클린은 마르크스, 엥겔스, 프로이트, 브르통을 읽었다. 함께 토론하며 서로를 자극하고, 이념적·언어적 등반을 함께하며 성장했다. 그리고 이십대의 젊은이들답게 절대로 타협을 받아들이지 않겠다고 맹세했다.

도라가 먼저 패션과 광고 사진 작가로 두각을 나타내며 눈부신 성공을 거두었다. 아직은 부모와 함께 살았지만 경제적으로는 독립할 수 있었다.

이후에도 두 여자는 사적인 영역에서 거의 모든 것을 공유했다. 자클린은 도라가 시나리오작가 루이 샤방스와 사귀는 것을 모르지 않았고, 다른 관계들에 대해서도 다 알고 있었다. 하지만 바타유와의 관계에 대해서는 조금 달랐다. 한계가 없고 어둠에 끌리는 바타유에 대해, 그와 함께 도라가 빠져든 성적 도착의 한계에 대해 자클린은 전처럼 잘 알지 못했다. 웬만해서 겁먹고 물러서는 일이 없는 자클린이지만, 생존 본능과 나름의 양식良識이 기묘한 관계들이나 꼬인 남자들은 피하게 만들었다.

자클린의 마음을 끈 사람은 브르통이었다. 그녀는 브르통의 시에서 큰 감동을 얻었다. 이미 브르통과 아는 사이인 도라가 초현실주의자들이 모이는 카페 시라노에 그녀를 데려가려 했지만, 자클린은 낯선 자리에 소개되는 상황을 잘 받아들이지 못하는 부류였다. 지금껏 무엇이든 스스로 해내며 살아온 게 그녀의 자부심이기도 했다. 자클린은 몇 차례 사전 탐색을 거친 뒤, 도라가 스페인에 르포 사진을 찍으러 간 사이 마침내 브르통과 자연스럽게 마주치는 상황을 연출해냈다.

1934년 5월 29일, 친구들과 블랑슈 광장의 카페에 앉아 있던 브르통은 "말문이 막힐 정도로 아름다운"[6] 금발 여인이 혼자 앉아 무언가 열심히 쓰고 있는 모습을 보게 된다. 브르통은 그녀가 자기를 위해 글을 쓰는 거라고 상상했다. 시인들이란 순진하기 이를 데 없다! 자클린은 브르통의 눈길을 끌기 위해 뭔가 쓰고 있는 척했을 뿐이다. 책략이 기대 이상의 효과를 거두었고, 앙드레 브르통과 자클린 랑바는 그날 밤새도록 단둘이 파리 시내를 돌아다녔다. 그리고 석 달 뒤 엘뤼아르와 자코메티를 증인으로 세워 결혼식을 올렸고, 다시 일 년 뒤 딸 오브가 태어났다.

카페 시라노에서의 운명적 만남으로 랑바와 브르통이 이어진 지 일 년 반 만인 1936년 1월, 생제르맹데프레에서 또다른 전설적 장면이 탄생했다. 그날 카페 되 마고의 회전문으로 파블로 피카소가 입장했다. 친구이자 엄격한 비서였던 친구 사바르테스, 그리고 최근 친해진 엘뤼아르와 함께였다. 담배 연기가 자욱한 실내를 훑어보다가 피카소는 검은색 옷을 입은 짙은 갈색 머리의 아름다운 여인을 발견했다. 그녀는 무심한 표정으로 장갑 낀 손가락 끝에 담배 파이프를 쥐고 있었다. 도라도 피카소를 보았지만 못 본 척했다. 하지만 그가 자기를 보고 있음을 알았기에 뭔가 인상적인 광경을 보여주기로 한다. 그녀는 작은 꽃이 수놓인 검은색 장갑을 천천히 벗었다. 그런 다음 핸드백에서 칼을 꺼내 마치 장난을 치듯 테이블에 꽂기 시작했다. 손가락을 벌리고 그 사이에 칼을 꽂았다. 칼은 점점 높이 올라갔고, 손가락에 점점 가까이 닿았다. 결국 손가락에 핏방울이 맺히고 뽀얀 살갗 위로 피가 흘러내리기 시작했다. 피카소는 뚫어질 듯 그 장면을 지켜보았다. 도라는 피를 닦지도 피카소를 향해 눈길을 주지도 않은 채 다시 장갑을 꼈다. 쇼는 끝났다! 피카소는 그녀에게 사로잡혔다. 정신과 의사라면 이런 형태의 자해에 경계심을 표했겠지만, 투우를 열광적으로 좋아하던 피카소에게 그 장면은 투우의 알레고리였고 검으로 황소를 찔러 죽이는, 공포가 흥분을 자극하는 순간의 패러디였다. 피카소는 사바르테스 쪽으로 고개를 기울이고 눈앞에서 벌어진 광경에 대해 스페인어로 이야기했다. 그런데 갈색 머리 여인이 그 말을 다 알아듣고 스페인어로 대꾸하는 게 아닌가. 피카소는 놀라서 입을 다물지 못했다. 저 여인은 스페인어를 어디서 배

에르메스 수첩의 비밀

웠길래 저렇게 잘할까? 마치 노래하는 듯한, 흡사 이탈리아어 같은 저 억양은 어디서 얻었을까? 피카소는 다 알고 싶었다. 도라는 아르헨티나에 대해, 돈을 벌러 그곳으로 떠난 크로아티아인 건축가에 대해, 부에노스아이레스에서 보낸 유년기에 대해 그에게 말했다. 그럴수록 피카소의 눈에 도라는 더없이 이국적으로 보였다!

그날 밤을 같이 보내지는 않았지만, 집으로 돌아가는 피카소의 주머니에는 아름다운 사진작가의 피 묻은 장갑이 들어 있었다. 피카소는 그 장갑을 꼭 쥔 채 걸었고, 집에 들어가자마자 곧바로 꺼내 장식장에 넣었다. 전리품이다!

순진하게도 나는 되 마고에서 도라의 칼자국이 그대로 남은 테이블이 있는지 찾아보았다. 이미 바뀌었거나 다시 광을 냈을 것이다. 하지만 테이블이 무슨 상관인가. 피카소를 유혹하기 위한 연출은 자클린이 카페 시라노에서 브르통을 유혹하기 위해 만든 영화의 리메이크였다. 시나리오는 달라도 책략은 비슷했다. 조금은 기고만장한 두 여자, 당시 가장 잘나가던 두 남자와 사귀기 위해서라면 무슨 일이든 할 준비가 되어 있던, 혹은 이상적인 사랑을 통해 고양되기를 꿈꾸었던 두 이상주의 예술가가 꾸민 일이었다. 분명 도라와 자클린은 이상주의자였고, 기고만장했으며, 야심가였다.

한 여자는 강력한 카리스마로 초현실주의를 이끄는 작가와 결혼했고 다른 한 여자는 당대의 가장 위대한 화가의 연인이 되었으니, 삶이 단순했다면 두 여자는 멋진 왕자님을 만난 셈이다. 하지만 현실은 어땠을까. 브르통과 여행을 다닐 때를 빼면 자클린은 남편이 강요하는 아내와 어머니로서의 일상이 지루해 죽을 지경이었다. 그녀는 종적을 감추는 일이 잦아졌고, 그림 그릴 시간이 없다며 하소연했고, 아기를 돌보지 않았고, 남자를 바꾸어가며 만났다. 그리고 도라는 얼마 뒤 피카소의 작품과 삶 속에서 '우는 여인'이 된다.

그러는 동안에도 둘은 계속 단짝으로 지냈다.

살아갈 방편이 필요했던 브르통은 어느 날 갑자기 갤러리 그라디바를 열었다. '그라디바'라는 이름은 각 글자가 초현실주의의 뮤즈 혹은 예술가의 이니셜이기도 했는데, 그중 D는 도라였다.*
자클린은 남편이 자신의 그림보다 도라의 사진에 더 감탄한다는 사실에 분노했고, 그래서 두 사람은 부부싸움을 하다가 서로 문을 박차고 나가버렸다. 게다가 갤러리가 밑 빠진 독처럼 돈을 먹어치우면서 상황은 더 나빠졌다. 브르통도 자클린도 사업에는 소질이 없었다.

자클린은 틈만 나면 갤러리 문을 닫아놓고 심지어 도라가 없을

---

* 프로이트의 「빌헬름 옌센의 『그라디바』에 나타난 망상과 꿈」으로 유명해진 소설 『그라디바』(1903)에서 주인공 하놀드는 고대 부조 중 발을 지면에 거의 수직으로 디디면서 걷는 여인에 매료되어 그라디바라는 이름을 붙이고 현실 속에서 그런 여인을 찾는다. 초현실주의자들 역시 그라디바를 뮤즈로 삼았고, 그 이름으로 갤러리를 연 브르통은 간판의 GRADIVA 아래 각 글자마다 초현실주의 예술가들의 뮤즈였던 여자들의 이름―지젤, 로진, 알리스, 도라, 이네스, 비올레트, 알리스―을 붙여놓았다.

　　　　　　　　　　　　　에르메스 수첩의 비밀

때도 가까운 피카소의 아틀리에에 가 있었다. 피카소의 그림이 그녀에게 자극을 주었고, 피카소의 유쾌한 유머는 돈 문제마저 잊게 해주었다. 천재 피카소가 자신의 그림에 대해 남편보다 더 많이 경탄해주면, 그 반응이 진심에서 우러나온 것이든 아니든 자클린은 기분이 좋았다. 물론 이리저리 움직이는 피카소의 손을 피해야 했고, 그의 앞에서 계단을 오르지 않도록 조심해야 했다. 자클린 랑바는 피카소와의 사이에 넘지 말아야 할 선을 그어 친구 도라에 대한 예의를 지킬 만큼 강한 여자였고, 피카소의 미소와 달변 아래 감추어진 위험을 간파해낼 수 있을 만큼 명석한 여자였다. "난 그 사람을 잘 알지!" 자클린 랑바가 한 말이다.

1937년, 도라는 롤라이플렉스 사진기를 내려놓았다. 흔히 피카소가 그녀에게 사진을 그만두도록 종용했다고들 한다. 도라가 사진에 뛰어난 재능을 보이는 게 거슬려서, 도라를 지배하기 위해 그랬다는 것이다. 물론 피카소의 영향이 있었던 것도 사실이긴 하다. 피카소와 함께 살면서 영향을 받지 않을 수 있는 사람이 어디 있겠는가! 피카소 같은 마초가 자기 여자의 독립적인 행보를 받아들였을 리 없다. 하지만 모든 것을 지켜본 자클린 랑바에 따르면, 피카소가 도라에게 그림을 그리라고 조언한 것은 그녀를 꺾기 위해서가 아니었다. 피카소는 그림을 그려야 진정한 예술가가 된다고 믿었다. 피카소가 보기에 사진은 예술이라기보다 기술이었고, 상업적인 하급 예술이었다. 그 시절 그렇게 생각하는 사람은 피카소만이 아니었다. 예술가들, 비평가들, 갤러리 운영자들, 심지어 만 레이 같은 사진작가도 다르지 않았다.

도라와 함께한 초기에는 피카소도 사진 '기술'에 흥미를 보였다. 두 사람이 같이 사진 건판에 레이요그라뷔르\*를 만들어보기도 했다. 그렇게 나온 작품들에는 둘의 이름을 합쳐 'Picamaar'라고 서명했다. 하지만 피카소는 장난에 싫증을 내듯 곧 흥미를 잃었다. 그에 눈에는 오로지 그림뿐이었다!

그리고 〈게르니카〉가 있다.

1937년 이 거대한 그림에 착수하면서 피카소는 그전까지 절대 용납하지 않던 일을 받아들였다. 작품의 진행 과정을 충실하게 기록하기 위해 도라로 하여금 그림 그리는 자신의 모습을 매일 사진에 담도록 한 것이다. 〈게르니카〉는 실로 대작이었다. 스페인의 비극을 온 세상에 외치는 일이었다. 도라는 스페인 문제에 피카소보다 더 분노했고, 정치적 견해도 더 확고했다. 피카소에게 게르니카 마을의 학살 사진들을 보여준 것도 도라였다. 그녀는 분노를 불어넣고 불붙은 잉걸불에 부채질을 했다. 피카소에게 공화파 편에 서라고, 그가 가진 무기로 프랑코와 싸우라고 부추긴 것도 도라였다.\*\*

---

\* 만 레이가 만든 기법으로, 렌즈를 사용하지 않고 직접 피사체를 감광판에 올려 일시적으로 빛에 노출시킨다. 레이요그래프라고도 한다.
\*\* 1936년 프랑코의 쿠데타로 스페인 내전이 시작되고, 이듬해 공화파 측에서

캔버스가 너무 커서 아틀리에 안에 기울여 세울 수밖에 없었다. 그래서 사진을 찍을 때 도라가 원근 투시상의 왜곡을 보정해주어야 했고, 인화 과정에서는 지나치게 선명한 아틀리에 조명을 수정해야 했다. 도라는 모든 문제의 해결책을 찾아냈다. 〈게르니카〉는 거대한 정치적 의미를 갖는 작품이요, 예술적으로도 더없이 흥미로운 도전이었다.

바로 이때 도라의 내면에 깊은 오해가 생긴 게 아닐까? 도라는 한 달 동안 이 거대한 그림의 주인과 일심동체가 되어 전대미문의 모험을 함께했다. 렌즈 뒤에 숨어 그 작은 남자가 마치 거인처럼 움직이는 모습을, 그의 손이 캔버스를 움켜쥐고 때로는 캔버스와 함께 춤추는 광경을 지켜보았다. 하루하루 눈앞에서 캔버스가 채워졌다. 슬픔으로 황폐해진 여자들, 죽어가는 말, 살해당한 얼굴들과 몸들…… 검은색, 흰색, 회색…… 피카소는 몇 차례 파피에 콜레***로 색을 넣어보려 했지만, 고통이 너무 컸기에 그림이 색을 받아들이지 못했다. 피카소의 그림은 도라가 매일 저녁 인화해서 이튿날 그에게 보여주는 흑백사진 속 모습 그대로였다. 도라는 마치 자기 손에 붓이 쥐어지기라도 한 듯 캔버스에 다가갔고, 머

파리 만국박람회의 스페인관에 전시할 벽화를 피카소에게 부탁했다. 정치적 갈등에 연루되기를 피하던 피카소는 나치군의 게르니카 폭격으로 수많은 사람이 희생되는 것을 보며 출품을 결심했고, 한 달 만에 〈게르니카〉를 완성했다.
*** 신문지, 잡지, 그림이 그려진 종이를 자르거나 찢어서 붙이는 기법으로, 피카소를 비롯한 큐비즘 화가들이 즐겨 사용했다.

릿속으로 선을 그어보았다. 피카소의 눈 안에 들어가 그림을 바라 보았다. 심지어 피카소의 허락을 얻어 말의 몸에 몇 차례 붓칠을 하기도 했다! 도라는 피카소와 함께 그림을 그리고 그와 한몸이 되어 함께 생각하는 상상을 했다. 그녀에게는 인생에서 가장 큰 행복이었으리라.

그런 열광이 도라로 하여금 더없이 심한 굴욕도 이겨내게 했다. 피카소의 또다른 연인 마리테레즈가 아틀리에에 찾아와 소동을 벌인 날도 그랬다. "둘이 알아서 해." 피카소는 짜증난 척 나지막 하게 말했지만, 사실 두 여자가 자기를 두고 싸우는 게 싫지 않았 다. 소동이 이어지자 피카소는 결국 도라에게 나가 있으라고 말했 고, 도라는 정말로 그렇게 했다! 일단 자존심을 굽혔다가 금발의 마리테레즈가 떠나자마자 곧장 아틀리에로 돌아왔다. 그녀는 멍 청한 마리테레즈가 피카소의 아이를 가졌다며 유세를 떨든 말든 신경쓰지 않았다. 자기는 더 중요한 것을 품고 있었으니까! 피카 소의 작품 말이다.

피카소가 작업의 방향을 파악하기 위해, 계획을 분명히 하기 위 해 자신의 사진들을 필요로 할 뿐이라는 사실을 도라는 깨닫지 못 했다. 〈게르니카〉가 완성되어 예정대로 파리 만국박람회의 스페 인관에 걸리는 순간, 그녀가 피카소와 한몸이 되어 함께 해냈다고 믿었던 창작은 종지부를 찍었다.

삶은 계속되어야 했다. 도라는 아스트롱가에 있는 자신의 스튜디오로 돌아가 사진 작업을 했다. 하지만 〈게르니카〉가 존재한 적 없는 것이 될 수는 없었다. 그러다 도라는 우연히 자클린이 피카소와 그림에 대해 이야기하는 모습을 보았다. 파블로는 자클린을 화가로 대했다. 그 순간 도라는 자기 혼자 하찮고 보잘것없는 예술을 하고 있다는 소외감에 휩싸였다. 자기가 없었으면 〈게르니카〉가 존재하지 못했다는 사실을 피카소는 이미 잊은 걸까? 물론 그 말은 과장이지만, 어쨌든 도라는 괴로웠다. 그리고 피카소의 그림 속에서 도라 마르는 슬픔에 신음하며 일그러진 '우는 여인'이 된다. "카프카적 인물이야. 모든 희생자, 전쟁과 남자들이 낳은 희생자의 상징이지." 피카소는 이렇게 말했다.

도라는 결국 사진을 버렸다. 이제 화가가 된다! 그녀는 온 힘을 다해 그림을 그렸다. 초기 그림들에는 피카소의 영향이 두드러진다. 도라 역시 우는 여인들의 모습을 그렸고, 그 시기에 그린 초상화들에는 피카소가 서명을 해도 될 정도다. 자클린은 도라에게 좀 더 대담해지라고 조언했다. 때로는 거칠게 밀어붙였다. 자신도 브르통으로부터 벗어나려고 애쓰고 있었다. 하지만 도라는 달랐다. 그녀는 피카소로부터 벗어날 마음이 없었다. 도라가 꿈꾸는 것은 오히려 피카소와의 예술적 공생 혹은 대화였다.

도라가 무엇을 하고 무슨 말을 하든 피카소는 개의치 않았다. 어차피 그의 눈에 자기 작품과 대화할 자격이 있는 화가는 브라크와 마티스뿐이었다. "좋네. 계속해봐." 피카소가 던지는 가벼운 말들

속에 담긴 경멸을 명석하고 자존심 강한 도라가 몰랐을 리 없다. 물론 그의 경탄까지는 바라지 않았다. 적어도 아직은 아니었다. 진심을 담은 격려만으로도 충분했을 것이다. 하지만 도라는, 심지어 피카소가 자기 그림에 '위대한 화가 도라 마르에게'라는 헌사를 붙일 때도 그 말이 그저 의례적인 인사치레일 뿐임을 알았다.

반면 자클린에게, 혹은 조언과 칭찬을 듣기 위해 줄을 선 젊은 화가들에게 피카소는 좀더 친절했다. 워낙에 그는 자기가 사랑하는 사람들에게 더 모질었고, 다른 사람들에게는 무관심하지만 상냥했다. 젊은 화가들은 피카소가 자기들 작품에 어느 정도까지 무관심한지 짐작조차 하지 못했다. 어쩌다 피카소가 그들이 들고 온 그림을 탐욕스러운 눈으로 살펴본다면, 그건 그 그림에서 어떤 생각, 빛깔, 움직임 등을 훔쳐내기 위해서였다. 피카소는 다른 그림에서 보잘것없는 세부들을 가져다가 자신의 그림에서 천재적인 것으로 변형시켰다. 이 모든 것을 알지만 화가가 되겠다는 도라의 신념은 너무나 확고했고, 그렇기에 멈출 수 없었다. 두고보라지. 그녀는 언제가 정말로 위대한 화가가 된 자기 모습을 피카소에게 꼭 보여주고 싶었다.

1940년, 독일군이 파리를 점령하기 직전이었다. 피카소는 루아양*으로 떠났다. 그는 마리테레즈와 딸 마야를 위해 집을 구했고,

---

* 프랑스 남서부 누벨아키텐 지방의 대서양에 접한 도시.

도라는 티그르 호텔에 묵게 했다. 그리고 시간을 배분해 두 여자 사이를 오가며 그림을 그렸다. 자클린 랑바도 마야와 동갑인 딸을 데리고 곧 루아양으로 왔다. 사람들 간에 우호적인 분위기를 만들어내는 능력이 뛰어났던 피카소는 썰물 때 두 꼬마가 바다에서 노는 동안 그랑드 콩슈 해변*의 줄무늬 천막 아래서 수다를 떠는 두 어머니의 모습을 보며 즐겼다. 루아양의 거리에서 사람들이 두 금발 여인을 혼동하면, 피카소는 하렘을 통치하는 파샤라도 된 양 즐거워했다. 혼자 호텔 발코니에 남아 자신의 친구가 연적과 우호협정을 맺는 광경을 지켜보며 소외감 속에 괴로워하는 도라에게는 신경도 쓰지 않았다. 도라는 온종일 그림을 그리거나 시를 썼다. 고통은 일기에 남겼고, 피카소에게는 분노를 쏟아냈다.

사 년 만에 얼마나 변했는지! 스타였던 도라는 이제 정말로 '우는 여인'이 되었다. 슬프고, 질투에 시달리고, 굴종적이고, 성격도 괴팍해졌다. 그녀는 피카소와 처음 만나던 시절 자기가 보냈던 전보를 떠올렸다. "내일 (카페 플로르로) 와줘요. 그곳에서 당신이 주는 달콤한 쾌락을 기다릴게요."7 도라는 여전히 '달콤한 쾌락'을 기다렸다. 하지만 스스로 선택한, 심지어 구걸하다시피 해서 얻어낸 종속적 관계를 어떻게 불평하겠는가.

자클린은 도라의 원망을 모르지 않았다. 도라가 보기에 자클린

---

* 지롱드강과 대서양이 만나는 자리에 길게 펼쳐진 해변.

은 피카소와 한편이 되어 친구에게 고통을 안기고 있는 셈이었다. 이따금씩 자클린도 노력을 했다. 하지만 마음속으로는 도라의 고통에 대해 그다지 너그럽지 않았다. 그녀가 보기에는 별로 중요한 일이 아니었기 때문이다. 큰일들이 얼마나 많은가! 프랑스는 전쟁중이고, 남편은 징집된데다, 독일군이 곧 파리에 들이닥칠 참이었다. 도라는 날이 갈수록 더 고립될 수밖에 없었다.

심지어 루아양에 있는 동안 도라는 의사로부터 아이를 가질 수 없다는 진단을 받았다. 자클린에게도 말하지 못했다. 이미 짐작하고 있던 일이 마침내 분명해진 것이다. 그녀의 삶에 아이는 없을 것이다. 그런데 창 아래서 두 아이가 놀고 있었다.

여름이 끝나간다는 사실이 그나마 위안을 주었다. 북부 지역은 점령되었지만,* 도라는 이제 두 어머니와 두 아이에게서 해방되었다. 피카소는 이스파노 수이자**에 그림을 가득 채우고 파리로 돌아갔고, 도라는 기차를 타고 따라갔다. 자클린은 브르통과 함께 남부 지역으로 내려가서 미국 비자를 기다렸다. 이후에 두 여자는 편지를 주고받았다.

다행히 자클린이 보낸 편지 십여 통이 도라의 보존 자료 속에

---

* 1940년 독일군을 피해 남쪽으로 내려온 프랑스 정부는 독일과 휴전협정을 맺고, 이후 프랑스 땅은 독일군이 주둔한 북쪽 '점령 지역'과 비시를 수도로 하는 남쪽 '자유 지역'으로 분리된다.
** 스페인의 자동차 브랜드.

에르메스 수첩의 비밀

남아 있다. 이따금 자클린은 그녀답지 않게 도라에게 사과를 했다. 1939년 10월 앙티브*에서 도라와 피카소와 함께 며칠 머물고 돌아간 다음 그녀가 보내온 편지에 이미 "넌 날 무척 원망할 테지"라는 말이 나온다. 루아양에서 여름을 보낸 뒤에는 더 미안해했다. "같이 지내는 동안 네가 왜 나에게 화를 냈는지 헤어진 뒤에야 분명히 깨달았어. 지금 설명하긴 힘들어. 너무 긴 얘기가 될 거야. 하지만 전적으로 네가 옳다는 건 확실해."[8] 그리고는 "난 네가 '행복'했으면 좋겠어"라고, 행복이라는 단어를 대문자로 강조하면서 편지를 마무리했다.

자클린은 자신이 피카소의 유혹에 단 한 번도 넘어간 적이 없다고 단언했다. 하지만 도라처럼 편집증이 있는 여자에게는 자클린과 피카소 사이에 벌어지던 희롱과 공모가 진짜 배신 못지않게 잔인했을지도 모른다. 이기적이게도 자클린은 오래도록 친구의 고통을 심각하게 받아들이지 않았다. 하지만 도라에게 보낸 편지들을 보면 자신이 친구를 돕기 위해 아무 노력도 하지 않았다는 점은 인정한 것 같다. 자클린은 분명 도라가 절대로 '행복'을 줄 수 없는 해로운 관계 속에서 망가지고 있음을 알고 있었다.

브르통과 자클린은 뉴욕으로 떠났고, 유럽과 미국 사이에 우편물이 오가는 데 워낙 시간이 오래 걸렸기에 두 여자의 서신교환은

---

* 지중해에 접한 프로방스알프코트다쥐르 지방의 도시.

곧 끊기고 만다. 자클린이 남편을 버리고 젊고 잘생긴 미국인 조각가와 사랑에 빠졌다는 소식도 도라는 몇 달이 지난 뒤에야 듣게 된다. 데이비드 헤어라는 남자로, 그들은 적어도 1953년까지 코네티컷에서 함께 살았다.

아메리카, 코네티컷…… 그렇다면 도라의 1951년 수첩에 적힌 '랑바, 론 광장 7번지'는 무슨 주소일까? 그해에 자클린은 전시회 때문에 파리에 몇 달 와 있었을 뿐이고, 그때도 팔레루아얄 근처의 호텔에 묵었다.

며칠 뒤 마르셀 플레스도 수첩 내용이 이상하다고 확인해주었다. "최근에 앙드레 브르통의 딸 오브와 저녁식사를 했는데, 어머니 자클린 랑바는 그 주소에 산 적이 없다고 하더군요."

그렇다면 수첩 속 랑바는 자클린이 아니다. 증거라고 무턱대고 믿어서는 안 된다!

에르메스 수첩의 비밀

# 위게트 랑바

Huguette Lamba
7 square du Rhône


포기를 모르는 인간들에게 검색엔진은 축복이다. 구글에 '론 광장 7번지'와 '랑바'를 쳐보니 앙드레 브르통이 딸에게 보낸 편지가 나온다.[9] 편지봉투에 이렇게 쓰여 있다. "오브 브르통, 파리 론 광장 7번지 위게트 랑바 댁 내."

위게트 랑바는 동생 자클린만큼 유명하지는 않다. 오늘날 그녀의 이름은 오브에게 보낸 브르통의 편지와 무용 교사들을 위한 피아노 악보, 그리고 도라의 수첩에 등장할 뿐이다. 또한 파브리스 마즈가 자클린 랑바에게 바친 다큐멘터리영화[10]에도 언급된다. 파브리스 마즈는 나에게 미술사학자 마르틴 몽토를 만나보라고 조언했다. "자클린 랑바 연구로 학위논문을 썼고, 위게트와도 자주 만난 사이죠. 당신에게 해줄 얘기가 많을 겁니다."

마르틴 몽토는 말년의 위게트와 속내를 털어놓을 정도로 가까운 사이였다. 그녀에 따르면 위게트는 책을 내고 싶어했다. "위게트가 어떤 글을 쓰고 있는지 조금씩 말하면 내가 들어줬어요. 그렇게 서서히 마음의 짐에서 벗어나는 것 같았죠." 위게트 랑바는 무엇보다 자기보다 더 아름답고 더 단단하고 더 매혹적인 동생 자클린 랑바라는 짐에서 벗어나야 했다.

도라는 아르 데코라티프에 다니던 시절부터 위게트를 알았다. 위게트는 콩세르바투아르에서 음악을 공부하는 학생이었지만 도라와 자클린 무리와 어울렸다. 어머니가 세상을 떠나기 전까지는 그랬다.

어머니의 죽음은 자클린뿐 아니라 위게트에게도 엄청난 재앙이었다. 위게트는 몇 달 동안 이상한 혼수상태에 빠졌고, 퇴원 후에도 제자리를 찾지 못하고 겉돌았다. 동생과의 관계에도 문제가 생겼다. 위게트는 언니이면서도 꼭 동생처럼 행동했다.

도라 마르 사후에 열린 경매 카탈로그에서 정보를 더 얻을 수 있었다. 제5권에 수록된 자필 원고들 가운데 자클린이 도라에게 보낸 편지 두 통이 들어 있었다. 처음 것은 1940년 9월에 살롱드프로방스*에서 보낸 것으로, 자클린은 위게트가 '임신한 것 같다'고 말한다. "끔찍한 일이야. 부탁할게, 언니를 좀 도와줘." 그리고

* 남프랑스 프로방스알프코트다쥐르 지방의 도시.

여섯 달 뒤인 1941년 3월에 알제리에서 보낸 엽서도 있다. "너무 먼 곳에 간다고 생각하니 슬퍼. 위게트를 보살펴줘."

엽서에 찍힌 우체국소인을 보고 놀란 사람은 아마도 나뿐이었으리라! 도라는 보고도 관심이 없었을 테고, 브르통과 자클린도 자기들이 탄 배가 기항한 모로코 국경지대의 작은 항구 이름을 기억했을 리 없다. 느무르*는 브르통과 자클린 랑바가 탄 '카피텐폴르메를'호가 지중해에서 마지막으로 기항한 항구였다. 마르티니크로 향하는 그 낡은 화물 여객선에는 레비스트로스와 브르통 가족을 포함하여 프랑스의 수많은 예술가와 지식인이 그야말로 가축처럼 가득 타고 있었다. 원래 느무르는 기항 예정지가 아니었다. 근처에서 프랑스 선박과 영국 선박 사이에 가벼운 충돌사고가 일어나는 바람에 선장이 임시로 해안절벽 뒤로 배를 대피시킨 것이다. 자클린은 갑판에 남아 멀리 물위로 솟아오른 두 개의 거대한 바위를 바라보았고, 브르통 혼자 육지에 내렸다. 그는 오후 내내 느무르 시내를 돌아다니며 서점에서 책을 사고 편지를 부쳤다.[11] 배는 이튿날 아침에 다시 출발했다.

갑자기 등장한 북아프리카 오지의 이름을 보니, 자클린의 엽서가 도라가 아닌 내게 온 것만 같았다. 느무르는 내가 태어나서 첫 삼 년을 보낸 곳이다! 물론 기억조차 나지 않는 오래전의 일이고,

---

* 알제리의 항구도시 가자우에트. 느무르는 식민시대에 프랑스인들이 부르던 이름이다.

어린 내가 유모차에 앉아 있는 흑백사진만 남아 있다. 멀리 화물 여객선들이 지나가고, 사람들이 '형제 바위'라고 부르는 거대한 두 개의 바위가 바다 한가운데 솟아 있는 곳. 마치 자클린이 도라 가 아닌 나에게 위게트가 임신한 것 같다고, 좀 보살펴주라고 부 탁하는 것만 같았다.

위게트의 마지막 벗이 되어준 마르틴 몽토가 그 일의 전말을 알 고 있었다. 위게트는 비아리츠* 쪽에 갔다가 우연히 외국인 난민 수용소**에 있던 스페인 공화파 남자를 만났고, 파리로 돌아와서 야 임신 사실을 알게 되었다. 나치 치하의 파리에서 홀로 미혼모 가 될 처지에 놓인 것이다. 위게트가 도움을 청할 사람은 자클린 뿐이었다. "빨리 우리가 있는 마르세유로 와!" 자클린의 말에 위 게트는 통행증을 구해 마르세유까지 내려갔고, 예술가들이 미국 비자를 기다리며 모여 있던 에르벨 빌라로 가서 브르통 가족과 함 께 머물렀다. 그렇게 석 달 동안 위게트는 초현실주의자들과 함께 지냈다. 오스카르 도밍게스, 브라우네르, 막스 에른스트 등과 함 께 시간을 죽이기 위해 카드를 쳤고, 타로 혹은 카다브르 엑스키 놀이를 했다.

하지만 위게트는 다른 사람들처럼 배를 타고 대서양을 건널 수

---

* 프랑스 남서부, 스페인 국경과 면한 도시.
** 1939년 프랑코 정권을 피해 약 50만 명의 스페인인들이 프랑스로 탈출했고, 프랑스 정부는 비아리츠 근처 귀르스에 난민 수용소를 만들었다.

에르메스 수첩의 비밀

있는 상태가 아니었다. 2월이 되어 다른 이들이 배에 오를 준비를 할 때 위게트는 혼자 파리로 돌아와야 했다. 브르통이 남부와 북부의 경계선을 넘도록 도와줄 사람들을 구해주었고, 위게트는 임신 6개월의 몸으로 기진맥진한 채 나치에 점령당하고 추위로 얼어붙은 파리에 도착했다. 다행히 도라가 있었다. 도라는 자클린에게 약속한 대로 위게트를 보살폈고, 부족한 물품이 없도록 챙겨주었다. 다행히 피카소가 암시장을 통해 석탄과 비누, 그리고 식량을 대줄 수 있었다.

위게트 랑바는 도라 마르와 같은 서른세 살이었다. 위게트는 이름만 알 뿐 성은 알지도 못하는 남자의 아이를 가졌고, 도라는 몇 달 전 평생 아이를 가질 수 없다는 선고를 받았다. 당연히 피카소는 도라를 나무랐다.

어머니가 될 수 없었던 도라는 1941년 3월, 브르통이 탄 화물여객선이 느무르에 정박하던 바로 그날 태어난 아이의 대모가 되었다. 위게트의 딸 이름도 나와 같은 브리지트였다. 정말로 놀라운 우연이 아닌가! 나는 출생증명서까지 확인해보았다. 살다보면 누군가 살짝 건네는 윙크처럼 알아차리기 힘든 징표들을 보게 된다. 이 가벼운 징표가 나에게 큰 충격을 안겼다. '뒤로 나자빠질 만한 우연의 일치.' 브르통이라면 이렇게 말하지 않았을까?

미혼모 생활을 감당할 수 없었던 위게트는 도라의 조언대로 아이를 아동 보호소에 맡기기로 했다. 일주일에 두 번만 아이를 볼 수 있었다. 도라는 한 차례도 빼먹지 않았다. 도라와 위게트는 번 갈아 아기를 안아주며 한참 동안 머물다 돌아왔다.

자기 아기를 통해 도라가 어머니의 역할을 경험하고 있다는 것을 위게트는 모르지 않았다. 실제로 도라는 브리지트가 자기 딸인 양 모든 것을 결정하고 조율했다. 그래도 위게트는 도라가 나서준 것이 너무 고마웠기에 함께 어머니가 되기를 기꺼이 받아들였다. 하지만 불행히도 브리지트는 다섯 달밖에 살지 못하고 1941년 8월에 폐렴으로 숨을 거두었다. 주변에서는 위게트가 다시 우울증에 빠질까봐 걱정했다. 모두 그녀를 챙기고 위로하고 도와주려 애썼다. 피카소는 갤러리에 일자리까지 구해주었다. 도라를 걱정해준 사람은 없었다.

도라는 눈에 띄게 흔들렸고, 피카소가 조카 자비에르 빌라토에게 말한 바에 따르면 그때 이미 정신이상의 초기 징후들이 나타났다. 그녀가 불교, 카발라,* 비교秘敎에서 실존적 문제의 답을 구하기 시작한 것이 바로 그즈음이고, 더 나중에는 가톨릭 신앙으로 넘어가게 된다.

이듬해에 도라의 어머니가 딸과 전화로 싸우던 중 쓰러지는 일이 일어났다. 도라의 어머니 쥘리 마르코비치는 늘 딸이 자기를 소홀히 대한다며 비난했고, 그러다보면 두 사람 사이에 언성이 높

* 유대교의 신비 사상으로, 모세의 율법을 넘어 신비적 명상의 황홀경 체험을 통해 하느님에게 직접 다가가려 한다.

에르메스 수첩의 비밀

아지곤 했다. 모녀는 평생 사이가 좋지 않았다. "차라리 어머니가 죽었으면 싶기도 했어. 그 정도로 끔찍하게 싸웠지."¹² 도라가 고백한 말이다. 그날은 한참 말을 하던 어머니가 갑자기 조용해졌다. 수화기가 떨어지는 소리가 나더니 이후로 모든 소리가 끊겼다. 침묵이 얼마나 가혹했을까! "엄마!" 도라는 어린애처럼 외친다. "엄마!" 한밤중에 혼자 버려진 듯 겁에 질린 목소리다. "엄마!" 점점 더 세게 외친다. 목이 쉬도록 힘껏 외친다. 그녀는 달려가서 의사를 부르고 싶었다. 피카소가 통금 때문에 안 된다고 말렸을 것이다. 물론 확인해줄 사람은 없다. 도라는 소리치고 눈물을 흘린다. 결국 끊지 못한 전화를 두 손에 든 채 바닥에 엎드린다. 작은 숨소리라도 들려오길 기다리며, 자기가 말한 것 혹은 생각한 것을 모두 용서해달라고 빌며 계속 그러고 있다. 그러다 다시 소리친다. 죽은 사람도 깨울 수 있을 만큼 큰 소리로 엄마를 부른다. 피카소가 짜증을 낸다. "그만 끊고 아침에 가봐. 별일 아닐 거야." 밤새도록 아무것도 알 수 없는 상태로, 아무것도 하지 않으면서 어떻게 버텼을까? 다음날 날이 밝자마자 도라가 샹페레 광장으로 달려갔을 때, 어머니는 수화기를 옆에 둔 채 침대 발치에 누워 차갑게 식어 있었다.

사망진단서에는 새벽 1시에 사망한 것으로 기록되었다. 하지만 저녁나절부터 이미 증세가 있지 않았겠는가. 이런 죄의식에서 무사히 벗어날 수 있는 사람이 얼마나 될까? 의사는 차라리 다행이라고, 생명을 건졌어도 몸이 마비되었을 거라고 했다. 도라는 '차라리 다행'[13]이라는 생각에 매달렸고, 아르헨티나로 돌아가 있던 아버지에게도 그렇게 말했다. 자기와 통화하다가 죽었다는 말은 하지 않았다.

도라는 악몽에 시달렸다. 좀더 잘 보살폈어야 할 아기와 내 손으로 죽었다는 죄책감을 들쑤시는 어머니의 망령이 꿈속에 함께 등장했다.

도라가 죽은 뒤 남아 있던 그림들 가운데 〈여자와 아이의 얼굴〉이 있다. 도라를 어렴풋이 닮은 여자가 허공을 바라보고, 그런 여자를 바라보는 창백한 여자아이가 있다. 여자는 어머니로 보이지만 아닐 수도 있다. 그림을 그린 날짜는 캔버스에 적혀 있지 않다. 피카소의 〈모성〉에서 영감을 얻은 그림일 테지만, 그녀가 1946년에 그린 앨리스 토클라스의 초상화에서 볼 수 있는 발튀스의 영향과 빛의 사용법도 드러난다. 아마도 1947년, 어머니와 위게트의 아기가 죽고 오륙 년 뒤에 그린 작품일 것이다.

1947년 9월에 랑바 자매가 메네르브에 왔다. 자클린이 프랑스에 몇 달 머물고 나서 딸과 언니를 데리고 미국으로 돌아갈 예정이었다. 자매는 연극제*가 처음 열린 아비뇽에 들렀다가 도라를

---

* 연출가 장 빌라르가 주축이 되어 1947년 9월 아비뇽의 교황궁에서 '예술 주간'이라는 이름으로 일주일 동안 연극 공연을 열었다. 1948년부터는 매해 7월 '아비뇽 페스티벌'이라는 이름으로 연극제가 열린다.

에르메스 수첩의 비밀

만나러 뤼베롱으로 왔다.

기막히게 좋은 날씨에, 회색 덧창이 달린 넓은 집에서 바라보는 전망은 눈부시게 아름다웠다. 마을이 내려다보였고 방투산(山)과 계곡의 포도밭이 눈앞에 펼쳐졌다. "메네르브는 포도밭이라는 대양에 떠 있는 선박이다." 16세기에 노스트라다무스는 이렇게 말했다. 그때 모습 그대로다. 거의 그대로다. 고독, 여름의 찌는 듯한 열기, 사계절 내내 좁고 가파른 골목길을 파고드는 미스트랄,* 어디서나 자기 집처럼 편안히 머무는 전갈들, 이런 것들만 사랑할 수 있으면 된다. 도라는 나약한 여자가 아니다. 도라는 나긋나긋하고 부드러운 리비에라**보다 야생의 자연을 간직한 거친 프로방스를 훨씬 좋아했다.

도라, 자클린, 위게트가 같이 찍은 사진이 있다. 자클린의 긴 머리는 다시 갈색이다. 품이 넓은 페티코트에 터키옥 장신구까지 걸친 모습이 꼭 인디언 같다. 호리호리한 위게트는 수영복 차림으로 눈부시도록 아름답게 미소 짓고 있다. 흰옷을 입은 도라만 카메라 렌즈를 쳐다보지도 않은 채 인상을 찌푸리고 있다.

칠 년 만의 재회였으니 감동적이었을 것이다. 그동안 많은 일이 일어났다. 전쟁이 있었고, 가까이 지내던 이들이 강제수용소로 끌려가거나 죽었고, 피카소가 떠난 뒤 도라는 우울증을 앓았다. 자

---

\* 북쪽에서 남프랑스 지역으로 불어오는 차고 건조한 바람.
\*\* 프랑스 코트다쥐르에서 이탈리아까지 이어지는 지중해 해안.

클린은 멀리 살면서도 도라의 소식을 알려고 애썼다. 하지만 파리와 뉴욕에서 서로 우편물을 주고받기가 너무 힘들었다. 게다가 자클린이 멕시코며 캘리포니아 등지로 돌아다닌 터라 연락이 더 안 닿았다. 메네르브에 와서야 자클린은 도라가 얼마나 변했는지 알게 되었다.

그날 정원에서 세 여자는 무슨 얘기를 했을까? 잃어버린 시간을 되돌리느라 전쟁 때 이야기를 했을 테고, 일상 속에서 관계가 서서히 다시 이어졌을 것이다. 공유하는 추억들, 함께 겪어낸 시련들, 혹은 일종의 영성靈性이 세 여자를 이어주었으리라. 하지만 그런 상태가 얼마나 가겠는가. 세 여자는 사랑하면서도 이내 서로를 할퀴기 시작했다. 며칠이 지나자 자클린은 편협한 신앙 속에 웅크린, 혹은 이미 삼 년이나 지난 피카소의 배신을 되씹고 있는 도라를 감내하지 못했다.

게다가 자클린의 새 남편 데이비드 헤어가 메네르브로 왔다. 그는 프랑스어를 아예 몰랐고, 도라와 가까워지기 위한 노력도 전혀 하지 않았다. 부부는 언덕에 산책을 나가거나 단둘이 방에 틀어박혀 있을 때가 많았다. 그곳에서 자클린은 임신을 했고, 아홉 달 뒤에 아들을 얻게 된다.

소유욕 강하고 자존심 세고 질투가 많은 도라로서는 자기 집에서 마치 호텔에 머무는 듯 행세하는 데이비드 헤어에게 화가 났을 것이다. 정원에 나와 있는 세 여자의 사진은 데이비드가 찍은 게

에르메스 수첩의 비밀

분명하다. 그래서 자클린은 그를 바라보며 미소 짓는 반면 도라는 외면한 것이다.

다행히도 데이비드는 메네르브가 곧 지겨워졌다. 그는 코트다쥐르로 친구들을 만나러 갔고 자클린과 위게트, 그리고 어린 오브는 메네르브에 좀더 머물렀다.

오브는 막 열한 살이 되었다. 오브가 기억하는 도라는 친구의 딸에게 아무 관심이 없었다. 단 한 번도 다정하게 대해주지 않으면서 때로 거칠게 굴었고, 심지어 노크도 없이 방에 들어와서 자기가 투덜댔더니 빈정거린 적도 있다고 했다. "굉장히 권위적이고 단호한 사람이었어요. 아무 말 하지 않고 가만히 있어도 위압적이었죠. 성격이 별나고 별로 정을 안 주는, 아무튼 인상적인 사람이었어요."

하지만 나는 다른 이야기를 상상해본다. 오브는 기억하지 못하지만, 도라는 오페드의 유령 마을*로, 라코스트에 있는 사드 후작의 성**으로, 코르크나무들 사이에 버려진 작은 성당과 수도원 들로 손님들을 데려간다. 보니외로 가는 길 아래쪽에 있는 이상한

* 뤼베롱의 산간 마을로 중세의 성채와 옛 마을의 모습을 간직한 오페드는 17세기의 페스트, 18세기의 지진을 겪은 뒤 경작 환경이 나빠지면서 주민들이 모두 평원으로 내려갔다. 관광객을 위한 카페 등 저지대 일부에만 사람이 살고 나머지는 비어 있다.
** 뤼베롱의 산간 마을 라코스트에는 중세에 지어진 성이 프랑스대혁명 때 파괴된 상태로 남아 있다. 마지막 소유주가 사드였기 때문에 '사드 후작의 성'이라고 불린다.

형태의 고인돌,* 이곳 사람들이 프로방스어로 '작은 여자아이'라는 뜻의 '피춘'이라고 부르는 신석기시대의 장례 유적도 보여준다. 세 여자는 전혀 다른 시대의 돌무덤 앞에서 마치 위게트의 딸이 묻힌 자리에 선 듯 명상에 잠긴다.

결국 무사히 끝났다. 자클린과 위게트가 떠나는 모습을 보며 도라는 내심 기뻤다. 다시 문을 걸어 잠그고 그림 속으로 칩거했다. 도라의 방에서 내다보면 창문 너머로 하늘과 언덕이 거의 완벽한 곡선을 그리며 맞닿았다. 도라는 온종일 그 지평선을 바라보고, 백번 천번 캔버스에 혹은 크로키북에 옮겨놓았다. 그림을 그리지 않을 때는 자연에 취해서 시를 썼다.


나 자신도 알지 못하는 내 비밀 속에

내가 광기와 공포와 슬픔을 겪은 이 방에

살아 계신 당신이 나를 살게 합니다

여름날이 깨어납니다

광막한 유배지, 하지만 여름입니다

태양 가득히 고요한 하늘

영혼에 오직 행복뿐인 평화의 영토

집으로 돌아가는 아이[14]


* 메네르브에 있는 신석기시대 유적으로, 양쪽 두 개의 돌 위에 천장처럼 돌판을 얹어 시신 안치실 같은 형태를 갖추었다.

에르메스 수첩의 비밀

자클린은 뉴욕에서 지내며 전시회 때 파리에 오거나 데이비드와 싸우면 떠나오는 식으로 몇 년 동안 두 도시를 오가며 살았다. 1953년에는 부부간의 불화가 더 심해졌다. 자클린은 피카소가 칸에 구해준 빌라에 정착했고, 그때 다시 위게트를 데리고 메네르브에 와서 며칠 동안 머물렀다. 시간이 흘러 퇴색한 우정만 남아 있던 그 늦여름의 추억 역시 사진들에 담겨 남아 있다.

두 여자는 정치적으로 더는 그 어떤 문제에도 의견 일치를 이루지 못했다. 도라는 가톨릭 신앙과 함께 보수주의자가 되었고, 자클린은 여전히 극좌파 활동에 참여했다. 자클린은 특히 1938년 멕시코에서 만난 트로츠키에게서 깊은 영향을 받았다. 아메리카 인디언 부족들의 거주지에 몇 차례 머문 경험으로 더욱 격렬해졌고, 그 어느 때보다 저항적이었다. 위게트는 동생만큼 급진적이지는 않았지만, 가족계획의 창시자 에블린 쉴르로와 피임에 관한 투쟁을 함께했고, SFIO*에서도 같이 활동했다.

긴장된 분위기가 이어질 수밖에 없었다. 짐작건대 도라와 자클린은 그때 이후로 다시는 만나지 않았을 것이다.

영화감독 파브리스 마즈도 그때 두 여자가 얼굴을 붉혔고, 그게 그들의 마지막이었을 거라고 말했다. 마즈의 기억에 따르면 자클

---

* Section française de l'Internationale ouvrière, 노동자 인터내셔널 프랑스 지부. 1905년에 창당된 프랑스 사회주의 연합 정당이다.

린은 화가 나면 불같이 흥분했으며 그 어떤 상황에서도 타협 없는 진실을 요구했다. 마티스의 사위인 미술평론가 조르주 뒤튀를 쫓아내기도 했고, 어처구니없는 카탈로그 문제로 위대한 시인 이브 본푸아와 의절하기까지 했다.

도라는 그런 자클린보다도 완강했다. 그녀는 매일 아침 기도를 했다. 메네르브에서는 헬멧 대신 스카프를 머리에 두른 채 모빌레트*를 타고 포도밭 사이를 지나 생틸레르 수도원, 노트르담데그라스 성당 혹은 노트르담드뤼미에르 성당(이곳이 이웃들이 귀찮게 하는 마을 성당보다 좋았다)**으로 갔다. "성당 안에 들어가보면 당신도 그녀가 왜 그랬는지 이해할 겁니다." 그곳 사제가 나에게 말했다. 들어가보았다. 그리고 촛불을 밝혔다. 도라를 이해했는지는 모르겠다. 나는 하늘에 연결된…… 하늘로 실려간…… 평화로워진 도라의 모습을 상상해보았다.

도라보다는 자클린이 이해하기 쉽다. 1960년대에 자클린은 「알제리 전쟁에 대한 불복종 권리를 위한 121인 선언」***에 서명했다. 르네 샤르와 함께 알비옹 고원이나 라르자크 기지에 미사일

* 프랑스 모토베칸사(社)에서 1949년에 출시한 동력 자전거.
** 노트르담드뤼미에르 성당은 메네르브가 아니라 인근 마을에 있다.
*** 1954년 알제리 민족해방전선(FLN)의 결성과 함께 프랑스에 맞선 독립전쟁이 시작된다. 이어 1958년에 알제리 공화국 임시정부가 수립되자 프랑스 내에서도 알제리 독립을 지지하는 여론이 형성되고, 1960년 디오니스 마스콜로, 모리스 블랑쇼 등이 주축이 되어 사르트르, 트뤼포 등 121인이 서명한 알제리 전쟁 반대 선언문이 발표된다.

　　　　　　　　　　　　　　에르메스 수첩의 비밀

을 설치하는 계획에 반대하고, 68운동 때는 알랭 크리빈*과 함께 행진하기도 했다.

하지만 역설적이게도 도라와 자클린의 삶은 많이 닮아 있다. 미술에 쏟은 열정이 그렇고, 스스로를 고립시키려는 욕구도 같았다. 자클린이 브르통과 초현실주의자들의 영향력에서 벗어났듯이 도라는 피카소에게서 벗어났다. 두 여자 모두 뤼베롱의 경치를, 같은 땅 위로 쏟아지는 눈부시게 환한 빛을 그렸다. 단지 하늘을 바라보면서 한 여자는 신과 말했고 다른 한 여자는 우주 속에서 전율했다. 두 여자 모두 경력에 있어서는 성공을 거두지 못했다. 도라는 집수리 비용을 대느라 피카소의 그림을 팔기도 했다. 하지만 두 여자 모두 최소한의 것으로 살아갈 줄 알았다. 그리고 더이상 누군가의 뮤즈가 아니라 화가로 인정받기 위해 열정을 쏟았다.

1963년부터 자클린이 여름마다 와서 머물던 시미안은 메네르브에서 겨우 50킬로미터 거리이다. 하지만 자클린도 도라도 먼저 손 내밀지 않았다. 둘 다 완고하게 버텼고, 서로 자신이 옳다고 생각했다. 늘 그랬듯이 위게트는 오만하고 이상주의자이던 두 여자 사이에 끼어 지냈다. 하지만 위게트 역시 더는 둘을 화해시키고

---

*프랑스의 정치인으로, 대학생 때부터 프랑스 공산당(PCF)의 청년 조직에서 활동했고, 1966년에 청년 혁명적 공산주의자(JCR)를 창설하여 베트남 반전 운동, 68운동 등에 참여했다. 2000년대 초까지 혁명적 공산주의자 동맹(LCR) 소속 유럽의회 의원을 지냈다.

싶은 마음도, 그럴 만한 인내심도 없었다.

사실 그래야 할 이유도 없었다. 사랑도 변하는데 우정이라고 변하지 말란 법은 없지 않은가. 더이상 함께할 추억이 없는데 어째서 끈을 붙잡고 있어야 한단 말인가. 도라도 자클린도 그럴 마음이 없었다. 그뒤로 마흔 해 동안 두 여자는 각자 고집스럽고 외롭게 자기의 길을 갔다.

그 시절의 기록으로 남아 있는 것은 자클린이 죽은 1993년에 도라가 위게트에게 보낸 글이 전부다. 마르틴 몽토는 너무도 평범한 문구가 마치 흥분해서 쓴 듯 아주 큰 글씨로 적혀 있는 이상한 엽서였다고 기억한다. 사 년 뒤 도라도 세상을 떠났고, 곧 위게트도 오십 년 전 세상을 떠난 딸 브리지트처럼 폐렴으로 숨을 거두었다.

파브리스 마즈가 자기가 찍은 자클린 랑바 다큐멘터리 DVD를 보내주었다. "보시면 그녀의 매력에 빠지게 될 겁니다." 물론이다. 자클린 랑바는 현실 참여에 적극적인 예술가였고, 사랑에 격정적인 여자였다. 그 어떤 남자도 그녀를 붙잡아둘 수 없었다. 나는 자클린 랑바의 매력에 빠졌다. 어머니로서 자리를 비울 때가 많았지만, 그녀는 자유로운 여자였다. 자클린 랑바의 삶은 20세기의 투쟁과 유토피아, 신화와 과오를 그대로 담고 있다. 자클린이 마지막으로 살았던 아파트, 햇빛이 가득 스며들고 식물이 만발한 방에 들어가 몇 시간이고 그녀의 목소리를 듣고 싶었다.

두 여자에 비하면 위게트의 삶은 매력적이지 않다. 하지만 만일 내가 찾은 것이 위게트의 수첩이었다면 나는 분명 위게트의 삶 속에, 그림자에 가려 살아간, 떠올리는 사람이 없는 그 삶 속에 애정을 가지고 들어섰을 것이다.

말하자면 도라 마르는 나의 선택이 아니었다. 나는 메네르브의 집에서 랑바 자매를 내보내고 문을 닫는다. 두 여자는 큰 소리로 이야기를 나누며 서둘러 마을 아래로 내려가리라. 나도 랑바 자매와 함께 떠나고 싶다. 하지만 나는 도라 곁에, 덩그러니 크기만 할 뿐 엉성하기 그지없는 이 집의 무거운 침묵 속에 남는다. 신기하게도 도라가 대모로 사랑했던 아이와 내 이름이 같다. 아직 도라에게서 들어야 할 얘기가 많다.

하지만 나는 도라의 침묵과 분노가, 그녀의 성정이, 그녀의 판단이, 앞에 있는 사람을 파고드는 그 눈길이 무섭다. 도라가 신과 맺은 관계를 조금도 이해하지 못할까봐 두렵다. 내가 유대인이고 게다가 신앙과 거리가 먼 인간이라는 걸 알면 도라는 뭐라고 할까? 그렇다. 이따금 나는 도라 때문에 두렵다.

# 샤방스

Chavance
MAR 9644

샤방스? 아직껏 루이 샤방스를 기억하는 사람이 있을까? 있다면 보나마나 영화광이다. 샤방스는 두 가지 영광의 타이틀을 지녔다. 하나는 앙리 조르주 클루조의 영화 〈까마귀〉의 시나리오작가, 다른 하나는 도라 마르의 연인이다.

도라와 샤방스는 1920년대 말 마리안 클루조*의 집에서 만났을 것이다. 마리안 클루조의 아버지는 갈리라박물관**의 큐레이터였다. 마리안 클루조의 보존 자료에 도라에 대한 이야기가 나온다. "처음에는 갈리라에서 열린 서프라이즈 파티들에 참석했다가 곧 거의 매일 왔다. 우리는 몇 번 여름휴가를 함께하기도 했다. 도라

* 앙리 조르주 클루조의 사촌으로, 화가이자 일러스트레이터였다.
** 파리 16구에 위치한 패션 박물관.

에르메스 수첩의 비밀

는 변덕스럽고 까다로운 성격이기는 했지만 무척 똑똑하고 개성이 강했다. 우리에게 도라는 없어서는 안 될 존재였다." 마리안은 도라가 "세련된 여자의 표본"[15]이었다고도 했다.

훗날 피카소의 연인이 될 도라는 에펠탑이 보이는 박물관 테라스에서 마리안의 또다른 사촌에게 호감을 느꼈다. 그러다 샤방스가 등장했고, 둘은 한눈에 반했다.

샤방스와 도라는 이십대 초반의 동갑내기였다. 도라는 명석했고 속물스러운 면도 있었으며 야심이 컸다. 어린아이처럼 동글동글한 얼굴에 패션은 늘 유행을 앞서갔고, 머리카락은 남자처럼 짧았다. 샤방스는 키가 크고 푸른 눈에 갈색 머리를 가진 멋쟁이인데다 재미있고 매혹적인 남자였고, 여자를 좋아했다. 무엇보다 춤을 잘 췄다.

샤방스는 호기심으로 심리학을 배우기 시작했지만 곧 포기하고 영화라는 진짜 열정을 찾아냈다. 이미 열다섯 번을 본 멜리에스*의 옛 영화를 더 보기 위해, 초현실주의 영화 혹은 어느 미국 여배우의 아름다운 눈을 보기 위해 파리 끝에서 끝까지 달려가기도 했다. 도라를 처음 만났을 때는 뤼미에르 영화학교 학생이었다. 신문들에 시평을 썼고, 영화를 좋아하는 친구들과 잡지 『뒤 시

* 배우이자 마술사였고, 십사 분짜리 흑백 무성영화 〈달 세계 여행〉(1902) 등 많은 영화를 제작했다. 여러 가지 특수효과를 창안해 초창기 영화 발전에 기여했다.

네마』* 창간에도 참여했다.

도라는 이미 사진작가의 길에 들어서 있었다. 사진 관련 수업을 들으며『라 르뷔 누벨』**에 사진을 싣기 시작했다. 루이 샤방스를 통해 도라는 자유분방한 전위예술가들, 특히 프레베르 형제***가 주축이 된 무리와 그들이 모이던 기이한 클럽 라쿠뎀****(그곳에서는 서로 팔꿈치를 비비며 인사했다)을 접했다. 도라를 샤토가*****에 데려간 것도 샤방스였고, 도라는 그곳에서 자코메티, 데스노스, 아라공, 브르통, 엘뤼아르를 만났다.

도라가 이후 공동작업까지 하게 되는 피에르 케페르를 만난 것역시 샤방스를 통해서였다. 샤방스와 각별한 사이였던 케페르는 영화세트디자이너였지만 시간이 나면 사진도 찍었다. 무엇보다 그의 부모가 사는 뇌이*****의 넓은 집에 암실이 있었다. 도라는 케페르를 부추겨 정원에 화려한 사진 스튜디오를 만들게 했다. "파

* 1928년 영화평론가 오리올을 주축으로 앙드레 지드, 마르셀 에메, 루이 샤방스 등이 창간한 영화 잡지. 1929년부터 《『뷔 뒤 시네마』라는 이름으로 1949년까지 간행되었다.
** 1924년부터 1931년까지 파리에서 발간된 월간 잡지.
*** 시인 자크 프레베르와 동생인 영화감독 피에르 프레베르를 말한다.
**** Lacoudem, 프랑스어로 쿠드(coude)는 팔꿈치를 뜻한다.
***** 1920년대에 자크 프레베르는 이브 탕기와 함께 몽파르나스 구역 샤토가에 위치한 건축가 조르주 뒤아멜의 아틀리에에서 함께 지냈다. 그곳은 예술가들의 성지였고, 초현실주의의 '카다브르 엑스키'도 그곳에서 탄생했다.
****** 파리 서쪽의 교외 도시.

에르메스 수첩의 비밀

리에서 제일 컸고, 위치도 가장 좋았다."¹⁶ (『아르 비방』*에 실린 말을 믿자면 그렇다.) 심지어 수영장까지 있었다!

도라는 케페르의 인맥 덕분에 패션과 광고 사진을 찍게 되고, 그와 공동작업도 했다. 그리고 그즈음 패션디자이너와 모델, 명사들이 즐비한 상류사회에도 출입했다. 훗날 도라는 그때가 자신의 '사교계 시절'이었다고 회고했다.

정치적으로 도라는 루이 샤방스를 통해 보다 급진적인 좌파로 기울게 된다. 1932년부터 그랬고, 1934년에 절정에 이르렀다. 샤방스와 도라는 반의회적 폭력에 맞서는 지식인들의 청원을 비롯하여 유럽의 파시즘 대두에 반대하는 청원 등 모든 청원에 서명했다. 또한 '프레베르 무리'와 함께 옥토브르 그룹**의 선언문들에, 파업중인 공장에서 벌어지는 마르크스주의적이고 과격하고 전복적인 행위에 참여했다.

1930년대 초에 샤방스와 도라, 그리고 그들과 함께하던 무리 중 몇 명이 알프뒈에즈 스키장에 간 적이 있다. 그냥 쉬다 오려 했을 뿐 스키는 계획에 없었다. 하지만 산 정상에 노천 탄광이 있다는 말을 들은 도라는 가만있을 수 없었다. 훗날 출판사 편집자가

---

* '살아 있는 예술'이라는 뜻으로, 1925년부터 1939년까지 회화, 조각, 장식미술 등을 다루던 잡지.
** 1932년에 창설된 극단으로, '옥토브르'는 10월을 뜻한다. 아지프로(공산주의 선전선동)를 비롯하여 마르크스주의를 전파하는 연극들을 공연했다.

되는 마르셀 뒤아멜에 따르면 그녀는 "르포거리가 있다는 냄새를 맡아버렸다."[17] 도라는 실스킨*을 달고 올라가보자며 부드럽게 속삭이는 듯한 특유의 목소리로 같이 간 남자들을 설득하기 시작했다. "내 말 믿어. 올라갈 수 있어." "스키를 신어본 적도 없다면서?" 첼리스트 모리스 바케가 불안한 목소리로 물었다. "해발 2300미터라는데! 스키 탈 줄 모르면 못 올라가!" "그럼 좀 도와주면 되겠네."

정말로 산을 오르는 동안 남자들이 번갈아 도라를 잡아주어야했다. 그녀는 그야말로 용을 쓰면서 올라갔다. 하지만 광산이 나타나자 숨 돌릴 틈도 없이 사진을 찍기 시작했다. 눈앞에 펼쳐진 광경은 그녀를 매혹시켰고 또한 분노하게 했다. "더러운 물구덩이에 지저분한 군인 막사 같은 구조물이 서넛 서 있고, 누더기 차림에 얼굴이 시커메진 사람들이 오가고 있었다. 광부들은 겨우내그곳에서 곡괭이질을 했다. 때로는 배까지 올라오는 얼음처럼 차가운 물에 들어가야 했다." 아마도 도라는 그곳까지 올라간 첫 여자였을 것이다. 광부들은 최신 사진기를 능숙하게 조작하는 도라의 모습을 넋 놓고 바라보았다. 그런데 내려가는 길은 올라올 때만큼 녹록지가 않았다. 도라가 열 번도 넘게 넘어지자 결국 일행중에서 가장 작지만 스키를 제일 잘 타던 모리스 바케가 그녀를

* 스키를 타고 경사면을 오를 때 스키판 뒤에 붙이는 미끄럼 방지용 가죽.

업고 내려와야 했다. 게다가 그날 찍은 사진들은 결국 세상 빛을 보지도 못했다. "옹고집쟁이 같으니!" 뒤아멜이 말했다. 이후로 '옹고집쟁이'는 도라의 별명이 되었다.

도라는 샤방스를 많이 사랑했던 것 같다. 그를 부모에게 소개하기까지 했고, 다른 여자들 때문에 질투로 싸우는 일도 잦았다. 그때마다 샤방스는 우스갯소리로 빠져나갔다. 어쨌든 도라는 조르주 바타유도 샤방스를 통해 만났다. 그리고 바타유와 가까워지면서 그때까지 자신과 잘 맞았던, 하지만 어쩌면 지나치게 얌전했던 샤방스와 멀어졌다.

도라와 바타유가 어떤 관계였는지, 심지어 그 관계가 얼마나 이어졌는지 아는 사람은 없다. 아마도 몇 달 만에 끝났을 것이다. 하지만 그 몇 달만으로도 도라는 금기의 위반이라는 아우라를 얻었고, 오늘날까지도 쾌락과 고통을 한데 묶어주는 성행위를 둘러싼 환상을 달고 다니게 되었다.

루이 샤방스의 아들은 아버지가 1935년에 도라와의 관계를 끊었다고, 그 이후로는 도라와 관련된 얘기는 듣고 싶어하지 않았다고 기억했다. 도라가 안긴 상처와 모욕 때문일 터이다. 샤방스는 자크 프레베르와 막 이혼한 시몬 프레베르와 결혼했다. 훗날 그는 자기가 좀더 붙잡아주었더라면 도라가 그렇게까지 종교에 빠져들지는 않았으리라 생각하며 관계를 끊어버린 것을 후회하기도 했다.

그런데 1951년이면 도라가 샤방스와 헤어진 지 이미 열여섯 해가 지난 뒤인데도 도라의 수첩에 그의 이름이 남아 있었다. 주소도 전쟁 후에 이사한 새 주소였다. 둘의 관계가 그때까지도 완전히 끊기지는 않았던 것이다. 이후 보존 자료에서 찾아낸 1952년 수첩에는 심지어 8월 21일에 루이 샤방스와의 점심식사 약속이 적혀 있기까지 했다. 아들에게 모든 것을 다 말하지는 않는 법이다.

당시 샤방스는 힘든 시기를 겪고 있었다. 파리가 해방된 후, 영화사 콩티낭탈*에서 제작한 〈까마귀〉가 이적행위 프로파간다에 기여했다는 비난을 받았기 때문이다. 영화평론가이자 영화사가인 조르주 사둘은 〈까마귀〉가 '괴벨스의 지원을 받은 영화'이며, 『나의 투쟁』이 주장하는 대로 프랑스를 타락했고 프티부르주아적이며 사악한, 몰락하는 국가로 그렸다고 비난했다. 결국 〈까마귀〉는 상영이 금지되었고, 감독과 시나리오작가는 프랑스 영화계의 숙청 작업으로 자격정지를 피하지 못했다. 샤방스는 전쟁이 일어나기 전 신문 사회면에서 읽은 기사에서 영감을 얻어 쓴 시나리오였다고 항변했지만 소용없었다.

1947년 말에 겨우 상영 금지가 취소되었다. 감독 클루조는 다시 〈오르페브르 강변길〉을 찍었는데, 그 영화에 등장하는 사진작가의 이름도 도라였다! 그러나 샤방스는 끝내 재기하지 못했다.

---

\* 1940년 괴벨스가 설립한 독일 자본의 프랑스 영화사.

에르메스 수첩의 비밀

다시 시나리오를 쓰기는 했지만, 〈까마귀〉만큼 훌륭한 작품은 나오지 않았다. 1952년에 도라와 함께 점심식사를 할 때도 그는 무고하게, 무엇보다 공산당으로부터 비난을 받아야 했던 쓰라림을 되씹었을 것이다. "안 그래도 편집증적인 성격을 가진 사람한테 그런 부당한 처사는 끔찍한 결과를 남기게 되죠." 샤방스의 아들이 조심스럽게 말했다.

그날 샤방스와 도라가 만나 나누었을 대화를 상상해보자. 도라도 이미 피카소와 그 친구들이 지지했던 공산당에서 진저리치며 벗어났다. 샤방스에게 가해진 부당한 운명 앞에서 도라의 분노와 원한은 더 커진다. 하지만 두 사람이 공유할 수 있는 것은 공산당에 대한 증오가 전부다. 샤방스는 더이상 그 어떤 것도 믿지 않는다. 그는 이제 신도 지도자도 거부하는 무정부주의자이다. 샤방스와 도라는 서로를 조금도 이해하지 못한다.

아마 그후에도 다시 만난 적이 있을 테지만, 도라가 너무 괴팍스러워졌다. 그녀와 함께 있자면 어느 장단에 춤을 춰야 할지 알기 힘들었다. 어느 전시회에서 멀리 샤방스가 보이자 도라는 같이 있던 친구에게 이런 말까지 했다. "저 남자 때문에 피곤해. 아직도 내가 자기 거라고 생각한다니까."[18]

하지만 샤방스는 어떤 말을 들어도 놀라지 않았을 것이다. 그는 이미 1930년대에, 누가 봐도 도라를 연상시키는 시를 썼다.

그대 이제 흔들리는구나 신경질 가득한 미친 여인

한 마리 개가 주인을 바꾸듯이

수시로 생각이 달라지는

아무 때나 화를 내고 흥분하는 여인

내가 바친 사랑의 대가로

내 배를 걷어찼지

엉망이 되어 딸꾹질하며 흐느끼는 신경질 가득한 미친 여인

비를 맞고 선 포플러처럼 당당하고

재 속의 감자처럼 뜨겁고

병든 동물의 배처럼 파르르 떠는 그대

갑자기 폭발하고 갑자기 침묵하고 갑자기 밤이 온다

공포에 휩싸인 거대한 들판을 흐르는 용암 줄기처럼

그대 천천히 몸을 뻗는구나.[19]

에르메스 수첩의 비밀

# 브라사이

Brassaï
81 rue Saint-Jacques
Por 2341

브라사이 역시 도라가 피카소의 연인이 되기 전부터 알던 사이였다. 그들은 도라가 루이 샤방스와 함께 '프레베르 무리'와 어울리던 1930년대 초반에 몽파르나스의 카페들에서 마주쳤다. 사진 스튜디오를 공동으로 사용하기도 했다.

당시 도라와 브라사이는 막 사진작가로 데뷔한 참이었다. 도라는 특히 도시의 풍경에 관심이 많았고, 화가의 눈으로, 하지만 아주 현대적인 방식으로 투시 원근법과 선과 빛을 다루었다. 브라사이 역시 파리의 모습을 담았지만 밤에 희미한 어둠이나 안개에 잠긴 도시의 모습을 찍었다. 두 사진작가는 한 미국인이 빌려준 작은 암실을 번갈아가며 사용했다.

브라사이는 도라와 사진에 관해 얘기해본 적은 거의 없다고 회고했다. 도라는 눈이 튀어나온 이 헝가리인 사진작가에게서 배울게 별로 없다고 생각했을 것이다. 그녀는 '새로운 사진'*의 우두머리이던 엠마뉘엘 수제를 멘토로 삼아 그의 조언을 따랐다. 그리고 곧 브라사이와 같이 쓰던 좁은 암실을 버리고 피에르 케페르와 함께 뇌이의 새 암실을 사용했다.

　도라와 브라사이는 이삼 년 뒤 공동 사진전에서 다시 만났다. 브라사이는 막 명성을 얻기 시작했고, 이미 패션과 광고 쪽에서 이름난 사진작가였던 도라는 오히려 덜 상업적이고 보다 개인적인 길을 추구하는 중이었다. 스물일곱 살의 도라는 혼자 스페인과 영국에 가서 가난한 동네를 돌아다니며 르포 사진을 찍었다. 정치 참여에 적극적이던 시기였기에, 특히 사회의 주변부로 밀려난 이들, 눈먼 자들, 기형의 몸을 가진 이들, 실업자들, 그리고 1929년의 대공황으로 무너진 사람들에게 공감했다. 거리를 떠도는 아이들에 대해서도 다정하고 시적인 눈길을 보냈으며, 때로는 익살맞은 상황을 즉석에서 포착하기도 했다. 이후 도라는 바타유와 초현실주의 예술가들의 영향으로 불안과 부조리와 몽환 사이를 항해하는 콜라주 작업에 몰두하게 된다. 현실을 비틀어서 광기를 담아내고, 그림자를 가지고 놀고, 과장된 표현으로 그로테스크한 입을 만들고, 사물들의 방향을 반대로 바꾸고, 아르마딜로의 태아를 변

* 1920년대 독일의 신즉물주의 미술운동의 영향으로, 감상적이고 회화적인 사진 대신 간소하고 '순수한' 사진을 추구하던 경향을 말한다.

형해 형체를 분간하기 어려운 괴물로 만들어내기도 했다. 보다 가볍게는, 친구이던 화가 레오노르 피니에게 가면을 씌우고 가터벨트와 스타킹을 신긴 사진들, 혹은 벌린 다리 사이에 고양이를 얹고 찍은 보다 도발적인 사진들도 있다. 또 그녀는 전문잡지들을 위해 금기 없는 에로티즘과 사도마조히즘적 성행위가 어렴풋이 담긴 사진들을 찍기도 했다. 도라의 사진들을 보면 불안하게 흔들리는, 하지만 대담하고 자유롭고 용감한 여인을 느낄 수 있다.

브라사이는 도라의 재능뿐 아니라 그녀의 용기, 호전적 패기에 깊은 감명을 받았다. 저 자그마한 여자가 어떻게 저렇게 겁이 없을까…… 한편 도라는 브라사이가 밤의 도시에서 포착하는 놀라운 빛을, 그가 찍는 그라피티 사진들을 좋아했다. 브라사이의 말대로, "파리의 벽들은 세상에서 가장 큰 미술관"이었다.

그러다 도라가 피카소를 만나면서 두 사진작가 사이에 갑자기 긴장이 흐른다. 이미 십 년 전부터 피카소와 그의 그림들을 찍어 온 브라사이는 다른 사진작가가 그에게 접근하는 것을 용납할 수 없었고, 도라는 조심스럽게 자신의 사냥터를 지켰다. 결국 브라사이는 "쉽게 격해져서 천둥 번개를 동반한 폭우처럼 분노를 쏟아내는 도라를 자극하지 않기 위해, 이제는 그녀의 영역이 되어버린 땅에 발을 딛지 않기로 한다."[20] 그편이 신중한 처사였다. 피카소가 이미 도라에게, 그녀의 교양과 그녀의 생각에 완전히 사로잡힌 것 같았기 때문이다. 도라가 없는 자리에서도 피카소는 "도라 생각에는……" "도라가 그러는데……" 운운하며 그녀를 언급했다. 브라사이는 물러나기로 했다.

이후 도라가 사진 대신 그림에 전념하기로 하면서 두 사람의 관계가 회복되었다. "직업적인 경쟁심이 사라지니 우리의 우정을 가로막을 것이 더는 없었죠." 물론 도라와 브라사이 사이에 우정을 이야기하는 것은 과장이다. 온유한 성품의 브라사이는 도라가 터뜨린 분노를 몇 번 겪어보았고, 예측 불가능한 도라를 늘 경계했을 것이다. 그의 관심은 오로지 피카소였다.

피카소는 도라에게 그랬던 것처럼 브라사이에게도 사진을 버리고 그림을 그려보라고 끈질기게 설득했다. "금광을 가진 사람이 겨우 소금 광산이나 파고 있다니." 다소 어수룩한 브라사이를 이런 식으로 놀리기도 했다. 그래도 브라사이는 피카소의 모든 것을 받아들였다. 피카소를 만나고 나면 매번 기록해두기까지 했다. 브라사이에게 피카소와의 만남은 그 정도로 특별한 순간이었다. 다른 많은 사람들과 마찬가지로 브라사이는 피카소의 열렬한 추종자였다. 도라는 그림자 속에, 정확히 말하면 역광의 자리에 놓였다.

1945년 5월 15일만은 예외였다.

피카소의 아틀리에에는 평소의 오전과 다름없이 선정된 방문객들이 줄을 이었다. "당신은 최초의 공산주의자 왕입니다." 콕토가 말했다. 점심식사 시간이 되자 군주는 늘 그랬듯이 남아 있는 사람들을 이끌고 카탈랑으로 향했다. 그날 식사 자리에는 언제나 빠짐없이 참석하는 폴 엘뤼아르와 그의 아내 누슈 엘뤼아르, 젊은 미국인 병사, 미술 서적 전문가, 한때 아폴리네르의 비서였고 몰레 남작*이라 불리던 괴상한 노인, 그리고 브라사이와 몇 년 후 그의 아내가 될 연인이 함께 자리했다. 테이블 끝에는 도라를 위한 자리가 남겨져 있었다. 피카소는 아틀리에를 나서기 전 도라에게 전화를 해 내려오라고 했다. 늘 하던 대로였다.

화기애애한 분위기였다. 떠들기 좋아하는 피카소가 한창 외설스러운 이야기를 쏟아냈고, 어쩌나 재미있게 말하는지 다들 웃느라 정신이 없었다. 늦게 온 도라도 합석했다. 그녀는 어둡고 음침했다. 브라사이에 따르면 그날 도라는 "웃음기 없는 얼굴로 주먹을 꽉 쥔 채 이를 악물고 있었다."[21] 피카소가 얘기를 이어가려는데, 갑자기 도라가 벌떡 일어서며 소리쳤다. "지겨워! 난 더 못 앉아 있겠어. 가야겠어……" 피카소는 그녀를 만류하다가 따라 나갔다.

그날 모인 사람들 중 몇 명은 이미 비슷한 장면을 본 적이 있었다. "걱정 말아요. 여자들은 종종 저래요." 누슈가 속삭였다. 누슈는 때로 눈치가 둔했다. 누슈와 달리 엘뤼아르의 얼굴에는 걱정이

---

* 당시 알프레드 자리가 주장한 파타피지크('예외적이고 부대적인 것의 학문'을 뜻하는 알프레드 자리의 신조어)의 분위기에서 아폴리네르는 자신의 친구로 문인들과 어울렸던 장 몰레를 장난처럼 '남작'이자 '비서'라고 불렀다.

어렸다. 피카소를 기다리는 동안 모두 몇 분이 영원처럼 느껴졌다. 한 시간 뒤 피카소가 "잔뜩 짜증이 나고 흥분하고 겁에 질린 얼굴로" 돌아왔을 때 그의 샤토브리앙 스테이크*는 이미 다 식어 있었다. 브라사이는 "피카소가 그렇게 당황하는 모습은 처음이었다"[22]고 회고했다. 피카소는 들어오자마자 엘뤼아르에게 다가갔다. "폴, 빨리 와봐. 자네가 필요해." 다른 사람들은 식사를 끝낼 수도 자리를 뜰 수도 없었다. 그들은 5시까지 어정쩡하게 있다가 여전히 무슨 일이 일어난 건지 알지 못한 채로 카탈랑을 떠났다.

---

* 화이트와인을 사용한 샤토브리앙 소스를 얹은 프랑스식 안심스테이크. 19세기 프랑스의 귀족이자 작가인 샤토브리앙 남작의 요리사가 개발하여 이런 이름이 붙었다.

에르메스 수첩의 비밀

# 엘뤼아르

Éluard

Nor 2640, 9056

폴 엘뤼아르는 끝까지 비밀을 지켰다. 도라에 대해 애정으로 그는 1945년 5월 15일 사부아가에서 일어난 일에 대해 마지막까지 입을 열지 않았다. 그날 도라는 울부짖으며 헛소리를 했고, 피카소와 엘뤼아르에게 어서 무릎 꿇고 하느님께 용서를 빌라고 다그쳤다. 피카소는 놀라서 입을 다물지 못했다. 도라가 병든 것만도 두려운 일인데, 하물며 미쳤다니! 폴 엘뤼아르가 다정한 목소리로 도라를 어느 정도 진정시켰다.

엘뤼아르는 지난 십 년 동안 도라와 피카소 사이에 일어난 거의 모든 일을 알고 있었다.

우선 엘뤼아르는 도라와 피카소가 처음 만난 카페 되 마고에 같이 있었다. 피카소를 그리로 데려간 사람이 바로 엘뤼아르였다.

도라가 손가락 사이로 칼을 내리꽂는 장면을 지켜보던 피카소가 그에게 저 이상한 여자를 아느냐고 물었다. 엘뤼아르가 우연을 가장해 도라와 피카소의 만남을 유도했을 수도 있다. 엘뤼아르는 잘 안다는 표정으로 바타유의 연인이었던 여자라고 속삭였고, 그 순간 피카소는 그녀가 즐겼을 금지된 유희를 떠올리지 않았겠는가.

"자네하고는 어떤 사이인데?" 피카소가 물었다. 엘뤼아르와 도라 사이에는 정말로 아무 일도 없었다. 하지만 엘뤼아르는 그렇게 대답하지 않았을 것이다. 그는 원래 아니라고 말하는 법이 없었다. 브르통이 '난교꾼'이라는 별명을 붙여줬을 정도로, 엘뤼아르는 남녀 사이의 믿음을 아주 폭넓은 의미로 받아들였고, 성에 대해서도 더없이 개방적이었다. 첫 아내 갈라가 달리에게 가버린 뒤* 엘뤼아르는 르네 샤르와 함께 라파예트 백화점 주변을 돌아다니다가 누슈**를 만났고, 호리호리하고 고분고분하고 애교 있는 그 알자스 여인 곁에서 마음을 달랬다. 당시 초현실주의 예술가들은 길을 가다 마음에 드는 여자에게 접근하기를 즐겼다. 브르통은 심지어 그것이 부르주아적 관습에서 벗어난 사랑과 우연의 유희, 즉

* 러시아 태생의 옐레나 이바노브나 디아코노바는 파리에서 엘뤼아르와 함께하면서 그가 지어준 '갈라'라는 이름을 썼다. 개방적인 성생활로 유명했던 엘뤼아르는 아내 갈라를 친구 막스 에른스트에게 이어주며 셋이 함께 생활하기도 했다. 하지만 이후 달리를 알게 된 갈라는 엘뤼아르를 떠났다.
** 알자스가 독일 영토일 때 뮐루즈에서 태어난 마리아 벤츠는 연극배우로 활동하다가 파리에서 엘뤼아르를 만났다. 그때부터 누슈라는 이름으로 불렸고, 피카소를 위시한 화가들과 초현실주의 예술가들의 뮤즈가 되었다.

에르메스 수첩의 비밀

'우연적이고 필연적인' 만남이라는 이론을 주장했다. 엘뤼아르는 그 규칙을 좀더 끈기 있게, 악착같이 적용했을 뿐이다.

하지만 도라한테는 아니었다! 심지어 도라가 엘뤼아르의 사진을 찍느라 단둘이 아스트롱가의 스튜디오에 있을 때도 아무 일 없었다. 사실 그날 찍은 사진을 자세히 살펴보면 조금 이상한 점이 눈에 띄기는 한다. 이마가 훤하고 장대같이 키가 큰 엘뤼아르의 푸른 눈이 도라를 사진작가라기보다는 여자로, 너무 부드러워서 거의 흐느적거리는 것 같은 눈길로 응시하고 있다. 그러나 엘뤼아르는 자신이 누슈나 다른 여자들과 함께 벌이는 온건한 방종보다 훨씬 더 위반적인 체험을 바타유와 함께했을 여자를 감히 유혹할 수 없었을 것이다.

엘뤼아르는 피카소가 도라와 천생연분이라고 확신했다. 피카소를 잘 알고 그에게 걸맞은 동반자가 필요하다고 생각하던 그는 도라가 바로 그런 여자라고 생각했다. 도라는 사회활동에 참여하는 지식인이자 재능 있는 예술가였고, 올가보다 훨씬 지적이었으며, 마리테레즈처럼 투명하고 순종적이지도 않았다.* 엘뤼아르는 몇 달 동안 두 사람을 이어주려고 애썼다.

도라가 처음으로 피카소의 그림에 등장한 게 1936년 8월 1일

---

* 피카소는 1918년에 러시아 발레리나인 올가 코클로바를 만나 결혼했다. 이들의 결혼생활은 약 십 년 뒤 사십대의 피카소가 라파예트 백화점 부근을 돌아다니다가 미성년자이던 마리테레즈 발테르에게 반하면서 끝났다.

이니, 아마도 1936년 7월에 시작되었을 것이다. 그때 도라는, 말하자면 부족의 족장이 기다리는 방에 막 발을 들이려는 여자 여행객이었다. 그러니까 아직은 두 사람이 서로를 탐색하던 시기였다는 뜻이다. 피카소는 무쟁*으로 휴가를 떠나면서 도라도 초대하고 엘뤼아르에게 말했다. 하지만 도라는 유혹의 불씨를 던져놓은 이상 일단은 버텨야 한다는 것을 알고 있었기에 망설이는 척했다. "정말 미안해요. 리즈 드아름이 있는 생트로페에 가기로 했어요." 피카소는 개의치 않았다. 그는 도라를 데려가기 위해 친구들과 함께 생트로페로 왔다.

레 살랭** 해변에서 엘뤼아르는 도라와 피카소가 단둘이 멀어지는 모습을 보았다. 그날 피카소는 도라에게 마리테레즈와 딸 마야에 대해 얘기했고, 절대 모녀를 버릴 수는 없다고 했다. 상관없었다. 도라는 자신이 충분히 강하다고 믿었다. 그녀는 피카소를 따라 무쟁에 갔고, 그곳에서 평생 가장 아름다운 여름을 보냈다. 피카소 역시 도라와 함께 행복했고, 도라를 사랑했고, 성적 욕구를 원 없이 충족했다. 한동안 잃어버렸던 에너지를, 그림 그리는 기쁨을 되찾았다. 이 시기에 피카소가 그린 미노타우로스는 성숙하

* 늘 지중해 지역에서 여름을 보내던 피카소는 이해에 처음으로 친구들과 무쟁을 찾았다. 이후에는 무쟁과 칸, 보브나르그 등지에서 지내다가 말년에 다시 무쟁에 프로방스식 별장을 마련했고, 그곳에서 세상을 떠났다.
** 생트로페 동쪽 레 살랭곶의 해변.

에르메스 수첩의 비밀

고 아름다운 갈색 여인 위에서 흥분해 날뛰고 있다. 그리고 9월, 도라는 파리로 향하는 피카소의 이스파노 수이자 뒷좌석에 여왕처럼 앉아 있었다. 몇 달 전부터 꿈꾸던 자리를 마침내 차지한 것이다. 도라는 금세기 가장 위대한 화가의 공식적인 연인이 되었다!

엘뤼아르와 도라의 사이도 더 가까워졌다. 피카소와 도라, 엘뤼아르와 누슈 커플은 아주 잘 맞았고, 늘 같이 다녔다. 도라와 함께하면서 피카소는 우아한 사교계 여인인 올가와의 결혼 이후로 잃어버렸던 보헤미안의 자유로운 삶을 되찾았다. 막스 자코브에 따르면 "공작부인을 모시던 시기"가 끝났다. 화가들, 시인들, 사진작가들, 갤러리 운영자들, 기자들…… 그들은 우연히 만나기도 했고, 늘 같은 카페들을 들락거리며 습관적으로 모이기도 했다. 모두 스페인 때문에 분개했고, 독일 때문에 불안해했다. 피카소는 도라와 함께 무슨 얘기든 할 수 있었다. 그리고 1937년 여름, 〈게르니카〉를 마친 뒤 피카소와 친구들은 다시 한번 무쟁으로 휴가를 떠났다.

엘뤼아르와 누슈는 '바스트 오리종'*에 모인 '행복한 가족'을 지탱하는 기둥이었다. 만 레이와 그의 연인 아디,** 롤런드 펜로즈와 그의 새 연인이 된 미국인 사진작가 리 밀러***는 줄곧 함께했고,

* '넓은 수평선'이라는 뜻으로, 피카소가 자주 묵던 무쟁의 호텔이다.
** 프랑스령 과들루프 출신의 모델 아드리엔 피들랭의 애칭.
*** 연극과 조형예술을 배우고 패션잡지 모델로 일하던 미국인 엘리자베스 밀

나머지는 잠시 왔다가 돌아가곤 했다.

엘뤼아르는 피카소에게 매료되었고 경탄했으며, 천재인 친구와 함께라는 사실에 고무되었다. 그에게 피카소의 그림은 마르지 않는 영감의 원천이었다. 피카소는 이전에 아폴리네르를 위해 했던 것처럼 엘뤼아르의 시집에 그림을 그려주기도 했다.**** 하지만 엘뤼아르에게 도라는 단순히 친구의 여자 이상이었다. "도라한테 내게 편지 좀 쓰라고 해줘." 피카소에게 편지를 보내 이렇게 부탁하기까지 했다.

도라는 엘뤼아르와 누슈가 다정하게 포옹하는 사진을 즐겨 찍었다. 도자기 인형처럼 아름다운 알자스 여인. 알자스 억양과 어울리지 않는 발레리나 같은 몸과 우아한 자태를 지닌 누슈는 도라가 좋아하는 모델이었다. 누슈는 너무도 진솔하게 사람을 매혹했고, 무슨 일이든 너무도 유쾌하게 따랐다. 도라도 누슈한테만큼은 더없이 관대했다. 첫 아내 갈라를 막스 에른스트의 품에 떠안겼던 엘뤼아르가 누슈를 몇 번이나 피카소의 품으로 밀어넣은 오후들에도 그랬다.

러. 이십대 초반에 파리에 와서 만 레이를 만나고 그의 조수 생활을 했다. 만 레이는 모델이자 연인으로 함께 살던 '몽파르나스의 키키'와 결별하고 리 밀러의 연인이 되었지만, 밀러는 곧 그를 떠나 뉴욕으로 돌아갔다. 이후 그녀는 여러 나라를 돌아다니다가 다시 파리에 와서 롤런드 펜로즈를 만났다.
**** 처음 파리에 와서 몽마르트르에서 지내던 시절 피카소는 아폴리네르와 가까이 지내며 그의 시집에 일러스트를 그리기도 했다.

에르메스 수첩의 비밀

사실 그해 여름 무쟁에서는 남녀가 닥치는 대로 잠자리를 가졌다. 변장하고, 서로 이름을 바꾸어 부르고, 그렇게 커플을 갈라놓는 놀이를 즐겼다. 피카소의 아이디어였다! 그러면서 서로 사진을 찍고, 영상을 촬영하고, 장난을 쳤다. 도라만 즐기지 못한 채 친구들 사이에서 벌어지는 방종의 장면을 지켜보았다. 피카소는 그녀를 다른 이의 품에 떠안길 생각을 했을 테지만, 마음속에 오로지 피카소뿐이었던 도라는 다른 남자와 잔다는 생각을 할 수 없었다.

엘뤼아르는 그런 문제에 조금도 개의치 않았다. 평생 사랑할 여자가 있고 오후 한나절 동안 사랑할 여자가 따로 있다는 게 그의 믿음이었다. 나중에 피카소에게 다가갈 수만 있다면 무슨 일이든 할 준비가 되어 있는 어린 여자들을 데려온 사람 역시 엘뤼아르였다. 다만 그중 하나*가 도라의 자리를 빼앗게 되리라고는 생각하지 못했다.

도라는 괴로웠다. 하지만 도라가 워낙 강해 보였기 때문에 피카소와 엘뤼아르는 그녀가 살짝 토라졌을 뿐이라고 여겼다. 이따금 그들이 카드놀이를 하는 자리에 도라가 보이지 않으면 그림을 그

---

* 프랑수아즈 질로를 말한다. 질로는 이십대이던 1943년에 육십대에 들어선 피카소를 만나, 1944년부터 약 십 년 동안 팔로마와 클로드 남매를 낳으며 피카소와 함께했다. 피카소와 헤어진 뒤에도 화가 활동을 이어갔고, 1964년에 피카소와 보낸 십 년을 회고한 『피카소와 함께 살기』를 출간했다.

리거나 사진을 찍고 있겠거니 생각했다. 도라가 화를 내면 제풀에 가라앉을 때까지 기다렸다. 한번은 피카소가 어느 원숭이에 푹 빠져서 사겠다고 하자 질투심에 휩싸인 도라가 난리를 피웠는데, 그때도 그들은 웃기만 했다. 도라의 기분이 어떻든, 전쟁이 가까워오든 말든, 심지어 이미 전쟁 속에서 피 흘리는 스페인의 현실이 어떻든, 그 무엇도 무쟁에 모인 '행복한 가족'의 휴가를 망칠 수는 없었다.

'옹고집쟁이' 도라도 이제 다 받아들여야 함을 깨닫기 시작했다. 이미 마리테레즈가 있는데, 누슈, 아디, 어쩌면 리 밀러까지…… 도라는 굳세게 싸울 태세를 갖추고 투우장에 들어서지만 결국 투우사의 공격에 쓰러지고 마는 황소였다. 투우사는 마지막으로 황소의 숨을 끊기 전에 여러 번의 창 공격을 가한다. 무릎을 꿇기 전까지 도라는 몇 번이나 창 공격을 견뎌냈을까? 어쨌든 그녀는 살아남았다. 마리테레즈는 피카소의 죽음 이후 스스로 생을 마감했고,* 자클린 로크**도 그랬다. 도라는, 미쳤을지는 몰라도, 어쨌든 살아남았다!

NOR 2640과 9056. 도라의 수첩에 적힌 이 두 번호는 엘뤼아

---

* 마리테레즈 발테르는 피카소가 사망하고 사 년 뒤인 1977년에 자살했다.
** 1952년에 이십대의 자클린 로크는 칠십대의 피카소를 만나 삼 년 뒤에 결혼했고, 1973년 피카소가 사망할 때까지 함께했다. 이후 우울증과 알코올의존증에 시달리다가 1986년에 자살했다.

르가 1940년부터 누슈와 함께 살던 파리 아파트의 전화번호였다. 샤펠가 35번지, 소박한 건물 4층의 방 두 개짜리 아파트였다. 도라의 수첩에 적힌 이름들 중 엘뤼아르는 서민적인 동네에 사는 유일한 사람이었고, 그곳을 '아름다운 우리 동네'라고 불렀다. 파리 북부 교외 지역에서 태어난 그는 자기 동네가 좋다고 말했지만, 사실은 다른 곳에 집을 구할 경제적 능력이 없었다. 시를 쓰는 것으로는 돈을 벌 수 없었다. 눈치 빠른 부동산업자였던 아버지가 남겨준 유산은 갈라와 지내는 동안 다 써버렸다. 게다가 엘뤼아르는 건강이 좋지 않아서, 요양소에 들어갈 때마다 큰돈이 필요했다. 부족미술*에 조예가 깊고 꽤 많은 작품을 수집했던 그는 수집품을 되팔아 돈을 구했고, 화가인 친구들에게서 선물받은 그림들도 팔았다.

소비에트연방이 제2차세계대전에 참전할 때, 엘뤼아르는 레지스탕스에 가담하고 공산당에 입당했다. 그래서 누슈와 함께 몸을 숨겨야 할 때가 많았고, 파리 해방 이후에야 집으로 돌아올 수 있었다. 기자였던 클로드 루아의 회고에 따르면 "베이지색과 회색으로 칠해진 그의 좁은 아파트에는 벨 에포크** 시대의 천장 몰딩

---

* 아프리카나 태평양 지역, 아메리카 인디언 등의 부족사회 미술을 말한다. 엘뤼아르, 브르통, 만 레이 등 초현실주의 예술가들은 부족미술 작품을 많이 수집했다.
** 19세기 말부터 제1차세계대전이 일어나기 전까지, 프랑스가 경제적·기술적·예술적으로 번성하던 시기를 말한다. '아름다운 시절'이라는 뜻이다.

에 대리석 벽난로가 있었고, 사방이 그림과 책으로 가득했다. 피카소가 가슴을 드러낸 누슈를 그린 커다란 초상화를 비롯해 많은 그림들에 더해, 제2의 피카소들이 그린 그림들도 있었다."[23]

엘뤼아르는 피카소의 아틀리에를 들락거리는 사람 중 가장 열정적이고 가장 세심한 인물이었다. 그 무엇도 엘뤼아르의 눈을 피할 수 없었다. 1943년에 그는 피카소의 그림을 보면서 새로운 뮤즈가 등장했음을 알아차렸다. 프랑수아즈 질로였다. "한쪽은 멸시, 다른 쪽은 정복이구나." 그때의 당혹감이 담긴 시의 한 구절이다. 하지만 엘뤼아르는 한동안 모르는 척했다. 친구로서 그는 피카소의 성적 자유를 존중할 수밖에 없었다. 피카소가 얼른 프랑수아즈에게 싫증을 내기만 기다렸다.

하지만 도라가 변해갔다. 도라에게 말해주지 않았다는 죄책감에 시달리던 엘뤼아르는 결국 피카소 주변 사람들 중 유일하게 도라를 위해 나섰다. 도라를 불행하게 만든 피카소를 비난하고 이기주의자라며 몰아붙인 것이다. 어떻게 그런 용기를 냈던 걸까? 피카소는 화를 내며 도라의 정신적 문제는 초현실주의자들이 그녀의 머릿속에 집어넣은 것들 때문에 생겼다고 응수했다. 엘뤼아르는 화를 참지 못하고 의자를 집어던져 부서뜨린 뒤 문을 박차고 나가버렸다.[24] 피카소는 길길이 날뛰었다. '난교꾼' 주제에 감히 가르치려 들다니, 어떻게 용납할 수 있겠는가.

하지만 1945년 그날 피카소는 결국 엘뤼아르에게 도움을 청했다. 엘뤼아르는 우선 도라를 달랬다. 그런 다음 피카소에게 라캉을 부르는 게 어떻겠냐고 했다.

자크 라캉은 당시 생탄 병원*에서 환자를 진료하는 이지적인 정신과의사였고, 몇 년 전부터 그의 무의식 연구에 매료된 초현실주의자들과도 친분을 쌓아온 터였다. 피카소와도 친해서 그가 허리가 아프거나 감기에 들었을 때 직접 치료해주기도 했다.

라캉이 도라에게 왔을까? 앰뷸런스를 보냈을까? 남아 있는 기록은 피카소미술관 보존 자료 중 피카소가 결제한 잔다르크 병원** 영수증뿐이다. 도라는 그 병원에 1945년 5월 15일부터 24일까지 열흘간 입원했다.

생제르맹데프레에는 도라가 미쳤고 전기충격 치료를 받았다는 풍문이 돌았다. 피카소의 친구들 대부분이 이제 피카소의 공식적인 연인이라는 지위를 잃어버린 도라에게 등을 돌렸다. KO패였다.

엘뤼아르만이 신의를 저버리지 않고 이따금 도라를 찾아왔다. 심지어 공산주의자이자 레지스탕스 단원이던 젊은 피에르 데를 사부아가의 아파트에 데려오기도 했다. 피에르 데는 훗날 피카소의 전기를 쓰면서 당시의 일을 떠올리게 된다. 그날 도라는 피카소가 그린 자기 초상화들에 둘러싸인 채, 마치 커다란 무덤에 들

* 파리의 정신병원.
** 파리 동쪽 교외 지역인 생망데에 위치한 정신병원.

어간 양 어둠 속에 혼자 조용히 앉아 우수에 젖은 우아한 자태로 파이프를 물고 있었다. "엘뤼아르는 친구 도라에게 신의를 지키고 싶어했고, 그러한 뜻을 나에게 보여주고자 했다. 다른 사람들은 피카소의 궁정에 들어갈 생각뿐이라 모두 도라 곁을 떠나버린 뒤였다." 엘뤼아르는 침묵을 깨기 위해 많은 얘기를 늘어놓았다. 도라는 단음절로만 대답했다. 도라의 집을 나서며 엘뤼아르가 말했다. "피카소는 자기 여자가 병든 것을 절대 견뎌내지 못해. 피카소 곁에 남아 있고 싶은 여자는 항복할 권리가 없어." 더 심한 일도 있었다. 피카소가 예고도 없이 프랑수아즈 질로를 데리고 도라의 아파트에 찾아온 것이다. 피카소는 아직 회복되지 않은 옛 연인이 이제는 물러났다는 사실을 새 여인 앞에서 확인시키기 위해 그런 짓까지 할 수 있는 인간이었다.

여섯 달 뒤에는 엘뤼아르의 삶이 무너졌다. 부드럽고 다정하던 누슈가 뇌출혈로 쓰러진 것이다. 도라가 울면서 피카소에게 달려가 소식을 전했다. 증상이 나타나기 직전에 누슈는 도라와 전화로 수다를 떨었다. 그때 누슈가 얼마나 명랑했는데. 심지어 두 여자는 점심식사 약속까지 잡았다. 도라는 아무것도 눈치채지 못한 스스로를 책망했다. 이제 와서 할 수 있는 일이 뭐가 있겠는가. 도라는 누슈의 영혼이 구원받기를 기도했고, 더 깊은 침묵과 고독 속에 칩거했다.

에르메스 수첩의 비밀

엘뤼아르는 누슈를 향한 사랑을 노래한 시집에 도라와 만 레이가 찍은 그녀의 아름다운 사진들을 실었다. 그중 「시간은 흘러넘치고」라는 시가 있다.

천구백사십육년 십일월 이십팔일
우리는 함께 늙지 못하리라.
여분의 날
시간은 흘러넘치고
너무도 가벼운 내 사랑은 형벌처럼 무겁다.[25]

누슈를 잃은 슬픔에 젖어 엘뤼아르와 도라는 서로를 챙기지 못했다. 엘뤼아르는 도라한테 신경쓰지 못하는 자신을 탓했지만, 더는 남에게 나누어줄 힘이 없었다. 그는 젊은 부부인 알랭 트뤼타*와 그의 아내 자클린에게서 그나마 위안을 얻었다. 방종의 즐거움을 함께했던 이들과 애도의 슬픔을 함께한 것이다.

도라도 서서히 회복되었다. 라캉과 하느님, 그리고 또다른 이들의 도움으로 버텨냈다. 하지만 도라가 마지막까지 보관한 엘뤼아르의 전보들을 보면 두 사람이 1948년 2월에 다시 만났음을 알수 있다. "도라, 난 집에 잘 돌아왔어. 전과 똑같은 모습의 당신을

---

* 프랑스의 라디오방송 연출가.

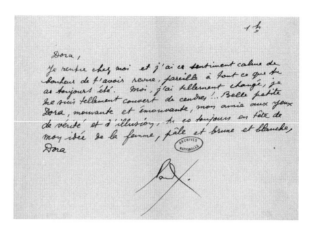

**폴 엘뤼아르가 1949년에 도라 마르에게 보낸 편지**

다시 만났다는 행복으로 마음이 평온해졌어. 내가 너무 많이 변했지. 이제 재투성이잖아! 늘 활기차고 감동적인 아름다운 도라, 진실을 보고 또 환상을 보는 나의 벗, 내가 여인을 생각할 때마다 제일 먼저 떠오르는 사람이 바로 당신이야. 창백한, 갈색 머리카락을 가진 하얀 도라."

이날 엘뤼아르가 피카소의 허락을 얻은 뒤 도라에게 청혼했다고 말하는 사람들도 있다. 정말 그랬다면, 도라는 망설임 없이 거절했을 것이다.

도라와 엘뤼아르는 각기 변해갔고, 계속 멀어졌다. 피카소처럼 흥분해서 끓어오르는 남자, 그 열망과 계획과 여행들, 다른 사람들과 함께하는 사회참여, 무엇보다 공산당을 도라는 버텨낼 수 없었다. 엘뤼아르 역시 도라의 변덕과 툭하면 격분하는 성격, 엄격한 신앙과 자존심, 신비주의적 강박관념들을 감당할 수 없었다. 게다가 나이가 들면 과장도 심해지는 법이다. 엘뤼아르는 도라가 늘어놓는 하느님 얘기에 신물이 났고, 도라는 엘뤼아르가 늘어놓는 공산당 얘기에 화가 났다. 미술사학자인 빅토리아 콤발리아*와의 전화 인터뷰에서 도라는 이렇게 말했다. "나는 자연스럽게 어린 시절의 종교로 돌아갔어요. 좌파 초현실주의자들에게는 더이상 할 말이 없었죠."[26] 엘뤼아르에게도 마찬가지였다.

혼자 살 수 없었던 엘뤼아르는 이듬해 멕시코에 갔다가 도미니크라는 젊은 여자를 만났다. 폴과 도미니크는 공산당 활동에 적극적으로 참여했다. 동지들을 충격에 빠뜨리곤 하던 엘뤼아르의 성욕이 멋대로 발산되지 못하도록 공산당 측에서 일부러 도미니크를 만나게 했다는 설까지 있다.

폴과 도미니크는 1951년 6월에 생트로페 시청에서 간소한 결혼식을 올렸다. 파블로 피카소와 프랑수아즈 질로가 증인으로 참석했고, 다른 하객이라곤 롤런드 펜로즈와 리 밀러뿐이었다. 리 밀러가 결혼식 사진을 몇 장 찍었다.[27] 도라는 참석하지 않았다. 도라는 더이상 어느 자리에도 나타나지 않았다.

엘뤼아르의 친구들은 그의 새 아내를 달가워하지 않았다. 특히

---

* 스페인의 미술사학자이자 미술평론가로, 2013년에 『도라 마르』를 썼다(2019년 『도라 마르, 보이지 않는 여인』이라는 제목으로 프랑스에서 출간되었다).

피카소는 도미니크가 지루하고 권위적인 여자라고 생각했다. 도미니크 역시 그런 피카소를 용납하지 못했다.

도라는 도미니크 엘뤼아르를 만나보지 못했을 것이다. 수첩에 적힌 걸 보면 심지어 엘뤼아르 부부가 이사 간 것도 모르고 지냈다. 1951년 1월에 도라는 마치 편지나 사진, 추억을 간직하듯이 엘뤼아르의 전화번호 두 개를 새 수첩에 그대로 적었다. 하지만 엘뤼아르와 그의 새 아내는 이미 몇 달 전에 샤펠가를 떠난 뒤였다. 그들은 샤랑통르퐁*의 작고 조용한 아파트로 이사했고, 엘뤼아르가 가지고 있던 도라 마르의 서명이 있는 그림 세 점도 함께 옮겨졌다. 전쟁중에 그린 자명종시계 그림과 파리가 해방될 때 그린 정물화 두 점이었다.

엘뤼아르는 도라를 자주 떠올리며 '늘 활기차고 감동적인' 그녀의 소식을 궁금해했을 테지만, 더는 도라에게 전화를 걸지도 편지를 쓰지도 않았다.

엘뤼아르는 샤랑통르퐁에서 오래 살지 못했다. 1952년 11월 심장발작으로 쓰러져, 뱅센 숲 쪽으로 창문이 난 작은 방에서 쉰일곱 살의 나이로 사망했다. 그의 마지막 결혼식 때 그랬듯이 도라는 파리 페르라셰즈 묘지에서 열린 장례식에도 참석하지 않았다. 아니, 어쩌면 냉전이 절정에 이르렀던 시기 공산당의 주재로

---

* 파리 동남부 교외 지역의 도시.

성대하게 열린 장례식의 군중 속에 섞여 있었을지 모른다. 기록으로 남은 사진들을 보면 연단에는 콕토, 아라공과 그의 아내 엘사,* 공산당의 자크 뒤클로와 마르셀 카생이 있고, 그 옆에 슬픔에 젖은 피카소가 혼자 앉아 있다. 남편을 잃은 도미니크도 있지만, 사진 속 피카소는 그녀에게 다정한 위로의 말을 건넬 수 있는 상태가 아니다. 춥고 흐린, 슬픈 날이었다. 무쟁에서 함께 보낸 휴가는 먼 추억이 되었다. 정자에 모여 함께하던 카드놀이도, 가루브 해변**의 피크닉도, 갈대 울타리 사이로 내리쬐던 태양도, 미친듯한 웃음과 사랑까지도……

* 러시아 태생의 엘사 카간은 작가 활동을 하다가 파리에 와서 초현실주의자들을 만났고, 루이 아라공과 결혼한 뒤 계속 작가로 활동했다.
** 무쟁에서 10여킬로미터 떨어진 앙티브의 해변.

# 뒤부아

Dubois

Jas 4642

55 bd Beauséjour

뒤부아는 누구인지 알아내기 힘들었다. 두꺼운 1952년 전화번호부에도 그 주소에 사는 뒤부아가 없었다. 하기야 이름도 모른 채 뒤부아라는 성만으로 전화번호부를 뒤졌으니! 차라리 피카소나 콕토의 전기들에서 인명 색인을 훑어보았더라면 훨씬 빨리 찾아냈을 것이다. 하지만 돌아가는 굽잇길이 더 재미있을 때도 있다.

마침내 우편·전기통신박물관에 마이크로카드로 보관되어 있던 또다른 전화번호부들을 뒤져서 알아냈다. JAS 4642라는 전화번호는 같은 주소에 사는 L. 사블레 명의로 가입된 번호였다. 그러니까 뒤부아가 L. 사블레의 집에 살았다는 뜻이다. 당시 전화 가입자들은 보통 남성이었으니 L은 루이, 뤼시앵, 레옹 중 하나일 테고, 결국 뤼시앵으로 밝혀졌다. JAS 4642의 가입자는 기자이자 그림 수집가이며 미술 애호가로 콕토와 프랑수아 모리아크, 앙드레 지드 등과 각별한 사이였던 뤼시앵 사블레였다. 그렇게 뒤부아의 모습이 드러나기 시작했다. 우선 프랑수아 모리아크의 글에 그의 이름이 나온다. "지드를 처음 만난 날 사블레는 흥분해서 말을 더듬었고, 뒤부아가 옆에서 그를 세심하게 챙겼다."[28]

이상하게도, 사블레를 챙기던 뒤부아는 예술가가 아니었다. 앙드레루이 뒤부아는 정보국 부국장, 보르도 경찰청장, 센에마른과 모젤*의 도지사, 이어서 모로코 대사를 지낸 공직자였다. 그리고 그가 누린 영광 중에는 1944년에 장 주네의 유배를 막아준 사람이라는 칭호도 포함된다.** "뒤부아 씨는 대단했습니다. 제가 무척 감사하게 생각한다고 전해주세요."[29] 주네가 한 말이다.

전쟁이 끝난 뒤 뒤부아와 알고 지낸 프랑수아즈 지루***는 그보다는 파리를 경적 소리에서 해방시켰다는 공적을 꼽았다. "좀 특별한 청장이었다. 자동차 경적 울리는 것을 금지하면서 인기를 누렸는데, 사실 그것은 동상이라도 세워줄 만한 일이었다. 그가 동성애자라는 소문이 있었다. 나는 전혀 모르는 일이지만, 어쨌든

* 센에마른은 파리 동쪽의 교외 지역이고, 모젤은 프랑스 북동부 독일 국경 지역이다.
** 작가 장 주네는 십대에 절도죄로 소년원에 들어갔고, 이후에도 도둑질, 소매치기, 매춘 등으로 감옥을 들락거렸다. 1942년 프렌 형무소에 수감된 상태로 쓴 『꽃들의 성모 마리아』가 큰 성공을 거두면서 1944년 유형수로 이송되기 직전에 풀려났다.
*** 프랑스의 기자이자 작가. 후에 문화부 장관을 역임했다.

풍기문란의 소지가 있고 협박당하기 쉬운 사람을 정부가 그렇게 예민한 지위에 앉혔다는 사실은 고무적이라고 생각했다."[30]

전형적인 고위공직자의 틀에서 벗어난 이 인물의 이름은 당시 내무부 장관이던 프랑수아 미테랑이 국무회의 의장 피에르 멘데스 프랑스에게 보낸 알제리 총독 추천장에도 등장한다. "뒤부아 씨의 사생활 혹은 행동의 품위에 대한 주장들은 확인된 게 아니며, 지금껏 그는 직무수행 과정에서 비판을 받은 적이 한 번도 없습니다." 하지만 멘데스 프랑스는 결국 뒤부아 대신 자크 수스텔을 선택했다.

그런 고위공직자의 이름이 왜 도라의 수첩에 적혀 있을까? 다행히 뒤부아는 식민지 알제리의 프랑스인 가정에서 태어나 파리의 고급 주택가에 정착하기까지의 경이로운 여정을 기록한 회고록을 남겼다.[31] 경찰 고위직에 오르는 행운을 누린 그는 예술적 취향과 호기심을 지닌 사교계 인사였고 콕토와 지드, 모리아크, 샤넬, 풀랑크, 카뮈 등과 친분을 유지했다. 나는 이 뒤부아라는 인물에 매료되어 정작 수첩에 대해서는 잠시 까맣게 잊어버렸다.

다행히 뒤부아가 알아서 나를 도라에게 데려다주었다. 회고록에 따르면, 그는 파리가 나치에 점령되어 있던 시기에 매일 피카소의 집을 찾아갔다. 일종의 의식처럼 매일 11시에 갔고, 도라를 비롯한 여러 명과 함께 점심을 먹었다. 그러니까 당시에 뒤부아는 무척 한가했다. 그가 보르도에서 스페인으로 넘어가려는 많은 유대인들에게 여권을 발행해준 것을 문제삼아 비시정부 측이 그를 직위해제 시켰기 때문이다. 뒤부아는 모리스 파퐁과 반대였다. 파퐁은 흥미롭게도 여러 차례 뒤부아의 후임으로 임명되었는데, 지롱드*의 행정을 책임지는 일도 그중 하나였다. 하지만 1600명의 유대인을 강제수용소로 보낸 파퐁은 나중에 장관 자리까지 오른 반면,** 유대인들의 탈출을 도와준 뒤부아는 역사 속에서 가려져버렸다.

이후 뒤부아는 피폭 지역을 관리하는 특별 담당관 직을 맡았다. 마음대로 시간을 조정할 수 있는 일종의 한직이었다. 하지만 예술가 친구들은 걱정거리가 생길 때면 여전히 뒤부아를 찾았고, 그러면 그는 경찰 내 인맥을 동원해서 대부분의 문제를 해결해주었다. 뒤부아가 정말로 동성애자였을까? 그럴 수도 있다. 그 문제에 대해서 뒤부아는 끝내 아무 말도 하지 않았다. 그는 자신의 사생활과 인간관계를 절대 노출하지 않았다.

뒤부아가 숭배한 인물들의 최정상에는 '천재에게 다가가는 느낌'을 주는 유일한 존재 피카소가 있었다. 피카소와 뒤부아는 1930년대 초에 콕토를 통해 처음 만났다. 나무랄 데 없는 신사이

---

* 프랑스 남서부의 행정구역으로, 주도는 보르도이다.
** 제2차세계대전 이후 파퐁은 지스카르 데스탱 정부의 장관을 비롯하여 프랑스 정계의 중심인물이 되었다. 1981년에야 비시 정권 시절 보르도의 유대인들을 색출해 수용소로 보낸 행위가 신문에 폭로되면서 재판이 시작되었고, 그는 여든 여덟 살이던 1998년에 십년형을 선고받았다.

던 뒤부아는 피카소의 첫 아내 올가에게도 전화를 걸어 안부를 묻곤 했고, 피카소와 올가 사이에 태어난 아들 파올로의 일자리도 알아봐주었다. 피카소는 스페인 내전 중 프랑스에 귀화하려 했을 때도 유일하게 믿을 수 있던 뒤부아를 통해 신청 서류를 제출했다. 하지만 그때만큼은 뒤부아도 어쩔 수 없었다. 페탱*보다 더 페탱주의자이던 프랑스 정보국 관리가 피카소가 무정부주의자이자 공산주의자라는 이유로 귀화 신청을 기각해버렸기 때문이다.

한때 정보국을 이끌던 뒤부아는 그즈음 피카소 때문에 근심이 많았다. 피카소가 나치에게 어떤 상징적 의미를 갖는지 간파한 터였다. 나치는 그의 그림을 '퇴폐'로 간주하고, 파리 점령 초기에 피카소와 브라크가 그림을 넣어둔 은행 금고를 사찰하기도 했다. 뒤부아는 자기 전화번호를 몰래 도라에게 건네주며 말했다. "조금이라도 문제가 생기면 곧바로 전화해요."

그리고 그가 우려하던 일이 일어났다. "여보세요! 도라예요. 피카소의 아틀리에에 그들이 왔어요." 서둘러 달려간 뒤부아는 건물 안마당에서 게슈타포 장교 두 명과 마주쳤다. 올라가보니 도라는 잔뜩 경직된 상태로 말없이 눈물만 흘리고, 피카소의 비서 사바르테스는 안절부절못하고 있었다. 정작 피카소는 찢어진 캔버

---

\* 제1차세계대전 때 프랑스가 승전을 거둔 베르됭전투의 영웅으로, 제2차세계대전 중 부총리로 임명된다. 전쟁 초기에 프랑스군이 패하자 휴전을 요청한 뒤 보수적이고 전체주의적인 이념으로 남쪽의 비시정부를 이끌었다.

에르메스 수첩의 비밀

스를 바라보며 무표정한 얼굴로 조용히 담배를 피울 뿐이었다. "날 모욕했어. 타락했다고, 공산주의자라고, 유대인이라고. 저 그림들에 발길질도 했지. 또 오겠다나? 그러고는 가더군."

게슈타포는 그날 이후 다시 오지 않았다. 아르노 브레커*가 나서준 덕분이었다. 나치의 공식 선전미술가였던 그는 절친한 사이이던 콕토의 부탁을 받고 "아무도 피카소를 건드리지 못하게 하겠다"고 약속했고, 그 약속을 지켰다. 물론 보다 정중한 방문은 있었다. 에른스트 윙거**나 검열 담당관 게르하르트 헬러***가 찾아왔지만, 전처럼 거칠게 굴지는 않고 마치 미술관에서 구경하는 사람처럼 살펴보고 돌아갔다.

하지만 도라는 마음을 놓지 못했다. 피카소뿐 아니라 자신의 상황도 불안했다. 그녀는 뒤부아와 상의했다. 마르코비치라는 성을 가진 사람은 언제 유대인으로 몰릴지 모른다는 불안을 안고 살아야 했다. 학생일 때는 크게 중요한 일이 아니었다. 누가 물어봐도 사실을 확인해주면 그만이었다. "아니, 난 유대인이 아니야. 마르코비치는 크로아티아 이름이야." 1930년대에 마르코비치를 줄여서 '마르'라는 성을 쓰기 시작한 뒤로는 더이상 문제되지 않으리

---

* 독일의 조각가. 히틀러의 총애를 받아 '히틀러의 미켈란젤로'라고 불렸다.
** 독일의 작가이자 군인. 제2차세계대전 중 파리 사령부 소속이었다.
*** 독일의 출판업자. 나치 점령기에 파리에서 문인들을 관리하는 특별 지휘관이었다.

라 생각했다. 하지만 그녀가 유대인이라는 소문이 계속 따라다녔다. 전쟁이 터지자 도라는 겁이 났다. 아버지의 조언으로 유고슬라비아 국적을 신청하기까지 했다.

도라의 아버지 요제프 마르코비치는 좀 특이한 사람이었다. 권위적이고 허세가 심했으며 화를 잘 냈다. 그는 비밀이 많았고, 무엇보다 반유대주의자였다! 마르코비치 대신 그냥 마르코라고 불리길 더 좋아했던 크로아티아인 요제프 마르코비치는 자신이 유대인으로 여겨질지 모른다는 사실에 분노했다. 그가 1940년에 크로아티아 정권을 장악한 우스타샤*에 연관되어 있다거나 나치를 반겼다는 증거는 없다. 하지만 그의 수첩에서 이런 구절을 확인할 수 있다. "용감한 병사로 명예롭게 자결한 히틀러에게 영광 있기를!"[32] 도라의 집에 있던 『나의 투쟁』은 어쩌면 아버지의 책이 아니었을까?

요제프 마르코비치는 전쟁 동안 남아메리카에 있었다. 그가 스파이였다고 말하는 사람들도 있다. 어쨌든 그는 떠나기 전 아내와 딸이 편안히 살 수 있도록 돈을 주고 갔다. 그리고 딸에게 편지를 보내 유고슬라비아 여권을 신청하라고, 안 그러면 체포될지 모른다고 다그쳤다.

---

* 크로아티아의 반(反)유고슬라비아 분리주의 운동 조직. 파시즘과 민족주의와 가톨릭이 결합되어 있었다. 제2차세계대전 시기 칠십명이 넘는 세르비아인을 학살했다.

　　　　　　　　　　　　에르메스 수첩의 비밀

1940년 도라는 '가톨릭 신자이며 아리아족'임이 명시된 유고슬라비아 여권을 손에 넣었다. 그리고 뒤부아의 조언대로 늘 그 여권을 들고 다녔다. 천만다행으로 그녀는 유대인이 아니었다!

하지만 거세게 몰아치는 돌풍 속에서 안전을 확신할 수 있는 사람은 없었다. 실제로 이 년 뒤 디종에서 도라의 어머니가 체포되었다. 역시나 마르코비치라는 지긋지긋한 이름 때문이었다! 놀란 도라는 뒤부아에게 도움을 청했다. 도와줄 사람이 누가 또 있었겠는가? 하지만 뒤부아도 더는 힘이 없었다. 결국 쥘리 부아쟁 마르코비치는 나치에 인계되었고, 디종으로 달려간 딸은 어머니를 면회조차 하지 못했다. 도라의 어머니는 다섯 주 후에야 풀려났다.

어쩌면 그 일을 겪는 동안 도라가 독일인보다 유대인에게 더 원망을 느끼게 된 걸까? 무고한 프랑스 여인이 관련 없는 일에 연루되어 체포된 게 유대인들 책임이라고? "광기에 대해 합리적인 설명을 찾으려 하면 안 되지." 정신과의사인 친구는 이렇게 말했다. 난 그저 어떻게 비합리적인 증오가 도라의 머릿속에 자리잡게 되었는지 이해하고 싶었을 뿐이다.

그 이후 십 년이 흘렀다. 파리는 해방되었고, 피카소는 떠났다. 그리고 뒤부아는 불의에 타협하지 않은 이들에게 바쳐진 영예를 누리며 공직에 복귀했다.

1951년에 도라는 뒤부아가 모젤의 도지사로 임명되어 낭시에 살고 있다는 사실을 모른 채 그의 전화번호를 새 수첩에 옮겨 적었다. 못 만난 지 이미 오 년째였다. 다른 사람들의 이름과 함께 뒤부아의 이름도 지울까 망설였을 테지만, 사람 일은 모르지 않는 가…… 높은 자리에 있는 사람을 알고 있으면 마음이 놓이는 법이다. "조금이라도 문제가 생기면 곧바로 전화해요." 뒤부아가 했던 말이다. 도라는 잊지 않았고, 그래서 전화가 뤼시앵 사블레의 것이 되었다는 사실도 모른 채, 마치 긴급 전화번호를 챙기듯이 적어두었다. 물론 뒤부아가 파리에 올 때면 사블레의 집에 머물렀을 수 있다. 다만 두 남자는 전보다 조심했을 것이다.

그리고 이후에는 훨씬 더 조심해야 했다. 뒤부아가 1954년에 파리 경찰청장으로 임명되었기 때문이다. 그가 얻은 '고요의 청장'이라는 별명은 단지 경적 사용 금지 조치 때문만이 아니었다. 가까운 사람들은 뒤부아와 뤼시앵 사블레의 오랜 관계를 알고 있었지만, 이제는 파리 경찰청장 신분에 걸맞게 단정한 생활을 할 수밖에 없었다. 파리에서 제일 요란하던 그 가십거리는 1955년 뒤부아가 결혼한 뒤에야 수그러들었다.

뒤부아의 아내는 일간지 〈프랑스 수아르〉에 '수다꾼'이라는 필명으로 기사를 쓰던 유명한 기자 카르멘 테시에였다. 작가 이방 오두아르는 그녀가 "가십거리를 찾아내는 별도의 조직을 운영한다"고 단언했다. 콕토 역시 '잉어와 토끼의 결합'* 같은 이 결혼에

---

* 본질적으로 서로 절대 어울릴 수 없는 사람들의 결혼을 뜻하는 프랑스어 표현이다.

에르메스 수첩의 비밀

대해 탄식했다. "섬세한 뒤부아와 심술궂은 카르멘이라니." 하지만 결과는 뜻밖이었다. 남 얘기 좋아하는 카르멘은 남편에 대해서는 단 한마디의 험담도 없이 그의 경력을 위해 열심히 내조했다.

뒤부아는 결혼 뒤 곧 모로코 대사로 임명되었다. 역사의 아이러니일까. 전임자 위베르 리오테 역시 사십 년 전 똑같은 사생활 소문의 주인공이었다. 물론 이 모든 것은 도라와는 아무 관련이 없는 이야기다. 어쨌든 도라는 자신의 지인이 독립한 모로코의 첫 프랑스 대사가 되었다는 사실이 조금은 자랑스러웠을 것이다. 영국 여왕으로부터 귀족 작위를 받은 롤런드 펜로즈와 연락을 이어가고 영국 왕가의 일원이 된 그를 맞이하기 위해 메네르브로 내려가는 수고를 마다하지 않은 것 역시 같은 이유가 아니었을까?

앙드레루이 뒤부아는 외교 분야에서 버텨내지 못했다. 알제리 문제를 두고 외교부 장관과 시끌벅적하게 불화를 빚다가 몇 달 만에 사임한 뒤 파리로 돌아와서 시사주간지 『파리 마치』의 경영자가 되었다. 새로운 삶이 시작되었고, 역시나 많은 사람을 만났다. 하지만 도라와는 단 한 번도 마주치지 않았다.

반면에 피카소와는 발로리스,* 칸, 그리고 무쟁에서 정기적으로 식사를 같이했다. 아를이나 님에서 열리는 연례 축제 때 피카소와

---

* 니스 근처의 지중해 연안 도시. 피카소는 프랑수아즈 질로와 함께 이곳에 살았다.

뒤부아

투우 경기를 보러 가기도 했다.* 또한 그는 피카소의 전시회를 한 차례도 거르지 않고 매번 보러 갔다. 뒤부아가 피카소와 멀어진 것은 나중에 프랑수아즈 질로가 피카소와 함께한 삶을 회고한 책을 냈을 때였다. 책의 판매금지 청원에 뒤부아 부부가 서명을 하지 않자 피카소의 마지막 아내인 자클린 로크는 더이상 그에게 노트르담드비****의 문을 열어주지 않았다.

* 아를과 님에는 고대 로마시대에 지어진 경기장이 남아 있고, 그곳에서 해마다 봄에 며칠 동안 투우 경기를 중심으로 축제가 열린다.
**** 말년에 피카소가 머문 무쟁의 프로방스식 별장의 이름이다.

# 콕토

Cocteau

36 rue de Montpensier

Ric 5572

콕토. 도라는 죽기 얼마 전 장 콕토에 대한 기억을 한 문장으로 요약했다. "사진 찍히는 걸 좋아하는 사람!"[33] 극도로 섬세하고 매력적인, 그러나 자기도취가 심하고, 어디든 손대기 좋아하며, 자기 자신과 남들의 시선에 사로잡혀 있는 사람, 매혹적인 도깨비불 같던 콕토의 본모습을 제대로 파악한 말이다.

1931년에 도라는 한 신문사의 의뢰를 받아 유명인사들의 초상 사진을 찍었는데, 그중 초반에 등장한 사람 중 하나가 콕토였다. 늙은 '어린 왕자'를 연상시키는 다소 우스꽝스러운 더벅머리에도 불구하고, 콕토는 카메라 렌즈 앞에서 너무도 자연스러웠다.

콕토가 기억하는 도라는 피카소, 그리고 전쟁과 분리될 수 없다. 전쟁 초기부터 콕토는 궁지에 몰렸다. 나치가 파리를 점령한 뒤 페탱을 지지하는 신문들이 그에게 '친유대인 호모'라는 비난을 쏟아낸 것이다. 셀린* 같은 작가는 그를 극도로 혐오했으며, 민병 대원들이 파리 콩코르드 광장에서 그에게 린치를 가하기도 했다. 정작 콕토를 대독 협력자들의 공격에서 보호해준 것은 나치였다. 작가 에른스트 윙거, 특히 조각가 아르노 브레커를 비롯하여 콕토와 오랫동안 친분을 유지해온 독일인들이 아무도 콕토를 건드리지 못하게 힘써주었다. 심지어 그는 피카소를 보호해주겠다는 약속까지 얻어냈다. 콕토는 피카소를 미치도록 숭배했다. 일기에서 피카소를 "가난하게 옷 입어도 화려하고, 마치 구멍난 물탱크처럼 천재성을 사방으로 쏟아내는"34 사람으로 묘사했다.

콕토의 일기와 피카소와 주고받은 편지들은 그들이 나치 치하의 암울한 시절을 어떻게 버텨냈는지 말해준다. 1942년의 일기를 보면 콕토는 거의 매일 피카소와 도라를 찾아갔다. "독일 점령기 동안 우리는 카탈랑의 테이블에서, 혹은 피카소의 아틀리에에서, 혹은 숨어 지내며 눈에 띄지 않게 모여야 하는 이들의 집에서, 더욱 가까워진다. (……) 피카소는 이렇게 찾아다니는 것을 싫어한다. 그는 우리가 모두 같이 살기를, 같은 냄새를 맡기를, 서로 만나기 위해 파리 이쪽에서 저쪽까지 오가지 않기를 원한다. 맞는

---

* 제1차세계대전을 배경으로 한 소설 『밤 끝으로의 여행』으로 명성을 얻은 루이 페르디낭 셀린. 제2차세계대전 발발 전부터 반유대주의 사상을 펼쳤고, 독일 점령기에는 독일 보안국과 가까이 지냈다.

　　　　　　　　　　　　에르메스 수첩의 비밀

말이다."

'같이 살' 수 없었던 이들은 현실로부터 자기들을 지켜줄 일종의 무균실을 공유했다. "어리석음과 추함과 저속함과 세상 돌아가는 소식이 들어올 통로가 없는 이곳, 친구들의 집만큼 좋은 곳이 어디 있겠는가." 1942년 3월 23일도 그랬다. 강제수용소로의 이송 작전이 시작되던 그날, 콕토는 피카소와 마주앉아 아들이 속을 썩이고 올가가 이혼을 하지 않으려 하고 스위스 환율이 폭락했다는 (피카소의 아들이 주네브에 있었다) 얘기를 듣고 있었다. 꼭 전쟁 얘기만 할 필요는 없지 않은가! 물자 부족에 시달리고 자전거를 타고 다녀야 하는 현실만으로도 이미 지긋지긋했다. 두 친구는 피카소의 아틀리에 근처에 도라가 새로 구한 아파트를 찾아갔다. "피카소가 지배하는 곳은 늘 같은 스타일이다. 넓고 텅 빈 방, 그리고 빈곤 속의 화려함."

그러니까 콕토의 일기는 도라가 사부아가로 이사 온 날을 확인해준다. 1942년 3월이다. 강박적으로 모든 것을 확인하려는 사람들이라면 모를까, 이사 날짜처럼 세부적인 것까지 알아야 할 필요는 물론 없다. 하지만 이는 도라가 바로 그 날짜에 피카소를 따라, 피카소가 오 년 전에 정착한 곳으로 이사 왔다는 사실을 증명해준다. 도라가 먼저 결정한 게 아니다. 이번에도 그녀는 피카소를 따라왔다.

사부아가의 아파트는 일종의 사령부가 되었다. 콕토는 그곳에 와서 엘뤼아르의 초상화를 그렸고, 며칠 뒤에는 피카소의 부탁을 받아 도라의 초상화도 그렸다. 심술궂은 콕토는 도라를 "원숭이 눈(하지만 무척 아름다운)에 코는 한쪽 콧구멍이 입술을 왼쪽으로 밀어내는 모습으로, 입은 찢어진 꽃처럼" 그려놓고는 완성된 목탄화에 무척 만족스러워했다.

피카소의 생각은 달랐다. 콕토가 돌아서면 곧바로 피카소가 몇 군데를 고쳤다. "아주 조금만 고치자고. 콕토는 눈치채지도 못해." 그런 뒤 그림을 자기 아틀리에로 가져가 조금 더 손보았고, 오후가 저물 때쯤 콕토의 목탄화는 피카소의 구아슈화로 변해 있었다.

몇 번 피카소에게 그림을 돌려달라고 요청하다가 포기한 콕토는 몇 년 뒤에야 사실을 알았고, 하지만 화내지 않았다. 그는 피카소에 대해서라면 무조건적이었다. 오히려 '올가 시대' 동안 그와 틀어졌던 사이가 회복되어 기쁘기만 했다. 다 도라 덕분이었다!

물론 피카소를 보려면 그가 가야 했다. 피카소가 콕토의 몽팡시에가 아파트로 찾아오는 일은 극히 드물었다. 프랑스군이 패하고 독일군이 파리로 진격해오던 시기에 콕토가 장 마레*와 함께 이사한 그곳은 어둡고 천장이 낮은, 콕토가 "기이한 터널"[35]이라고 부르던 팔레루아얄 아케이드 아래쪽이 내다보이는 중이층 아파트였

* 콕토의 연극 〈오이디푸스 왕〉을 시작으로 〈오르페〉 등 많은 영화에 출연했던 배우로, 콕토의 동성 연인이었다.

다. 콕토는 커다란 반달 형태의 창문 양쪽에 교실의 칠판 비슷하게 페인트칠을 해놓았고, 언젠가 천재 피카소가 그 위에 분필로 그림을 그려주기를 기대했다. 물론 그런 날은 오지 않았다.

도라 혼자 콕토의 아파트에 찾아와 같이 점심식사를 하기도 했다. 어느 날 도라가 피카소의 어깨와 목 통증에 대해 이야기하자 콕토는 곧바로 전화기로 달려가서는 이웃에 사는 작가 콜레트에게 그녀의 접골사를 보내달라고 부탁하기도 했다.

한편 1942년의 일기 중 한 문장에서는 콕토의 연민 어린 한숨이 느껴진다. "도라 마르의 정신력이 경탄스럽다." 정신력? 도라의 미덕을 인정한 셈이다. 도라는 버텨냈고, 꺾이지 않았다. 콕토처럼 가깝게 지내던 사람들에게조차 새로운 모습이었다. 도라는 천재적이고 끔찍한 남자를 부드럽게, 그리고 단단하게, 미치도록 좋아하면서 아이처럼 돌보았다.

한 달 후 도라가 어머니를 여의자 콕토는 친절한 인사를 전했다. "상을 당했다는 소식을 듣고 마음이 아팠어. 당장이라도 달려가고 싶지만, 떠돌이 생활을 하며 믿기 힘든 삶을 이어가는 중이라 여의찮네. 이제 주앵빌로 돌아가려고 해. 당신과 피카소가 겪는 일은 곧 나의 일이라는 걸 알아줘. 자노* 외에는 당신과 피카소가 내가 그리워하는 유일한 친구라는 것도."[36] 빛 좋은 개살구 같

---

* 콕토는 스무 살 연하의 장 마레를 자노라는 애칭으로 불렀다.

은 말이다. 도라 곁으로 달려가고 싶다지만, 사실 그가 표한 애도는 도라가 상을 치른 뒤 이십 일 후에야 보낸 그 전보가 전부였다.

하지만 피카소에게 위협이 닥쳤을 때, 그리고 시인 막스 자코브가 체포되었을 때 콕토는 세상을 뒤집어놓을 기세로 달려들었다. 1944년 겨울은 참으로 혹독했다. 물자 부족만으로도 지친 파리 사람들의 인내력은 수많은 체포 소식으로 한계에 이르렀다. 그나마 전선에서 희망적인 소식들이 전해지기 시작했다. 연합군이 이탈리아로 진격했고, 동부전선에서는 러시아가 승기를 잡았다. 전쟁의 흐름이 뒤집히고 있었다. 하지만 연합군의 반격에 격분한 독일군과 민병대가 아우슈비츠로 떠날 마지막 기차들을 채우려고 혈안이 되었다. 그리고 2월 24일, 이미 삼십 년 전에 가톨릭으로 개종한 막스 자코브가 은거중이던 생브누아쉬르루아르*에서 게슈타포에 체포되었다.

친구들 사이에 황급히 연락이 오갔다. 기트리와 주앙도**가 나섰고, 콕토는 미친듯이 날뛰며 자신이 아는 고위급 독일인들에게 전화를 걸고 편지를 보내고 청원을 준비했다. 자코브 대신 자신이 드랑시***에 들어가기라도 할 기세였다.

---

* 프랑스 중부 발드루아르 지역의 도시.
** 배우이자 감독, 무대연출가인 사샤 기트리와 작가 마르셀 주앙도.
*** 파리 북부 교외 지역의 도시로, 유대인들을 모아 아우슈비츠 등지로 보내기 위한 강제수용소가 있었다.

피카소는 아무것도 하지 않았다. 카탈랑에서 점심식사를 할 때 작곡가 앙리 소게가 막스 자코브의 소식을 전하자, 피카소는 미소 지으며 대꾸했다. "막스라면 걱정할 필요 없지. 그는 천사라서 흔 적도 없이 도망칠 수 있다네."[37] 오십 년 지기였던 막스 자코브에 게 불행이 닥쳤는데 어찌 그리 태연할 수 있었을까?

사실 피카소는 이미 자코브와 소원한 상태였다. 그는 자코브의 프랑코 지지에 대한 보복으로(자코브는 별생각 없이 다른 가톨릭 지식인들을 따라 청원에 서명했을 뿐이다)[38] 그가 보내오는 편지 에 답장을 하지 않았다. 자신이 그림 한 장 팔지 못하던 '바토 라 부아르'* 시절 자코브의 도움이 없었다면 굶어 죽을 뻔했다는 사 실은 잊은 걸까? 그 시절에 두 사람은 뭐든지 나누어 썼다. 심지 어 침대까지.

피카소가 내세운 공식적인 이유는 자기가 개입했다가는 오히려 독일인들의 관심을 끄는 역효과가 날 수 있다는 것이었다. 그다지 설득력 없는 변명이지만, 심지어 콕토도 수긍했던 듯하다. 하지만 진짜 이유일 리 없다. 아마도 피카소는 두려웠을 것이다. 그는 여 전히 외국인이었고 게다가 난민 신분이었다. 눈에 띄는 일을 했다 가는 체포되어 프랑코 정권에 넘겨질 수 있었다. 콕토가 이미 손을 쓰고 있음을 알았을 테니 피카소는 아마도 히틀러의 최측근인 아

---

* '세탁선'이라는 뜻으로, 몽마르트르 언덕 위 가난한 예술가들이 머물던 곳이 다. 피카소는 파리에 처음 왔을 때 이곳에 머물렀다.

르노 브레커가 전쟁 초기부터 자기와 콕토를 보호해주었듯이 자코브의 일도 해결해주리라 믿었을 것이다. 일이 이틀만 빨리 진행되었더라면 정말로 그럴 수 있었다. 하지만 막스 자코브는 석방 서류가 발급되기 몇 시간 전 드랑시에서 폐렴으로 사망했다.

도라 역시 막스 자코브를 위해 나서지 않았다. 자코브의 시가 도라의 영적인 길을 이끌어준 것은 사실이나, 그와 개인적인 친분은 없었다. 게다가 도라는 독일군이 무서웠고, 모든 게 무서웠다. 며칠 전에는 젊은 프랑수아즈 질로가 마침내 피카소의 공식적인 연인 자리에 오른 참이었다. 막스 자코브의 일이 걱정스럽긴 했지만 이미 도라는 불안과 분노가 너무 심해서 아무것도 할 수 없었다. 몇 년 동안 이어진 세계대전과 마음속의 전쟁으로 그녀는 이미 탈진 상태였다. 그저 막스를 위해 기도했을 뿐이다. 그 일로 콕토가 피카소와 도라를 원망하지는 않은 것 같다. 아니면 원망하면서도 아무 말 안 했거나.

일 년 뒤 도라는 생망데 병원에 입원했고, 곧 극도로 쇠약해진 상태로 집에 돌아왔다. 그런데 콕토의 일기에는 그 일에 대한 언급이 한마디도 없다. 피카소에게 보낸 편지에 쓴, "도라에게 내 다정한 마음을 전해주길"[39]이라는 애매한 표현이 전부다.

콕토가 도라에 대해 말하며 언급한 '정신력'을 다시 생각해보자. 콕토는 도라가 얼마나 고통스럽고 얼마나 불안정한 상태인지, 어떤 좌절을 겪었는지 이해하지 못했다. 그녀의 슬픔, 눈물, 분노,

에르메스 수첩의 비밀

모두 보지 못했거나 보고 싶어하지 않았다. 그의 조심스러운 거리 두기는 실상 무관심이었다. 그는 피카소를 좋아했을 뿐이고, 도라는 그저 피카소에 따라붙는 곁가지였다. 콕토가 도라를 사랑했다면, 그건 오로지 피카소가 그녀를 사랑했기 때문이다. 프랑수아즈 질로가 도라의 자리를 차지하자, 콕토는 그녀를 도라와 똑같이, 심지어 더 많이 좋아했다.

하지만 피카소와 헤어진 뒤에도 도라는 콕토와 만났다. 수첩에 적힌 밀리라포레, 1947년에 콕토가 매입해서 장 마레와 함께 살던 그 집 전화번호가 증거이다. 그리고 1951년 12월 6일에 열린 어느 연회에서 찍은 흑백사진을 보면, 콕토와 만 레이 곁에 도라가 있다. 창백한 낯빛에 짙은 색 투피스를 입은 도라는 마흔여섯 살이라는 나이보다 십 년은 더 늙어 보인다. 또한 그들은 마리로르 드 노아유*나 리즈 드아름의 응접실에서 서로 마주치지 않을수 없었을 테고, 매번 거북해하며 서너 가지 추억과 소식을, 진부한 이야기들을 주고받았을 것이다. 몇 달 뒤 콕토가 아카데미프랑세즈 회원으로 선출되자 도라는 축하 인사를 보냈고, 콕토도 답례 인사를 했다. 물론 꽃과 함께 공허한 인사말을 담은 편지가 전부였다.

세월이 흘러 1963년에 콕토가 죽고 1973년에 피카소도 죽었

---

* 유대계 금융가의 딸로 샤를 드 노아유 자작과 결혼한 뒤 파리 사교계의 주요 인사로 활동하며 장 콕토, 만 레이를 비롯한 예술가들을 후원했다.

다. 그때 도라는 콕토가 전쟁 동안 쓴 일기 속의 일화 하나를 떠올렸을지도 모르겠다. 생제르맹데프레의 골목길을 걷던 콕토와 피카소가 건물들에 붙어 있는 기념 표지판을 비웃기 시작했다. 두 사람이 보기에 그런 표지판들은 그 장소에 살았던 사람이나 후손들이 뒤늦게 누리는 허영일 뿐이었다. 두 친구는 재미 삼아 다른 기념 표지판들도 상상해보았다. 그렇게 사부아가 6번지 앞을 지나면서 피카소는 어처구니없는 생각을 떠올렸다. "도라 마르, 이곳에서 권태로 죽다!" 실제로 오십오 년 뒤 도라는 그곳에서 죽었다. 권태로 아주 오랫동안, 서서히 죽어갔다.

# 배관 설비업자 비당스

Plombier Bidance
22 rue Guénégaud
DAN 5764

수첩에 배관 설비업자의 주소를 적어둔 사람은 절대 현실과 완전히 단절되어 있지 않다. 콕토나 피카소가 비당스 씨의 전화번호를 적어두었을 리 없다. 그가 누구인지 기억조차 못했으리라.

도라가 배관 설비업자를 수소문한 것은 피카소가 아틀리에를 그랑오귀스탱가로 옮겼을 때였다. 1937년 예술가들의 동네로 부상한 파리 생제르맹데프레에 비어 있는 넓은 다락방을 찾아낸 것은 도라였다. 장루이 바로* 극단이 그곳에서 리허설을 할 때 가본 적이 있었다. 게다가 그곳은 육 년 전 피카소가 삽화를 그린 발자크의 소설 『미지의 걸작』 속 인물인 화가 프랑수아 포르뷔스의 아

---

* 프랑스의 배우이자 연출가. 코메디프랑세즈와 마리니 극장, 이후 오데옹 극장 등에서 많은 고전작품과 전위적인 작품들을 무대에 올렸다.

틀리에가 자리한 곳이기도 했다. "뒤로 나자빠질 만한 우연의 일치"에 피카소는 더없이 흡족했으리라.

그랑오귀스탱가의 다락방은 엄청나게 넓었다. 사부아 저택*의 꼭대기 두 층을 차지하는 공간이었다. 철책 담장 밖으로 거리가 내다보이는 포석 깔린 안마당을 지나 궁륭 지붕의 현관으로 들어서면 왼쪽에 작은 계단이 나오고, 3층까지 올라가면 떡갈나무 문 앞에 장난 같은 표지판이 나타났다. "여기예요."

처음에 피카소는 그곳을 아틀리에로 사용하고 저녁에는 보에티가의 아파트로 돌아갈 생각이었다. 하지만 나치 치하의 파리에서 자동차로 이동하는 일이 점점 힘들어졌고, 기름마저 배급제인데다 통금까지 있었다. 결국 아틀리에에서 밤을 보내는 일이 잦아졌다. 그런데 그러기에는 너무 불편한 장소였다. 페르낭드**가 "왜 몸을 잘 안 씻느냐"[40]고 불평하던 바토 라부아르 시절의 피카소라면 상관없었겠지만, 올가 코클로바와 사는 동안 사치와 청결에 익숙해진 피카소에게는 힘든 일이었다. 결국 도라가 걸어서 오 분 거리에 있는 배관 설비업자를 찾아갔다. 그리고 작은 여닫이창으로 빛이 드는 조그마한 지붕 밑 방에 중앙난방을 설치하고 욕실

---

* 대혁명 전까지 사부아 공작 가문의 소유였던 건물이라 이렇게 불린다.
** 피카소의 초기 '장미빛 시대'의 연인이자 뮤즈였던 페르낭드 올리비에를 말한다. 피카소의 〈아비뇽의 처녀들〉의 모델이었고, 회고록 『피카소와 함께한 구 년』을 출간했다. 사후에 『내밀한 추억』도 출간되었다.

을 만들어 침실로 꾸몄다.

공사가 끝난 뒤 도라가 찍은 사진에서 피카소는 정장 차림으로 욕조 앞에 팔짱을 끼고 서 있다. 뒤쪽에 작은 병들과 향수, 탤컴 파우더가 놓여 있고, 도라가 자신의 영역임을 표시하기 위해 가져다 놓았을 생뚱맞은 데이지 꽃다발도 있다. 새로 붙인 타일 세 줄 위에는 다소 거칠고 낡은 벽이 보인다. 역시나 피카소의 영역, 콕토의 표현대로 "피카소의 영향력이 지배하는 곳"이다.

이 욕실은 두말할 것 없이 도라의 작품이자 도라의 영광의 절정이다. 그녀는 이미 피카소의 비서이자 친구로 더없이 충실했던 사바르테스를 떼어내는 데 성공했다. 설비업자가 배수관을 연결하고 수도꼭지를 설치하는 동안, 도라는 자신이 거미줄을 치고 있다고, 피카소가 기꺼이 그 거미줄에 갇히리라고 믿었다. 그녀는 아침마다 따뜻한 물로 목욕할 수 있게 된 마법에 경탄하는 피카소를 보며 행복해했다. 그때까지만 해도 도라는 마법사였다.

# 레리스

Leyris

Ode 1861

 

도라는 'Leiris'가 아니라 'Leyris'라고 적어놓았지만, 작가이자 민족학자이며 시인이던 미셸 레리스가 살던 지역의 전화번호가 맞다. 그랑오귀스탱 강변로 53-2번지라는 주소는 굳이 적지 않았다. 워낙 가까운 곳이라 외우고 있었기 때문이다.

레리스와 도라는 이미 1933년에 극좌파 단체 '반격'에서 만났을 확률이 높다. 최소한 이따금씩 마주치기라도 했을 것이다. 바타유와 각별한 사이였던 레리스는 그와 같이 청원에 서명하고 파시즘에 반대하는 선언에도 참여했다. 하지만 곧 레리스는 다카르-지부티 민속지학 탐사단\*의 일원으로 아프리카로 떠나야 해서

---

\* 인류학자 마르셀 그리올을 단장으로 트로카데로궁 민속지학 박물관의 소장품을 모으기 위해 탐사단이 조직되었고, 1931년부터 1933년까지 아프리카 대륙

이 년 동안 모임에 올 수 없었다. 그가 도라와 제대로 만난 것은 아프리카에서 돌아온 후였다.

1936년 1월 레리스가 쓴 일기에 도라와 바타유를 만난 이야기가 나온다. "어제 바타유를 만났다. 예쁘고 호감을 주는 도라 마르와 함께 있었다." 예쁘다, 호감을 준다. 이 두 표현이 며칠 동안 나의 뇌리를 떠나지 않는다. '아름답다'는 말이 더 나은 칭찬이겠지만 '예쁘다' 정도도 괜찮다. 하지만 '호감을 준다'라니, 그 누구도 도라에 관해 쓴 적이 없는 말이다. 도라를 수식하는 말은 '옹고집쟁이' '자존심 강한' '타협할 줄 모르는' '화를 잘 내는' 등이다. 특별히 할 말이 없을 때 '그럭저럭 괜찮다' '친절하다' 정도의 뜻으로 쓰는 '호감을 준다'와는 전혀 다른 말들이다. 나는 '호감을 준다'라는 표현에 담긴 의미들을 찾아본다. 정의, 유사어, 용례까지 뒤진다. 그러다 레리스의 편지들을 읽어보고는 그가 사람들, 저녁 모임, 혹은 생각에 대해 '호감을 준다'라는 표현을 자주 사용했음을 알게 된다. 그러니까 행간에 숨겨진 의미, 투명 잉크로 써놓은 메시지 같은 것은 없었다.

그날 도라는 바타유와 함께 저녁 시간을 보냈지만, 그와의 공식적인 연인 관계는 이미 끝난 상태였다. 그리고 아직 피카소의 연인은 아니었다. 스물아홉, 아름다움과 사진가로서의 명성이 절정

서쪽의 다카르에서 동쪽의 지부티까지 횡단하는 탐사가 진행되었다.

에 이르러 있던 도라는 임기응변의 재치를 발휘하며 눈부시도록 훌륭하게 대화를 이어갔다. 재미있고 날카로우며 도발적이면서도 지적이었다. 한마디로, 호감을 주었다. 레리스의 평가는 도라에게 매력을 느꼈지만 빠지지는 않았다는 뜻이고, 아직 아는 게 많지 않은 여자에 대해 거리를 두고 한 말이다.

몇 달 후 레리스는 도라와 좀더 가까워졌다. 도라가 그가 경탄을 바치던 피카소의 연인이 되었기 때문이다.

이후 나치 점령하의 파리에서 두 사람은 더욱 친밀한 사이가 된다. 그들은 아주 가까이 사는 이웃이었다. 피카소의 아틀리에는 그랑오귀스탱가에 있었고, 레리스는 그랑오귀스탱 강변로에, 도라는 사부아가에 살았다. 그들을 중심으로 파리의 예술가와 지식인 무리가 모였다. 나치 경찰의 단속을, 누군가의 밀고를, 때로는 폭격을 피하기 위해, 물자 부족에서 벗어나기 위해, 무엇보다 권태를 이기기 위해서였다. 그나마 난방이 되는 카페들에서 주로 모였고, 그러지 않을 때는 넓은 레리스의 아파트에서 모였다. 그들은 흡사 거주지 제한 처분을 받은 난민들처럼 카페 플로르나 카탈랑에 진을 쳤다. 그렇다고 모두 친한 사이는 아니었다. 전혀 그렇지 않았다. 예를 들어 레리스는 콕토를 받아들이지 못했다. 하지만 전쟁중에는 전시의 방식대로 살 수밖에 없었다.

데스노스, 엘뤼아르, 출판인 제르보스처럼 레지스탕스에 본격적으로 뛰어든 사람이 있는 반면, 콕토는 히틀러와 그의 조각가

　　　　　　　　　　에르메스 수첩의 비밀

아르노 브레커의 영광을 기리는 정신 나간 짓까지 했다. 하지만 대부분은 독일에 협력하지도, 독일에 맞서기 위해 무언가를 하지도 않으면서 그냥 살아갔다. 사르트르, 보부아르, 라캉, 피카소, 도라 마르…… 그들은 스스로를 '수동적인 레지스탕스'라고 칭했다. 그들에게 저항은 그저 살아내는 것뿐이었다.

레리스의 경우는 상황이 좀 복잡했다. 그는 아내 루이즈 때문에 보다 신중할 수밖에 없었다. 파리에서 갤러리를 운영하던 거물 예술상 앙리 칸바일러가 유대인의 직업 활동을 제한하는 법령 때문에 남부 지역으로 피신하면서, 이십여 년간 함께 일해온 루이즈 레리스에게 갤러리를 넘겼다. 두 사람 사이의 비밀, 그러니까 루이즈가 사실상 칸바일러의 의붓딸이라는 사실*을 아는 사람은 극소수였다. 혹시라도 나치가 갤러리의 전 주인과 루이즈의 진짜 관계를 알게 된다면 그녀는 체포되고 갤러리의 소장품은 모두 압수될 터였다. 레리스는 혹시라도 잡혀가 고문을 당하게 되면 버티지 못할까봐 두렵다고 고백하기도 했다. 그는 인류 박물관**에서 일하

* 레리스의 아내 루이즈는 1902년 젊은 어머니 뤼시 고동의 사생아로 태어났다. 어머니의 성을 따라 루이즈 고동이라고 불리면서 모녀는 오랫동안 자매 사이로 알려졌다. 뤼시 고동은 1904년 스무 살의 칸바일러와 결혼했고, 칸바일러는 파리에서 갤러리를 운영하며 피카소와 브라크 등 입체파 화가들의 작품을 다루는 중요한 화상이 되었다.
** 1937년의 만국박람회를 위해 민족지학 박물관이 있던 트로카데로궁을 철거한 뒤 샤이오궁을 지었고, 박람회 이후 샤이오궁의 일부가 민족지학 박물관을 계승하는 인류 박물관이 되었다.

면서 예전 동료들의 모임과는 거리를 둘 수밖에 없었다. 하지만 로랑 카자노바 같은 공산주의 레지스탕스 단원을 숨겨주기도 했고, 파리에 돌아온 칸바일러도 자신의 집에 들였다.

어쨌든 살아야 했다. 삶은 권태를 버티지 못한다. 무료한 시간을 채우기 위한 '축제'가 이어졌다. 그들은 강낭콩 한 접시를 먹기 위해 통금을 뚫고 시몬 드 보부아르의 호텔방으로 달려가기도 했다.* 그리고 합법적으로 구할 수 있는 술은 무엇이든 찾아내서 마셨다. 레리스의 일기에는 갈리마르**의 연회에서 인사불성이 되도록 마신 '카스토르'***를 도와준 이야기가 나온다. 바타유의 집에서 모였을 때 너무 많이 취한 도라가 두 손을 뿔처럼 이마에 얹고 황소 흉내를 내면서 사람들에게 달려든 일화도 등장한다.

그렇게 가까워지면서 레리스는 도라에 대해 좀더 잘 알게 된다. 1942년 5월에 쓴 일기에 레리스는 여자들을 '변장' 정도에 따라 분류해놓았다. 이 '변장하다'라는 동사는 무슨 의미였을까? 그냥 자신의 모습을 가리고 숨기고 감추는 것, 어떤 역할을 맡아서 한다는 뜻이라고만 해두자. "카스토르, 뤼시엔 살라크루,****

* 이 시기에 시몬 드 보부아르는 생제르맹데프레 구역의 호텔 '라 루이지안'에서 지냈다.

** 갈리마르 출판사를 세운 가스통 갈리마르는 출판업뿐 아니라 연극·영화·음악 등을 아우르는 프랑스 문화계의 중요한 인물이었다.

*** 프랑스어로 '비버'를 뜻한다. 보부아르라는 이름이 영어의 비버와 발음이 비슷해 학생 시절 친구들이 보부아르에게 붙여준 별명이다.

**** 극작가 아르망 살라크루의 아내.

에르메스 수첩의 비밀

제트*는 변장하지 않는 여자들이다. 실비아**는 교활하게 변장하고, 도라는 피카소가 그린 초상화 속에서 미학적으로 변장한다." 아마도 레리스는 예술사의 기념비적인 인물을 자처하며 '우는 여인'의 역할에 지나치게 빠져 있는 도라의 부자연스러운 태도가 거슬렸던 모양이다.

좀더 읽어보면 이런 내용도 나온다. "최근 도라 마르한테 이상한 말버릇이 생겼다. 농담하는 척하면서(아마도 마리로르 드 노아유를 흉보며 흉내내느라 생긴 버릇 같다) 얘기 중간에 자꾸 '내 말은……'이라고 한다. 끊임없이 자신을 드러내고 싶은 것이다."

그러니까 우리가 다 아는 이 인물들이 나치에 점령된 파리에서 지루함을 달래기 위해 아주 작은 기회만 생기면 모여서 폭음을 하고 험담을 주고받고 서로를 흉보며 지낸 것이다. 레리스는 '아마도'라고 단서를 달았지만, 도라가 "내 말은……"이라고 할 때마다 킥킥거리며 테이블 아래에서 서로 발짓하는 소리가 들렸을 테고, 도라가 자리를 뜨자마자 다들 마구 욕을 쏟아냈을 것이다. 레리스의 지적이 틀린 것은 아니다. 도라는 자신의 존재를 드러내기 위해 정말로 비장하게 "내 말은……"이라고 힘주어 내뱉곤 했다.

* 루이즈 레리스의 별명.
** 배우 실비아 마클레스. 스무 살이었던 1928년부터 약 오 년 동안 조르주 바타유와 결혼생활을 했고, 1938년에 라캉을 만났다. 이 일기가 쓰인 1942년에는 화가 마리루이즈 블롱댕과 막 이혼한 라캉과 함께 지내고 있었다.

하지만 정작 1937년에 피카소가 만들어낸 '우는 여인'의 이미지
는 그녀를 가둔 채 숨도 제대로 쉬지 못하게 했다. 피카소의 '공식
적인 연인'은 도라의 신분을 높이는 작위였고, '우는 여인'은 도라
가 입은 구속복이었다.

1944년 막스 자코브가 체포되었을 때 레리스와 도라는 똑같은
불안에 시달렸다. 레리스는 스무 살 때 막스 자코브에게서 시를
배웠고, 그뒤로 아주 가까운 벗처럼 지냈다. 어쩌면 그 이상이었
다. 레리스의 일기에 '막스와의 이야기들'까지 등장한다. 하지만
이후 두 사람은 멀어졌다.

막스 자코브의 유해가 파리 이브리 묘지의 유대인 구역에 묻히
고[41] 며칠 뒤, 그의 사망 소식을 들은 친구들이 추도 행사를 마련
했다. 레리스의 넓은 응접실에서, 피카소가 그린 자코브의 초상화
를 앞에 두고 피카소의 희곡을 처음으로 공개 낭독한 것이다. 피
카소가 즉흥적으로 쓴 그 초현실주의적 희곡은 전쟁 동안의 궁핍,
굶주림, 추위에 관한 내용이었다. 제목은 「꼬리 잡힌 욕망」이지만
꼬리도 머리도 없는 작품이었다. 피카소는 사흘 만에 자동기술로
글을 써냈고, 아마 다시 읽어보지도 않았을 것이다.

중요한 것은 작품 자체보다 캐스팅이었다. 레리스가 '뚱뚱한
발' 역을 맡았고, 레몽 크노가 '양파', 시몬 드 보부아르가 '사촌',
장 폴 사르트르가 '둥근 조각', 루이즈 레리스가 '두 마리 개', 도라
마르가 '기름진 고뇌' 역을 맡았다. 그리고 알베르 카뮈가 연출을

담당했다. 관객으로는 피카소를 중심으로 라캉 부부, 조르주 바타유, 장루이 바로와 마들렌 르노,* 조르주 브라크, 마리로르 드 노아유, 앙리 미쇼, 앙드레루이 뒤부아와 그의 친구 뤼시앵 사블레 등이 있었다. 이상하게도 콕토는 참석하지 않았다. 화가 났던 걸까? 막스 자코브와 아무 상관도 없는 이 추모행사를 거부했던 걸까?

도라는 클로드 시몽과 함께 왔다. 그때까지만 해도 시몽은 거의 무명의 젊은 작가였다. 그러니까 그 자리에 장래의 노벨상 수상자가 사르트르를 빼고도 두 명이나 있었던 셈이다.**

클로드 시몽의 전기를 쓰느라[42] 보존 자료를 조사한 어느 작가가 도라에 관한 언급을 찾아냈다. '진지한 표정의 아름다운 얼굴, 언제나 디자인이 단순하고 값비싼 발렌시아가의 검은 옷을 입었다.' 신기하게도 시몽 역시 도라에 대해 '호감을 준다'고 써놓았다. 전날 도라가 카드점을 봐주면서 앞으로 승승장구할 거라고 말해주었기 때문일까? 어쨌든 시몽은 도라가 여자로 보이지 않는다고, 적어도 성적인 면에서는 그렇다고 썼다. "흔히 롤스로이스나 캐딜락을 보며 갖고 싶다는 욕망조차 없이 경탄하듯이, 나는 도라가 내 손이 닿지 않는 곳에 있는 여자임을 본능적으로 알 수 있었

---

* 프랑스의 여배우. 1940년에 장루이 바로와 결혼한 뒤 그와 함께 마리니 극장에서 르노-바로 극단을 세웠다.

** 카뮈는 1957년에, 클로드 시몽은 1985년에 노벨문학상을 받았다. 사르트르는 1964년에 수상자로 결정되지만 수상을 거부했다.

다. 그때만 해도 상상의 눈으로 모든 여자들의 옷을 벗겨보곤 했는데, 도라를 볼 때만큼은 털끝만큼의 욕망도 일지 않았다. 아마도 그때 내 행동은 좀 바보 같았을 것이다."[43] 이것이 바로 '호감을 준다'는 말의 핵심이다. 보고 있으면 기분이 좋지만 갖고 싶은 마음은 들지 않는다.

클로드 시몽이 자기를 어떻게 생각하는지는 도라에게 중요하지 않았다. 도라 역시 세련됨과는 거리가 먼 풋내기 젊은 작가에게 아무런 느낌이 없었다. 시몽은 자기 자신을 '제법 잘생긴 남자'라고 묘사하면서도, "촌뜨기처럼 서투르고, 대화도 요령껏 하지 못하며, 전쟁과 포로 생활을 겪은 뒤 일상생활에 미처 적응하지 못해서 서툴고 무지한 상태"[44]였다고 고백했다. 도라가 왜 갑자기 자기에게 '최고의 우정'을 지니게 되었는지 오랫동안 그 '수수께끼'를 풀지 못했다고 말한 것을 보면 순진하기도 했다. 말하자면, 클로드 시몽은 가련한 '숙맥'이었다. 도라가 피카소와 헤어지려는 참이었고, 그래서 오로지 피카소의 질투를 불러일으킬 목적으로 자기를 초대했다는 사실을 알지 못한 것이다. 도라는 아마도 배우를 캐스팅하듯 남자를 골랐을 것이다. 서른 살이라는 젊은 나이, 큰 키, 잘생긴 얼굴에 반짝이는 눈이 총명해 보이고 입술도 탐스러운 남자. 유치한 방법이었지만 도라에게는 다른 수가 없었다. 그녀는 계속 저항했고, 버텼다. 이미 마음이 황폐해지고 버림받으리라는 공포에 휩싸인 상태였음에도 속임수를 썼다.

피카소는 속지 않았지만, 숫기 없이 안절부절못하는 잘생긴 젊은이가 거슬리기는 했다. 프랑수아즈 질로 역시 나중에 도라와 비슷한 상황에 놓이게 된다. 누구도 피카소를 떠날 수 없다! 누구도 피카소의 자리를 대신 채울 수 없다! 피카소가 싫증 내고 버린 여자들은 이후에도 여전히 피카소의 소유였다. 할 수만 있다면 그는 낡은 가구를 버리지 않고 창고에 쌓아두듯 여자들도 보관해두고 싶었을 것이다. 피카소는 그의 손톱 조각까지 성물처럼 보관하던 마리테레즈처럼 자기가 버린 여자들이 계속 자기를 경배하고 자기에게 순종하기를 바랐다.

어쨌든 클로드 시몽이 그날 도라와 함께 레리스의 집에 간 것은 다행스러운 일이었다. 추모라고는 명목뿐이었던 그 모임에 대해 클로드 시몽만이 어느 정도 거리를 둔, 잔인하리만치 냉정한 소회를 남겼기 때문이다.

"도라 마르를 따라 커다란 새 사육장처럼 생긴 곳으로 들어갔다. 화려한 아파트의 넓은 응접실에 사람들이 모여 떠들고 서로를 부르며 서성댔다. 편안하고 무사태평하고 세속적이며 세련된 분위기 때문에 좀 당혹스러웠다. 특히 약간 귀신 같고 새를 닮은 것 같기도 한 장루이 바로가 높고 큰 목소리로 피카소의 희곡을 자기 극단의 무대에 올릴 것처럼 떠들어대던 모습이 기억난다. (……) 그들은 전부 레지스탕스였고, 공산주의에 동조하는 사람들이었다."

그러다 클로드 시몽은 갑자기 연출가를 욕하기 시작한다. "문득 그가 페르낭델*과 너무 비슷하게 생겨서 놀랐고, 그 혈색 좋고 통통하고 턱선 고운 행복한 얼굴에서 정확한 발성으로 쏟아내는 자기만족감을 보고 있자니 기가 막혔다." 아, 안 된다. 카뮈 얘기 까지 나오다니!

작은 목소리가 내 귀에 대고 카뮈는 '논외'니까 그냥 넘어가라 고 속삭인다. 하지만 나는 훗날 노벨상을 타게 될 두 작가가 어째 서 서로를 잘 알지도 못하면서 싫어했는지 궁금한 마음을 억누를 수 없다. 카뮈와 시몽은 나이가 같았고, 둘 다 레지스탕스에 참여 했다. 하지만 막 『이방인』을 발표하고 파리를 발아래 둔 카뮈와 달 리, 전쟁과 포로 생활로 깊이 상처 입은 클로드 시몽은 여전히 무 명작가였다. 첫 원고 『협잡꾼』은 그가 유대인이라는 이유로 한 출 판사의 원고 상자에서 곰팡이 슬고 있었다. 그래서 시몽이 카뮈에 게 악감정을 품은 걸까? 그랬을 수도 있다. 그날 시몽이 마리아 카 사레스한테 눈독을 들이지만 않았다면 충분히 가능성 있는 추측 이다. 불행히도 스페인에서 온 젊은 배우 마리아 카사레스의 눈에 는 오로지 그날 저녁 처음 만난 알베르 카뮈밖에 보이지 않았다.**

어쨌든 클로드 시몽은 센강 너머로 독일군 트럭이 줄지어 지나

* 제2차세계대전 전후에 프랑스에서 가장 인기 있는 배우였다.
** 피아니스트 프랑신 포르와 결혼한 카뮈는 이날 레리스의 아파트에서 마리아 카사레스를 처음 만났고, 같은 해 카사레스가 그의 희곡 「오해」의 공연에 출연하 면서 연인이 되었다. 이들의 관계는 1960년 카뮈가 교통사고로 갑자기 사망할 때까지 이어졌다.

　　　　　　　　　　　　　　에르메스 수첩의 비밀

가는 위중한 시국에 끼리끼리 모여서 즐기고 있다는 사실이 몹시 언짢았고, 그래서 레지스탕스인 자신으로서는 레리스의 집에 모여 온갖 잘난 척을 하고 있는 '이 가증스러운 인간들'보다 트럭을 타고 사지로 향하던 병사들에게 더 공감을 느꼈다고 털어놓았다.

길고 긴 모임이 드디어 끝났다. 레리스의 집을 나서기 전 피카소는 막스 자코브의 초상화를 떼어 도라에게 주었고, 도라는 감격해서 눈물을 흘렸다. 야간 통행금지를 뚫고 집으로 돌아갈 생각이 없었던 이들은 레리스의 집에서 잤다. 그리고 이튿날 새벽에 레리스, 피카소, 도라 그리고 다른 몇 명이 진짜 막스 자코브의 추도 미사가 열리는 생로슈 성당으로 갔다. 미사에는 예순 명 정도가 모였고, 그중에는 브라크, 드랭, 르베르디, 엘뤼아르, 모리아크, 장 폴랑, 코코 샤넬, 미시아 세르*도 있었다. 혹시라도 독일군이 기습 검거 작전을 벌일까봐 피카소는 성당 안에 들어가지 않고 옆 건물 입구에 서 있었다.

며칠 후 그들 중 일부가 피카소의 아틀리에에 모였고, 브라사이가 연극 공연을 기념하는 사진을 찍었다. 사르트르, 시몬 드 보부아르, 라캉, 발랑틴 위고,** 카뮈, 레리스 부부 등이었다. 도라는 더

---

* 폴란드 출신의 프랑스 피아니스트. 본명은 마리 고뎁스키이고, 카탈루냐의 화가 호세 마리아 세르와 결혼한 뒤 폴란드어 애칭 '미시아'로 불렸다.
** 빅토르 위고의 증손자인 장 위고의 아내로, 화가이자 삽화가, 무대의상 디자이너로 활동했다.

이상 끼지 못했다. 이 사진에는 보이지 않지만, 프랑수아즈 질로가 이미 피카소의 친구들 사이에서 도라의 자리를 차지해버렸다.

그렇다고 레리스와 도라의 관계가 완전히 끝난 것은 아니나 남아 있는 기록은 거의 없다. 1944년 6월 처음으로 도라의 정식 그림 전시회가 열렸을 때 루이즈 레리스가 개막일 방명록에 서명을 했다. 하지만 미셸 레리스의 서명은 없다.

나치가 떠나던 1944년 8월에 파리는 그야말로 무법천지였다. 안전한 곳에 잘 피신해 있는지 서로 확인했다. 도라는 레리스에게 전화를 걸어 자신이 무사함을 알렸다. 피카소는 마리테레즈의 집에 피신했는데, 걸어가는 길에 유탄이 바로 옆을 스치는 위험을 겪기도 했다. 도라는 총격전이 펼쳐지던 생제르맹데프레를 피해 마들렌 광장의 친구 집에 가 있었다.

그뒤로 몇 달 동안의 일은 알려진 게 별로 없다. 해방된 파리에서 피카소의 친구들은 그의 곁에 프랑수아즈 질로와 도라 마르가 번갈아 있는 모습에 익숙해졌다. 점심시간이면 도라는 카탈랑의 모임에 합류하기 위해 피카소의 전화를 기다렸고, 그러느라 같이 점심 먹자는 다른 사람들의 제안을 모두 거절했다. 차마 피카소의 아틀리에로 찾아가지는 못해, 혼자 집에서 그림 그리는 시간이 점점 많아졌다. 낮이든 밤이든 상관없이 피카소에게 전화를 걸어 소리지르다가 끔찍한 발작을 겪기도 했다. 하지만 그러고 나면 늘 먼저 사과의 전갈을 보냈다. "용서해줘. 또 울며불며 난리를 치고 말았네." "돌아와. 절대 안 그럴게. 앞으론 얌전히 있을게."[45]

1945년에 시몬 드 보부아르가 도라에게 전화를 걸었다. 도라의 그림이 좋다고, 최근에 새로 그린 그림들을 보고 싶다고 했다. 도라는 거절하지 못하고 오후에 사르트르, 레리스 부부와 함께 오라고 했다. 아틀리에가 된 아파트 거실에서 도라는 자기 그림을 보여주었다. 정물, 자명종, 새장 그림이었다. 물론 손님들은 그림이 좋다고 인사치레를 했다. 그러고는 막 집을 나서려는데, 도라가 갑자기 강신술을 보여주겠다고 했다. 시몬 드 보부아르의 회고록에 그날의 일화가 등장한다.

"도라는 '테이블 돌리기'*를 믿었고, 우리는 믿지 않는다고 했다. 그녀가 한번 해보자고 했다. 우리는 작은 원탁에 손을 얹고 있었다. 아무 일도 일어나지 않았다. 그대로 있자니 곧 지겨워졌다. 그런데 갑자기 원탁이 떨리며 움직이더니 이리저리 옮겨다니기 시작했다. 우리는 여전히 테이블에 손을 얹은 채로 그 움직임을 따라 자리를 옮겨야 했다. 혼령은 자기가 사르트르의 할아버지라고 했다. 그리고 '지옥'이라는 단어의 철자를 하나씩 말했다. 한 시간 동안 테이블이 한쪽으로 기울었다가 빙글빙글 돌기를 반복하면서 우리 모두를 지옥불의 제물로 바쳤다. 혼령은 사르트르에

---

* 강신술에서 사용하던 방법으로, 여러 사람이 테이블에 둘러앉아 손을 얹어두면 영탁(靈託)에 의해 테이블이 한쪽으로 기울고 그 순간 죽은 영혼과 대화할 수 있다고 한다.

대해 오직 그와 나만이 알고 있는 일들을 이야기했다. 도라는 흥분했다. 레리스 부부와 사르트르는 어리둥절해하며 웃었다. 도라의 집을 나서며 내가 테이블을 움직였다고 말해주었다. 시작하기 전에 테이블이 움직일 리 없다고 단언했던 터라 아무도 나를 의심하지 않았던 것이다."[46]

그날의 장면이 자꾸 떠오른다. 컴퓨터 앞에 혼자 앉은 나는 보부아르가 원망스럽다. 사부아가의 인도에서 '카스토르'가 거드름을 피우며 진실을 알려주고 나머지 사람들이 배꼽을 잡고 웃는 장면을 떨칠 수 없다. 그들은 가련한 표정으로 눈이 휘둥그레져서 거의 환각 상태에 빠졌던 도라를 떠올리며 폭소를 터뜨렸으리라. 그런 이상한 강신술을 보고 나면 누구라도 웃을 수밖에 없을지도 모른다. 하지만 그날 그런 조롱을 당한 사람이 사나흘 후 결국 병원에 실려간 사실을 알고 쓴 글이라면 조금은 연민이 담겨 있어야 하는 것 아닐까? 물론 그 일이 그들의 책임은 아니라 해도, 그렇게 부서질 듯 불안한 상태의 여자를 좋아서 어쩔 줄 모르도록 흥분시켰다고 자랑하다니 아무리 생각해도 너무 잔인하다.

미셸 레리스의 일기에는 그날 이야기가 없다. 마음이 불편했을 수도 있고 관심이 없었을 수도 있다. 어쨌든 레리스도 웃었다. 거리낌없이, 재미있는 농담을 들었을 때처럼 신나게 웃었다. 같은 시기에 일어난 또다른 사건에 대해서도 레리스는 언급하지 않았다. 그러니까 도라가 누더기 같은 옷을 입고 불로뉴 숲에서 공격을 당했다며 레리스의 집으로 찾아온 것이다.[47] 어찌 대처해야 할지 그도 무척이나 난감했으리라!

결국 무너져가는 도라를 모두가 지켜본 셈이다. 그리고 모두가 그녀의 고통과 광기를 냉담하게 구경하기만 했다. 물론 그런 무관심이 우연히 나왔을 리는 없다. 피카소의 옆자리를 차지하고 있을 때, 누구라도 피카소에게 다가가기 위해서는 도라를 거치지 않을 수 없었을 때 그녀의 도도하고 오만한 성격이 아마도 많은 적을 만들었을 테고, 권좌를 빼앗긴 채 쫓겨난 연인은 자신이 뿌린 것을 거두어들일 수밖에 없었다. 1945년의 도라에게는 스무 장짜리 수첩을 채울 만큼 친구가 많지 않았다. 아마 한 손 혹은 두 손으로 꼽을 수 있지 않았을까. 엘뤼아르와 누슈가 있고, 뉴욕에 사는 자클린 랑바가 있었다. 거기에 도라처럼 아르헨티나에서 유년기를 보낸 화가이자 삽화가 조르주 위네, 그리고 한가할 때의 마리로르 드 노아유, 이 정도가 다였다.

육 년 후인 1951년 수첩의 L 페이지에는 여전히 레리스의 이름이 벨기에 시인 테오 레제에 이어 두번째로 적혀 있다. 하지만 도라와 레리스가 만나는 일은 거의 없었다. 그저 우연히 거리에서 마주치거나 누군가의 전시회 개막식에서 맞닥뜨리는 정도였을 것이다.

미셸 레리스는 피카소와 계속 친밀한 사이를 유지했을 뿐 아니라 여전히 그의 열렬한 숭배자였다. 아를이나 님에서 투우 경기도 함께 관람했다. 프랑수아즈 질로가 피카소와 헤어진 뒤 그와의 생활을 회고한 책을 냈을 때 레리스는 온전히 피카소의 편에 서서 책의 판매금지를 요구하는 청원서에 서명도 했다.[48] 그들이 보기에 질로가 벌인 일은 불경죄였다! 물론 그 우정이 이해관계를 완전히 배제한 것이라고 말할 수는 없다. 갤러리를 운영하는 유능한 사업가였던 루이즈 레리스는 새로운 마담 피카소가 된 자클린 로크와의 관계에도 공을 들였다. 미래의 저작권자를 잘 관리해야 했다! 1973년 4월 8일 피카소가 사망했을 때 자클린 로크가 소식을 알린 몇 안 되는 사람 중에는 레리스 부부도 포함되어 있었다.

마르셀 플레스가 도라 마르의 마지막 전시회를 열었던 1990년, 미셸 레리스는 수십 년 만에 그녀를 다시 볼 수 있다는 기대에 차서, 심장발작에서 회복한 지 얼마 되지 않은 몸으로 기꺼이 개막일 행사에 참석했다. 사르트르, 보부아르, 라캉, 엘뤼아르, 피카소…… 같이 어울리던 친구들 중 남은 사람이 많지 않은 때였다. 하지만 도라는 끝내 자신의 전시회 개막식에 나타나지 않았다. 레리스를 보기 위해서도 오지 않았다.

# 트리야

Trillat

Por 1521


트리야는 1952년도 전화번호부에서 확인할 수 있다. 레몽 트리야, 필적감정가. 그동안 나온 도라 마르의 전기들 속에 등장한 적 없는 이름이다. 도라가 필적감정에 관심이 있었다는 기록도 없다. 하지만 인터넷에 '트리야'와 '도라'를 검색해보니 소더비의 온라인 경매 내역이 나온다.

2016년에 피카소의 에칭화 세 점이 들어 있는 엘뤼아르의 희귀본 시집 『난간』이 13만 5000유로에 낙찰되었다. 주 품목인 시집에 엘뤼아르의 자필 원고 몇 장이 같이 묶여 있었는데, 경매 소개문에 따르면 바로 그 자필 원고에 엘뤼아르가 트리야와 도라 얘기를 써놓았다.

하지만 그 원고는 시집과 묶음으로 팔린 뒤 아마도 필적감정보다는 피카소의 판화에 관심이 많은 어느 수집가의 금고 속에 잠들어 있을 가능성이 크다. 다행히 소더비 측에서 사이트에 올려놓은 원고 복사본에 엘뤼아르가 트리야를 찾아간 날의 이야기가 상세히 기록되어 있다. 그러니까 1942년 엘뤼아르는 필적감정가 트리야에게 글씨 주인을 밝히지 않은 채로 피카소와 도라 마르의 편지를 보여주었다. 1942년이면 프랑수아즈 질로는 아직 등장하지 않았을 때지만, 성가시고 화 잘 내는 도라에게 피카소가 싫증을 내기 시작한 무렵이었다. 피카소는 도라 때문에 피곤하고 화가 났다. 도라와 함께 있어도 더는 즐겁지 않았다. 옆에서 지켜보던 엘뤼아르가 두 연인의 관계가 시들어가는 게 맞는지 필적감정으로 확인하고 싶었던 걸까? 아니면 그냥 그들의 심리상태를 다른 방법으로 알아보려 했던 걸까?

육 년 전의 편지였다. 1936년 9월 무쟁에서 부쳤다. 피카소와 도라가 바스트 오리종에서 처음 함께하며 미친듯이 사랑에 빠졌던, 눈부시게 아름답던 여름의 편지였다. "사랑이 참으로 달콤하군." 피카소는 이렇게 썼다. "나의 벗 누슈와 폴 엘뤼아르, 이곳에서 그대들의 편지를 받으니 얼마나 행복한지." 몇 줄 뒤에 도라의 인사가 있다. "진심으로 고마워요. 나에게 큰 은혜를 베풀어주었어요. 곧 만나요."

엘뤼아르는 레몽 트리야가 피카소에 대해 분석한 내용부터 정성스럽게 옮겨 적었다.

"용맹스럽고도 어린애 같은 사람. 어떤 이들에게는 정신 나간, 또 어떤 이들에게는 숭고한 독창적인 예술가다. 즉흥적이며 정복하는, 상대를 매혹시키는, 그리고 복잡한 관능성을 지녔다. 아주 부드러우면서 아주 모질다. 열렬히 사랑하고, 자기가 사랑하는 모든 것을 죽인다. (……) 다른 사람이 자기를 무너뜨리는 것을 받아들이지 못한다. (……) 열광하면 말로 다 옮길 수 없을 만큼 멀리 날아오른다. (……) 돈 문제에 무심하면서도, 그것이 자기 목을 조르기 때문에 목숨처럼 중요하게 생각한다. 아주 부드러우면서 아주 모질고, 중간과 절제를 모른다."

놀란 엘뤼아르가 마치 혼잣말처럼 덧붙여놓았다.

"피카소를 아는 사람이라면 이 분석에 놀라지 않을 수 없다. 트리야는 쉬지 않고 망설이지도 않고 빠르게 말했다. 나는 그때 받아 적은 내용을 고치지 않고 그대로 옮겨 적었다."

트리야는 역시나 누가 쓴 것인지 모르는 상태로 다음 글씨를 보았다. 그는 글씨의 주인이 여자라는 것조차 알지 못했다.

"이 사람은 처음 결정을 내릴 때는 조금 주저하지만, 행동으로 옮기는 과정에서 우아하고 효과적인 자신감을 얻어가는 성격이다. 누군가 자기 일에 간섭하는 것을 절대 용납하지 못한다. 약간 자유분방한 기질이 있으며, 상당히 독창적이다. 성적으로는 좀 기이하다. 기꺼이 달려들면서도 마치 그 경험을 두려워하는 사람처럼 멀리 나아가기를 저어한다. 이 사람의 감정 반응은 주로 머리에서 이루어지며, 상상력으로 외적인 관계들을 손쉽게 구체화한다. 사회적 감각은 다소 여성적이고, 어린애처럼 반사적 방어태세를 갖추고 있다. 상대의 마음을 끌기 위해 손짓이나 몸짓에 신경을 쓰며, 실제로 환심 사기를 좋아한다. 자유에 큰 의미를 부여하지만 자유와 의무를 잘 연결 짓지 못한다. 관능적인 면에서는 종속적 성향으로 자신의 행동을 구속한다."

도라 마르, 똑똑하고 직관적이고 때로 고집스러운, 자유를 절대 포기하지 못하는 예술가, 사랑에 달려들어 결국 그 사랑에 구속되고 마는 여자 그대로가 아닌가. 분석 결과에 당황한 엘뤼아르는 도라에게도 이를 보여주었을 것이다. 도라는 자기 필체에 대한 트리야의 분석에 수긍했고, 그래서 육 년 뒤의 수첩에도 그의 연락처가 적혀 있었으리라.

나도 엘뤼아르처럼 해보고 싶었다. 엘뤼아르처럼 자세한 내용은 말하지 않고 도라의 수첩을 필적감정가에게 보여주고, 역시 엘뤼아르처럼 그의 분석을 받아 적는다. 하지만 피카소와 도라가 막 사랑을 시작하던 시기의 편지를 분석한 레몽 트리야와 달리, 세르주 라스카르 앞에 놓인 것은 우울증에 빠진 도라의 1951년 수첩이다.

"이 사람이 남자든 여자든 아무튼 상태가 좋지 않군요." 나의 필적감정가 역시 글씨의 주인이 남자인지 여자인지도 모른다. "이 글씨에는 뭔가 융합적인 기운이 있어요. 주어지는 형태에 카멜레온처럼 결합할 수 있는, 다른 사람을 자신의 양분으로 삼을 수 있는 능력이죠. 다른 사람을 먹어버린다고 할까요. 아마도 내적 공허를 채우기 위해서겠죠. 그렇게 융합이 일어나고, 폭발하고, 끓어오르고, 화산처럼 폭발합니다. 강렬한 분노를 품고 있고 언제든 폭발할 수 있어요. 하지만 분노가 그리 길지는 않아요. 정신과의사라면 인격을 형성하는 요소가 부족하다고 말하지 않을까요? 이 사람의 특징은 강렬함이에요. 강렬한 열정을 지닌 사람이죠. 그게 고통의 원인이에요. 이 사람은 강렬하게 살고자 하는 욕구를 지녔고, 비극적인 것을 향한 욕구도 있어요. 역할들을 맡고도 여전히 관객처럼 거리를 둔 상태에서 수행해낼 수 있는 사람이죠." 라스카르는 자기가 적은 것을 다시 읽어본 뒤 천천히 수첩을 넘겼다. "그래요, 교만과는 달라요. 차라리 분노, 저항, 그런 게 본능적으로 작동합니다. 이 사람은 폭력적일 수도 있어요, 때리고, 할퀴고…… 스스로 통제할 기반이 없어요. 강한 분노와 그에 못지않게 강한 정열이 있고, 그러면서도 어린애 같은 면이 있죠. 무엇보다 제일 밑바닥에는 아주 어릴 때로 거슬러올라가는, 어머니와의 관계에서 비롯한 유기 공포증이 깔려 있어요. 결핍이죠." 세르주 라스카르는 망설여지는지 잠시 말을 멈추었다가 마지막으로 내뱉었다. "경계성인격장애에 가깝습니다."

엘뤼아르의 말을 빌리자면, '놀라운 분석'이었다. 게다가 라스카르의 분석은 트리야의 분석보다 더 멀리 나아갔다! 나의 필적

감정가는 그것이 도라 마르의 글씨임을 알고도 그다지 놀라지 않았다. 그가 글씨에서 본 것들이 이미 그 주인이 도라 마르임을 말해주었던 걸까? 라스카르의 분석은 단 한 가지 점에서 레몽 트리야의 분석과 달랐다. "도라는 피카소에게 그저 매혹된 상태가 아니었어요. 그와 완전히 하나였어요. 피카소로 자신의 내면을 채웠고, 스스로 피카소가 된 겁니다. 피카소는 도라를 강렬하게 살게 해줬어요."

나는 그에게 〈게르니카〉에 대해, 1937년 몇 달에 걸쳐 그 그림을 그리는 피카소의 모습을 사진 속에 담는 동안 도라가 스스로 그림을 그리고 있다고 상상하며 느꼈을 환희에 대해 이야기한다. "맞아요, 바로 그거죠." 하지만 라스카르는 도라가 피카소를 만나기 전부터 이미 불안정했을 거라고 덧붙인다. "피카소가 도라를 미치게 만들지는 않았어요. 피카소와 융합되어 한몸이라고 믿으며 살았기 때문에 결별이 더욱 고통스러웠을 뿐이죠. 그뒤에는 하느님이 피카소의 자리를 대신한 겁니다."

나와 만나고 며칠 뒤, 라스카르가 도라가 병원에 입원한 이듬해인 1946년 5월에 쓴 시를 찾아낸다.


광활한 풍경 속을 나 홀로 걷는다
날씨가 좋다. 하지만 해가 없다. 시간도 없다.
오래전부터 친구도 지나는 행인도 하나 없다. 나는 홀로 걷

　　　　　　　　　　　　　에르메스 수첩의 비밀

는다. 홀로 말한다.

　진정한 친구들도 날 도와줄 행인들도

　빛도 열기도 빵도

　아무것도 없다.

　그렇다, 남들 눈에 어떻게 보이든 내 운명은 멋지다.

　한때는 어떻게 보이든

　내 운명이 몹시 가혹하다고 말했는데.


　도라는 더 강해 보이고 싶었을 테지만, 전문가의 눈에 그녀의 글씨가 만드는 파도들은 '마음을 잡지 못하고 결단을 내리지 못한 채로 방황하는 존재'를 드러낼 뿐이다.

　이 시를 쓰고 오 년 뒤의 수첩에는 이미 가벼워진 고통과 홀로 서고자 하는 욕망이 드러난다. 라캉의 영향이리라.

　결국 라캉 파일을 열어야 할 때가 왔다. 하지만 나는 새로운 난관 앞에서 뒤로 물러선다. 회피하기 위해 계속 다른 것들을 생각하려고 애쓴다.

　도라와 함께하는 시간이 갈수록 버거워진다. 타인의 고통이 나를 지치게 만든다. 주변에서 도라는 어떻게 되었냐고 자주 묻는다. 나는 친구들에게, 그리고 내 책을 기다리는 편집자에게 진전이 있다고 대답한다. 하지만 아니다. 앞으로 나아가지 못한다. 도라와 함께 나 역시 고통스럽다. 나와 너무 다른, 조금도 공감할 수

없는 여인한테 매달려야 한다는 게 무엇보다 힘들다. 도라를 이해
하기 위해 나는 영혼을 갉아먹는, 마음 깊은 곳에서 사람을 삼키
고 이상하게 만들어버리는 슬픔을 일부러 떠올려본다. 하지만 나
는 그만큼 어두운 사람이 아니거나 고통이 부족한가보다. 나는 도
라가 지겹고 도라 때문에 지친다. 피카소처럼 나도 그녀를 버린
다. 숨쉬고 싶고, 행복한 사람들을 만나고 싶고, 가벼운 이야기들
을 읽고 싶다.

그러다가 어느 날 아침, 나는 도라와 상관없이 찾아간 파리 교
외 지역의 한 박람회장에서 여러 코너를 돌아다니다가 길을 잃는
다. 향초와 방향제 부스들이 늘어선 곳이다. 온갖 향기가 뒤섞인
역한 냄새 때문에 속이 메스껍다. 그런데 갑자기 검은색 광고판
하나가 눈에 들어오고, 그 순간 욕지기가 씻은 듯이 사라진다. 마
르…… 그렇다, 도라 마르와 같은 마르. "아뇨, 피카소의 연인과
는 관련 없는 이름이에요." 상인이 말한다. "마르는 독일어에서
온 이름이고, 원래는 분화구를 뜻하는 명사죠. 독일어로 마르는
화산 폭발 뒤에 둥글게 파인 곳에 물이 고이면서 만들어진 호수를
뜻합니다. 하늘에서 내려다보면 마치 초를 위에서 내려다볼 때 가
운데 촛농이 고여 있는 모습과 비슷하죠. 불, 융합과 관련된 단어
예요. 게다가 짧고 힘찬 말이죠. 그래서 골랐습니다."

나는 곧바로 세르주 라스카르에게 문자메시지를 보낸다. 그는
도라의 필체를 분석하면서 몇 번이나 '융합'이라는 용어를 사용하

지 않았던가. 라스카르가 짧게 대답한다. "신기한 우연의 일치로 군요."

　나는 우연의 일치가 아니라고 믿는다. 테오도라 마르코비치는 독일어를 못했지만 사진작가로 활동하기 시작하면서 선택한 자신의 가명이 어떤 의미인지 이미 알고 있지 않았을까? 자기 자신에 대한 탐구를 멈춘 적 없는 이 여인은 어쨌든 자기와 제일 잘 어울리는 이름을 찾아낸 셈이다. 마르.

　향수 회사의 인터넷사이트에 들어가보니 샤토브리앙의 말이 나와 있다. "실재하는 것들과 연을 끊기, 그것은 아무것도 아니다. 하지만 추억들과는……" 도라 마르의 묘비명이 될 법한 말이다.

# 마들렌

Madeleine
Suf 9286


 이 마들렌은 누구일까? 수시로 찾아봤지만 오리무중이다. 전화
번호의 앞에 붙은 'Suf'를 보면 에펠탑과 가까운 주소다. 쉬프렌
대로. 처음 떠오른 이름은 마들렌 르노다. 도라가 오랫동안 연출
가 장루이 바로와 친했기 때문이다. 하지만 1951년이면 르노-바
로 부부는 센강 우안의 프레지당윌슨 대로에 살았으니 Suf가 아
니라 Kleber 혹은 Passy여야 한다.

 마들렌 솔로뉴일까? 그녀는 콕토가 시나리오를 쓴 영화에 장
마레와 함께 출연했으니 도라와 만났을 수 있다.

 결국 도라뿐 아니라 가까이 지냈던 사람들의 전기에 수록된 인
명 색인들을 뒤져보기로 한다. 1950년대에 도라가 자주 만나던
마들렌이라는 이름의 수녀가 있지만, 수녀라면 수녀원을 두고 그

          에르메스 수첩의 비밀

동네에 살았을 리 없다.

여러 마들렌 중에 레지스탕스에도 가담했던 마들렌 리포가 가장 설득력 있어 보인다. 그녀는 1945년 카탈랑의 식사 자리에서 도라와 마주친 적이 있다. 마들렌 리포는 스무 살이 채 안 된 나이였음에도 이미 두 해 전부터 레지스탕스 전투에 참여해온 터였다. 끔찍한 위험을 감수했고, 무장투쟁 경력도 있으며, 대낮에 파리에서 침착하게 독일 장교를 저격하기도 했다.

> 내 탄창 속 아홉 발의 총알
>
> 내 형제들의 원수를 갚기 위한 것
>
> 죽이는 일은 괴롭다
>
> 처음이다
>
> 내 탄창 속 아홉 발의 총알
>
> 아주 간단했다
>
> 지난밤 총을 쏜 사람
>
> 바로 나였다.[49]

마들렌은 곧바로 민병대에 체포되어 게슈타포에 넘겨진 뒤 끔찍한 고문을 당했다. 포로교환으로 간신히 처형을 면해, 1944년 8월 19일에 풀려났다. 그리고 파리 해방을 위해 다시 싸움을 시작했다. 새파랗게 젊은 마들렌은 남자들로 이루어진 유격대를 이끄는 유일한 여자였다. 보존 자료 속 사진들을 보면, 마들렌은 머리카락을 휘날리며 기관총이 장착된 장갑차에 걸터앉아 군중의 함성 속에 파리를 행진하고 있다.

전쟁이 끝난 뒤 마들렌은 평화를 되찾은 세상에 적응하느라 애를 먹었다. 몇 달 뒤 그녀는 피에르 데*와 결혼했고, 그 덕분에 카탈랑의 식사 자리에서 엘뤼아르와 피카소의 폭발적인 관심을 받았다. 피카소는 그녀의 초상화를 그리기도 했다. 해방된 파리, 새로운 영웅들을 숭배하는 파리에서 불가능한 일이라곤 없었다. 레지스탕스 단원과 한 테이블에 앉는 것은 최고로 멋진 일이었다.

마들렌 리포는 아직 생존해 있다. 책들과 그림, 기념품이 가득하고 카나리아 한 마리가 재잘대는 파리 마레 지구의 아파트에서 아흔세 살의 마들렌이 직접 전화를 받았다. "전쟁 뒤에 우리 둘다 아팠어요. 난 고문 후유증 때문에, 또 전쟁 막바지 시가전에서 목숨을 잃은 동료들 때문에 아팠고…… 도라는 더 심각했죠." 더심각했다? "단순한 우울증이 아니라 정신병이라고들 했어요. 하지만 피카소가 못되게 굴었던 건 아니에요." 젊은 공산주의 레지스탕스 단원이던 마들렌 리포의 기억 속에 피카소 동지는 여전히 영웅이다. "도라가 이상해졌어요. 엘뤼아르와 피카소는 어떻게든

---

* 이십대에 공산주의 레지스탕스 활동을 하다가 비시 정권에 체포되어 독일의 수용소에 끌려가기도 했던 피에르 데는 훗날 기자이자 작가가 된다. 피카소는 공산주의 활동에 적극적이던 청년 데를 각별히 아꼈다.

에르메스 수첩의 비밀

도라가 전기충격 치료를 받지 않게 하려고 애썼죠." 마들렌은 두 남자의 대화를 들었다. "전기충격 치료는 절대 안 된다고 했어요. 그래서 라캉한테 데려간 거죠. 사실 정신분석 정도로 해결될 상황이 아니었는데⋯⋯"

하지만 마들렌 리포는 도라에게 자기 전화번호를 가르쳐준 기억은 나지 않는다고, 쉬프렌 대로 쪽에 산 적도 없다고 한다. 그녀는 도라의 수첩에 적힌 마들렌이 자기일 리 없다고 단언한다.

# 라캉

Lacan

Lit 3001


정신분석가에게 전화를 하려면 마음의 준비가 필요하다. 하물며 상대가 라캉이라면!

내가 릴가의 진료실에 찾아가도 본척만척할 그의 모습이 그려진다. "무슨 일로 오셨죠?" "도라 마르의 이야기를 듣고 싶어요." 당연히 그는 그 즉시, 어쨌든 친절하게, 나를 문밖으로 내보낼 것이다. 다행히 한 회차 상담료는 600프랑밖에 안 될 테고 말이다.

라캉은 도라에 대해 아무 말도 남기지 않았다. 도라뿐 아니라 다른 누구에 대해서도 똑같았다. 환자 개인에 대해 적어둔 것이 없고, 사무적인 기록도 남기지 않았다. 세미나 중에도 칠 년 동안이나 자신에게 상담 치료를 받은 도라에 대해 단 한 번 암시조차 한 적이 없었다. 의료행위 중에 알게 된 비밀을 지킨 것이리라.

1946년 라캉이 도라에게 준 책에 적힌 헌사가 유일한 단서다. "힘들었던 휴가를 기억하며." 1945년 여름 동안 도라가 받은 상담 치료를 암시하는 말이다.

결국 증언들을 대조하며 검증하고 추론하고 가정하는 수밖에 없다.

도라와 라캉은 1935년 바타유의 친구들과 초현실주의자들이 함께한 '반격' 모임에서 처음 만났다. 젊은 정신과의사 라캉은 이미 화가 말루 블롱댕*과 결혼했는데, 공교롭게도 블롱댕의 오빠가 마르코비치-마르 가족의 주치의였다. 이후 라캉은 블롱댕과 헤어지고 도라가 바타유를 만나기 전에 바타유의 아내였던 실비아 마클레스의 연인이 될 터였다. 당시에는 모두 파리 좌안에 모여 살았고, 부족을 떠나지 않은 채 그 안에서 서로 만났다 헤어지고 새 짝을 구하는 일이 비일비재했다. 1945년 5월 도라가 발작을 일으켰을 때 피카소가 도움을 청한 라캉은 그에게 정신과의사이자 주치의이자 친구였다.

사실 도라의 발작이 그때가 처음은 아니었다. 엘뤼아르와 피카소가 라캉에게 그동안의 일을 정리해서 알려주었을 것이다. 우선 넋 나간 상태로 퐁 뇌프 근처를 돌아다니는 도라를 경찰이 집에 데려온 적이 있었다. 누가 자기 자전거를 훔쳐갔다고, 그런데 잠

* 마리루이즈 블롱댕의 애칭이다.

시 뒤에 자전거가 원래 자리에 돌아와 있었다고 횡설수설하기도 했다. 한번은 사라진 강아지 때문에, 피카소가 준 작은 비숑이 없어졌다고 발작을 일으켰다. 자기가 티베트의 왕비라며 극장 안에서 소동을 일으키기도 했다. 심지어 옷도 안 입은 채로 층계참에서 발견된 일도 있었다. 사나흘 전 시몬 드 보부아르와 함께 벌인 강신술 소동까지는 피카소나 엘뤼아르가 아직 몰랐을 것이다.

피카소는 무엇보다 도라가 한밤중에 자꾸 전화를 걸어 온다며 불평했다. 몇 주 전에는 이른 아침에 어느 미국인 병사*가 그를 찾아왔는데, 도라인 줄 알고 문도 안 열어주고 화를 내기도 했다. "왜 온 거야? 날 좀 내버려두면 안 돼? 당신 때문에 밤새 한숨도 못 잤고 쉬지도 못했어. 미칠 것 같아!"[50] 피카소가 좀더 일찍 상황의 심각성을 알아차려야 했다. 하지만 그는 도라가 자기 관심을 끌려고 일부러 그런다고, 젊고 아름다운 프랑수아즈와의 새로운 사랑을 방해하려고 난리를 떤다고 생각했다.

1945년 5월 15일에 라캉이 도라를 생탄 정신병원에 입원시켰다는 글이 많이 있지만, 아무리 조사해봐도 도라는 그곳에 가지 않은 것 같다. 피카소와 엘뤼아르가 정신병자들이 비명을 지르고 헛소리를 해대는 그런 곳에 도라를 데려갔을 리 없다. 라캉이 도

---

* 작가이자 기자인 제임스 로드를 말한다. 군복무중 노르망디상륙작전으로 프랑스에 온 그는 사흘간의 휴가 동안 파리로 가서 피카소를 만났다. 종전 후에도 다시 파리로 와서 예술가들과 교류했고, 피카소와 자코메티의 전기를 썼다.

라를 입원시킨 곳은 생망데의 잔다르크 병원이었다. 파리 교외에 위치한 좀더 조용하고 덜 거친 사설 병원으로, 새로운 치료법도 적극적으로 사용하는 곳이었다. 당시 병원 안내 책자를 보면 '수$^*$ 치료법, 전기치료법, 심리요법'을 홍보하며 '더없이 아름다운 자연환경'과 '뱅센 숲의 좋은 공기'를 자랑했다. 넓은 정원에 작은 집들이 흩어져 있는 고급 리조트 분위기로, 도라는 '송악'이나 '등나무', 아니면 '장미'동$^楝$에 머물렀을 것이다. 현대식 설비가 갖춰진 1인실에 도서관과 응접실, 당구장, 피아노실까지 있는, 말하자면 5성급 병원이었다. 빅토르 위고도 딸 아델이 있을 곳으로 이 병원을 골랐고, 콕토도 여기서 아편중독 치료를 받았다. 라캉 역시 심하게 불안정하거나 자살을 시도하는 환자들을 이곳으로 먼저 보낸 뒤 정신분석 치료를 이어갔다.

보통 라캉은 오후 느지막이 왔다. 복도에 크게 울리는 문소리로 그가 오는 것을 알 수 있었다. 라캉은 도라의 침대 머리맡에 앉아 그녀가 하는 말을 들었다. 처음에 도라는 지쳐 있고 제정신이 아니었던 탓에 별 이야기를 하지 않았다.

도라의 입원과 관련된 서류들이 전부 소각된 터라 남아 있는 것은 병원비 청구서뿐이다. '5월 15일부터 24일까지 병실과 세 끼식사, 특별 간병인과 치료'에 해당하는 비용이다. 더 상세한 내용은 없다. 사실 치료에 관해서는 그때만 해도 사용할 수 있는 방법이 제한적이었다. 항정신병 약물 없이 안정제만 썼고, 이따금 환자를 반⁺혼수상태에 빠뜨리는 인슐린요법을 시행했다. 카페 플로르에는 도라가 전기충격 치료를 받았다는 소문이 퍼졌다. 실제로 당시 전기충격 요법은 상당히 빈번하게 사용되었다. 정신과의사들은 그 새로운 기법을 효능 좋은 전기적 항우울제로 간주했고, 1950년에 열린 정신의학 학회에서는 전기충격 요법을 아메리카 대륙의 발견에 빗대는 사람까지 있었다! 라캉 역시 호의적인 입장이었다.

하지만 마취 없이 행해지는 전기충격 요법은 이루 말할 수 없이 과격했다. 의자에 묶여 있는 도라를 상상해보라. 경련중에 척추뼈가 골절되지 않도록 간호사 서너 명이 그녀의 몸을 꽉 붙잡고 있고, 전류가 흐르면 약 십오 초 후에 전기 벼락을 맞은 몸이 시체처럼 늘어진다. 깨어난 뒤에는 머리가 더없이 무겁지만 조금 전에 무슨 일이 있었는지 기억하지 못한다. 그리고 아무것도 의심하지 못한 채로 며칠 후에 다시 한번 같은 치료를 받는다.

도라는 열흘 동안만 입원해 있었으니 네 차례 이상은 불가능했다. 정신과의사들에 따르면 그 정도로는 호전을 기대하기 힘들다. 현재의 병원장도 도라가 왜 그렇게 금방 퇴원했는지 모르겠다며 의아해한다. 보통은 훨씬 더 길게 머물렀다. 앙토냉 아르토*의 경

* 시인, 연출가로 알프레드 자리 극장에서 초현실주의 전위극을 연출했고, 이후 잔혹극 개념으로 20세기 연극에 큰 영향을 끼쳤다. 유전성 매독으로 십대 때부터 우울증과 두통에 시달렸으며 오랫동안 정신병원에 갇혀 지냈다.

우 등의 통증이 너무 심해서 세 번 만에 포기했다. 도라 역시 비슷한 후유증을 앓았는지도 모르겠다. 마들렌 리포가 했던 말이 떠오른다. "엘뤼아르와 피카소는 어떻게든 도라가 전기충격 치료를 받지 않게 하려고 애썼죠." 그래서 도라가 생망데 병원에서 열흘 만에 퇴원한 게 아닐까? 도라의 상태를 본 지켜본 피카소와 엘뤼아르가, 아마도 엘뤼아르가 더 강력히 퇴원을 요청했을 것이다.

5월 24일에 집으로 돌아온 도라는 움직임이 둔해져 힘없이 흐느적거렸고 정신도 흐릿했다. 사물을 꿰뚫어보던 시선은 천장과 지평선 어딘가를 떠돌았다. 목소리도 이상해져서, 그토록 아름답던 음성에 생기가 사라졌다. 도라는 더이상 소리치지 않았고, 한밤중에 전화를 걸지도 않았다. 저항 없이 무기를 내려놓았다. 그 무엇에도 흥미를 느끼지 못했고, 어쨌든 전보다 가벼워졌다. 추억들이 사라지면서 고뇌도 사라진 것이다. 그때 라캉이 정신분석 치료를 시작했다. 긴 과정이 될 테지만, 그는 도라의 상태가 나아지리라 기대했다.

도라라는 짐을 한시라도 빨리 벗어던지고 싶었던 피카소는 어쨌든 그녀가 치료를 받고 나았다고, 결과만 좋으면 다 상관없다고 믿고 싶어했다. 심지어 퇴원한 지 며칠 안 된 도라를 공연장에 데려가기까지 했다.

파리가 해방된 뒤 처음 열린 특별 행사로, 발레극 〈약속〉의 초연이었다. 롤랑 프티가 안무를, 코스마가 음악을, 프레베르가 줄

거리를, 브라사이가 무대를 맡았고, 무대막은 피카소가 만들었다. 독일인들이 유대인 여자의 이름을 붙일 수 없다며 떼어냈던 사라 베르나르*의 이름이 자랑스럽게 극장에 다시 걸렸다. 마를렌 디트리히와 장 가뱅, 콕토와 장 마레, 피카소와 도라 마르를 포함해서 파리의 명사들이 전부 모였다.

주변에서 수군대는 소리가 들려왔지만, 작은 왕자 피카소는 누구에게도 눈길을 주지 않은 채 아직 침대에 누워 있어야 할 지칠 대로 지친 여인과 팔짱을 끼고 걸음을 옮겼다. 도라 역시 첫 공개 나들이에 설렜다. 물론 그날이 마지막이 되리라는 사실은 알지 못했다. 그녀는 가장 아름다운 드레스를 입었다. 피카소와 도라는 아래층 앞쪽 브라사이의 왼편에 앉았다. 피카소가 만든 무대막이 나타나자 장내가 순식간에 달아올랐다. 그의 공산당 가입**에 항의하느라 고함을 치는 이들도 있었고, 그 소리를 덮기 위해 요란한 박수도 울려퍼졌다. 도라는 아무런 반응이 없었다. 피카소는 눈썹만 찌푸리고 말았다. 공연은 성공적이었다. 하지만 공연이 끝나자마자 두 사람은 그대로 자리를 떠났다. 피카소는 도라를 집에

* 20세기 초 유럽에서 가장 인기를 누리던 프랑스의 연극배우. 파리 중심부인 샤틀레에 있던 '테아트르 리리크-드라마티크'는 19세기 말에 그 이름을 따서 '테아트르 사라 베르나르'가 되었는데, 나치가 '테아트르 드 라 시테'로 바꾸어놓았다. 현재는 '테아트르 드 라 빌'이다.
** 오래전부터 공산당 활동을 해오던 피카소는 1944년 정식으로 프랑스 공산당에 가입했다.

에르메스 수첩의 비밀

데려다주고 금세 가버렸다. 이튿날 도라는 라캉의 진료실에서 중요한 '약속'이 있었다.

잡지나 책 혹은 다큐멘터리 등을 통해 자신의 정신분석 치료 경험에 대해 이야기한 사람들이 있긴 해도, 도라와 같은 시기에 릴가에 있던 라캉의 진료실을 오간 사람은 찾을 수 없었다. 시시콜콜 따질 생각은 없지만, 1940년대 젊은 라캉의 진료는 훗날 스타 학자가 된 뒤와는 사뭇 달랐다. 그러니까 환자들이 복도에 길게 줄을 서서 기다렸다가 들어간 뒤 이 분 만에 다시 나오는 일은 없었다. 1945년의 라캉은 정확한 시각에 환자들과 약속을 했고, 상담 시간도 일정했다.

도라의 상태가 무척 불안정했기에 라캉도 많이 걱정했을 것이다. 처음에는 매일 도라를 상담했다. 도라의 수첩에는 라캉과의 면담이 대문자 A로 표시되어 있다. 'Analyse(분석)'의 A다. 주로 늦은 오전 시간이다. 릴가까지 센강을 따라 십오 분 정도 걸어가야 했다.

도라는 보통 라캉의 진료실에 한 시간 정도 머물렀다. 처음에는 가정부가 문을 열어주었고, 1948년경에 전설적인 조수 글로리아 곤살레스가 등장한다. 작은 여송연을 입에 문 글로리아의 안내로 대기실에 들어서면, 곧 핑크색 와이셔츠에 나비넥타이를 매고 주머니에 장식 손수건을 꽂은 라캉이 들어와서 "어서 오세요"라고 인사한 뒤, 마치 춤을 청하듯 우아한 손짓으로 도라를 진료실로 데리고 들어갔다. 그곳에서 도라는 소파에 다리를 길게 뻗고 앉았다. 그녀가 말하면 라캉이 열심히, 혹은 흘려보내듯 귀를 기울였다.

도라, 정신분석가, 그리고 도라의 무의식 사이를 기웃거리노라면 지성소至聖所를 침범하는 불경을 저지르는 기분이 든다. 나는 그 어떤 것도 마음대로 바꾸거나 지어내고 싶지 않다. 단지 도라의 소파가 어디 놓였을지, 그 자리에서 그녀의 눈에 보이던 액자와 골동품 장식은 어떤 것이었을지, 라캉의 태도가 어땠을지, 그런 세부적인 것들을 추측해보고 싶을 뿐이다. "조심해, 정신분석은 매번 달라." 정신분석 분야에 대해 잘 아는 친구들은 이구동성으로 말했다. 하지만 나는 내가 그려보는 장면들이 설령 사실과 다르다 해도 충분히 개연성이 있으리라 믿는다.

라캉은 도라의 말을 듣는 동안 아무것도 적지 않는다. 처음에는 도라가 마음대로 말하게 두고, 도중에 망설이는 것 같으면 개입해서 다시 이어가게 한다. 소파의 도라에게는 책상 앞에 앉아 둥근 테 안경을 끼고 고개를 숙인 라캉의 옆모습이 보인다. 그가 한곳을 가만히 응시하면 도라의 말을 수긍하지 못한다는 뜻이다. 반대로 뭔가 의견을 덧붙이면 좋은 신호다. 때로 라캉은 어깨를 들썩인다. "그보단 차라리……" 그는 문장을 끝맺지 않을 때가 많다. 마치 말줄임표가 말이 여는 것과는 다른 문을 열어주는 것 같다. 글로리아가 전통 간식인 대추야자 두 알과 차를 가지고 들어오기도 한다. 끝날 때가 되었다 싶으면 라캉이 말한다. "좋아요, 내일 다시 시작합시다."

라캉이 치료비로 얼마를 청구했는지는 가늠하기 어렵다. 예외적이기는 하지만, 초반에는 피카소가 직접 옛 연인의 치료비를 냈다. 아마도 그림으로 냈으리라.

망트라졸리* 근처에 기트랑쿠르성城을 가지고 있던 라캉은 일요일에 도라를 그곳으로 초대하기도 했다. 다행히 비슷한 시기에 그곳에 초대되어 일요일을 보낸 어떤 사람이 익명으로 써놓은 글이 있다.[51]

라캉의 서재는 별채에 있었다. 상당히 넓고 천장이 높은 방이었고, 중이층 형태로 설치된 서가에는 프로이트의 초상화가 걸려 있었다. 1955년부터는 귀스타브 쿠르베의 그림 〈세상의 기원〉도 그곳에 있었다. 라캉은 그 그림을 동서인 앙드레 마송**의 그림 뒤에 숨겨놓았다.***

기트랑쿠르에서는 거의 매주 일요일마다 같은 의식이 행해졌다. 라캉은 책상 앞에 앉고, 도라는 등을 돌린 채로 정원이 내다보이는 커다란 유리문 앞 긴 정원 의자에 다리를 뻗고 앉는다. 라캉

* 파리 남서쪽 교외 지역의 도시.
** 화가 앙드레 마송의 아내 로즈 마클레스는 바타유의 아내였다가 이혼 후 라캉과 재혼한 실비아 마클레스와 자매 사이였다.
*** 여성의 음부를 클로즈업해 그린 〈세상의 기원〉은 쿠르베가 1866년에 오스만제국의 정치가이자 외교관이던 카릴베이 파샤의 주문으로 그린 그림이다. 1954년에 이 그림을 구입한 라캉은 외설스러운 내용 때문에 그대로 걸지 못하고 마송의 스케치화 뒤에 숨겨두었다. 라캉 사후 오르세미술관에 기증되었다.

은 아무 말도 하지 않는다. 그의 숨소리, 그가 참지 못하고 내뱉는 다소 요란한 트림 소리만 들린다. 침묵이 너무 무겁게 이어지면 라캉은 도라에게 밖에 나가 생각을 좀 정리해보라고 한다. "삼십 분 동안 정원을 한 바퀴 돌고 오세요. 그러고 나서 다시 시작합시다." 도라는 정원의 오솔길을 산책하고, 때로는 정원사와 마주치기도 한다. 이어 도라와 라캉은 아무 일도 없었던 것처럼 다시 시작한다.

보통은 한 시간 정도 걸렸고, 의식이 끝나면 라캉은 도라를 데리고 다른 손님들이 모여 있는 정원이나 식당으로 갔다. 당시 라캉은 그렇게 진료실 소파에서 식탁으로 곧장 옮겨가도 문제될 게 없다고 생각했다. 정신분석의 규칙들이 정립되기 전이었던데다, 어차피 오랜 친구인 도라에게 규칙을 강요하기도 힘들었을 것이다.

다른 사람들의 증언을 더 뒤져서 이 조각난 장면들을 이어본다. 하지만 완성된 것은 음성이 없는 무성영화다. 라캉과 도라가 무슨 말을 주고받았는지, 특히 도라가 무슨 말을 했는지는 알 길이 없다.

당시의 모든 사람이 그랬듯이 라캉은 피카소에게 매료되어 있었다. 아마도 그는 도라가 피카소에 대해 하는 말 한마디 한마디에 관심을 쏟았을 것이다. 게다가 자기 아내의 전남편이던 바타유와 관련된 성적인 이야기들에는 더 주의깊게 귀를 기울이지 않았을까? 하지만 도라는 그런 이야기들보다 너무 힘들었던 어머니와의 관계, 반대로 너무나도 애착이 깊었던 아버지와의 관계를 길게 털어놓았을 것이다. 그렇게 해서 고통이 조금 덜어지면 자기 이야기를 꺼내기도 했을 것이다. 마구 흥분했을지도 모른다. 요컨대 라캉의 말 한마디가 정말로 단어의 의미 그대로 도라를 탈선시킬 수 있었다. "현실은 우리가 부딪칠 때 존재한다." 라캉이 즐겨 하던 말이다.

최소한 도라의 병이 무엇이었는지 정확히 알 수 있을까? 그녀의 병을, 그런 증상을 뭐라고 지칭할까? 잘 아는 정신과의사에게 물어본다. 그녀는 자기가 보기에는 히스테리성 정신병 같다고, 라캉이라면 아마도 과대망상으로 진단했을 거라고 한다.

나는 순진하게도 도라가 어떤 식으로든 그의 연구에 기여한 내용이 행간에 나올지 모른다고 기대하며 정신병을 다룬 라캉의 세미나들을 뒤져본다. "당신이 이해했다면, 분명 잘못 알았다." 라캉의 말이다. 그러니 포기하자. 가까운 사람들조차도 아는 게 전혀 없었다. 제라르 밀러*가 다큐멘터리에서 말했듯이, "라캉은 절대 지난 일에 대해, 과거에 대해 말하지 않았다. 그는 현재에 있었다."[52]

한 번, 정말로 단 한 번 라캉이 앙드레 마송과 그의 아내에게 도라 얘기를 한 적이 있다. 도라 마르의 치료가 끝나고 일 년 뒤였다. "안정을 찾았어. 위험한 때도 있었는데 이제 지나간 것 같아."

* 정신분석가이자 작가, 영화감독. 2011년 라캉 사망 30주년을 맞아 다큐멘터리 영화 〈라캉과의 약속〉을 만들었다.

마송은 도라처럼 지적인 여자가 어떻게 그런 광신도가 될 수 있는지, 더할 나위 없이 회의적이고 그 어떤 신비화도 용납하지 못하던 인간이 어떻게 그렇게 미신과 교조적 믿음에 빠질 수 있는지 이해하지 못했다. "다른 방법이 없었어. 신과 구속복 사이에 선택할밖에." 하지만 그 선택을 누가 했을까? 라캉이 도라의 신비적 강박관념을 부추겼다고 비난하는 사람들도 있다. 도라는 그런 것을 거부하며 자유의지를 지키려던 사람이었다. 물론 라캉을 만나기 전에 이미 십자가의 길로 들어서 있었지만, 그래도 라캉이 그녀를 그 길 밖으로 끌어내줄 수 있지 않았을까?

사실 도라의 치료 과정에 종교가 꽤 중요한 자리를 차지했던 건 분명하다. "나는 사제가 키운 아이였다." 라캉이 한 말이다. 그의 사위 자크알랭 밀러*에 따르면, "라캉은 마리아 형제회의 교육을 받은 신앙심 강한 소년이었고, 기독교적 영성의 고통과 그 교묘한 방법들에 대해 너무도 잘 알고 있었다. 그는 가톨릭신자들도 정신분석을 받아들이게 만들 줄 알았다. 계몽주의적 이성에 대한 낙관적 견해를 받아들인 프로이트가 종교는 환상일 뿐이라고, 장차 과학적 정신이 발전하면 종교는 사라진다고 믿은 것과 전혀 달랐다. 라캉은 진정한 종교, 로마에 중심을 둔 종교는 우리가 과학을 통해 누리는, 점점 더 집요해지고 참기 힘들어지는 현실에 의미를

* 정신분석가로 라캉의 『세미나』를 출간했다. 제라르 밀러의 형이다.

에르메스 수첩의 비밀

채우며 종국에는 모든 사람을 끌어들이게 되리라 믿었다."[53]

게다가 라캉은 도라가 원래의 이름 테오도라에서 신을 뜻하는 '테오'를 잘라내고 도라라는 이름을 택했다는 점을 놓치지 않았을 것이다. 물론 그가 어떤 결론을 내렸는지는 알 수 없다. 어쩌면 잘려나간 '테오'(신)가 도라가 느끼는 고통의 근원이었는지도 모르겠다. 신체를 절단한 후에도 남는 환영지의 통증처럼.

수첩을 사용하던 1951년 도라는 일주일에 몇 차례 라캉을 찾아가거나 그와 전화통화를 했다. 1952년 일정표에도 'A' 표시가 군데군데 보이고, 라캉에게 연락이 없다며 궁금해하기도 했다. 도라는 친구 제임스 로드에게 라캉을 가리켜 "절망적인 환자들에게 최고의 지배자"라고 말했다.[54] 라캉은 지배자요, 도라 자신은 절망적인 환자였다. 그러나 한편으로 그녀는 라캉이 "효과적인 치료라면서 내가 말하는 동안 잘 때가 많다"[55]며 발튀스에게 불평하기도 했다.

라캉은 도라의 상태를 어떻게 판단했을까? 프로이트가 1905년에 발표한 '도라 케이스'[56]와는 연관 짓지 않았을까? 프로이트가 분석한 오스트리아 소녀 도라는 도라 마르처럼 히스테리 형태의 증상을 보였다. 도라 마르처럼 강력한 아버지에게 매료되어 있었고 어머니에게는 경멸을 느꼈다. 라캉의 진료실을 찍은 사진들을 보면 프로이트의 책이 서가에 꽂혀 있다. 수첩의 해, 1951년에 라캉은 정신분석학회에서 프로이트의 도라를 자세히 분석했다. 혹시 그 발표에서 프로이트의 도라 속에 자기의 '도라 사례'를 은밀히 담아내지는 않았을까? 나는 끝내 열쇠를 찾아내지 못한다.

다행히도 라캉이 자신의 유명한 환자들 중 하나였던 작가 피에르 레와의 대화중에 도라 건을 이해하기 쉽게 언급했다. "피카소는 자기가 고르기만 하면 세상 모든 여자를 가질 수 있어요. 그런데 일부러 그러는지, 하필 그중에서도 제일 성가신 여자를 찾아다니죠."[57]

# 미셸

Michel
25 quai Bourbon
Ode 8644


미셸에 대해서는 굳이 조사할 필요가 없었다. 1952년도 전화번호부에서 의사 엘렌 미셸-볼프롬이라는 이름을 확인하고는, 우리가 흔히 수첩에 적어두는 심장병 전문의나 치과의사, 일반의의 이름이겠거니 싶어 그대로 잊고 말았다. 하지만 라캉에 관한 정보를 찾던 중 이 놀라운 의사가 등장한다. 그녀는 불임 문제 전문가이자 성 의학의 선구자로, 제2차세계대전이 끝난 뒤 심신의학*적 산부인과학이라는 혁명적인 분야를 창설한 인물이었다.

제롬 페뇨**는 라캉에 관한 글에서 1960년대 어느 날 외르강***

---

\* 육체적으로 나타나는 기능장애를 정신적 요인과 관련하여 연구하는 학문.
\*\* 소설가이자 시인으로, 젊은 시절 만난 라캉, 피카소, 바타유, 엘뤼아르, 발레리, 찰리 채플린 등 많은 예술가들에 대해 회고한 『거울 속 초상화들』을 출간했다.

가에 자리한 미셸-볼프롬 부부의 집에서 열린 만찬 때의 일화를 이야기한다. 엘렌 볼프롬은 갈색 머리에 몸집이 작은, 명랑하고 따뜻하고 우아한 여자였다. 술을 많이 마셨고 담배도 많이 피웠다. 은행가인 남편 프랑수아 미셸은 그녀보다 나이가 많고, 부자이고, 상당히 무뚝뚝한 성격에 다소 거만하며, 구제불능의 바람둥이였다. 그날은 최고의 손님 자크 라캉이 있었다. 만찬 '주최자'는 역시나 늦게 나타났고, 잘난 척하면서 내키는 대로 남의 말을 끊고 분위기를 좌지우지했다. 며칠 뒤 엘렌 볼프롬은 감사 편지 한 통을 받았다. "멋진 장소의 매력뿐 아니라 당신과 다른 손님들의 경청 덕분에 저도 최선을 다할 수 있었습니다. 이제 그날 저녁 시간과 관련된 비용을 지불해주시기 바랍니다. 6000프랑입니다. 빠른 회신을 기다리며, 진심을 담아. 자크 라캉."[58]

아흔두 살의 제롬 페뇨는 그날 일을 완벽히 기억한다. 하지만 엘렌 볼프롬이 정말로 '빠른 회신'으로 6000프랑의 수표를 보냈는지는 잊었다. 아마도 그녀는 정신분석가 라캉의 악취미와 기벽에 대해 웃어넘기지 않았을까? 라캉과 미셸은 상당히 가까운 사이였다. 라캉은 세미나로 명성을 얻으면서 스타로 부상하는 중이었고, 엘렌 볼프롬은 여성의 성에 관한 전문가이자 피임의 투사요 가족계획의 공동 창시자였다. 라캉은 불임이나 불감증, 혹은 상사

***오른 지방에서 발원하여 북쪽 노르망디에서 센강 합류한다.

186                                         에르메스 수첩의 비밀

병 증상을 보이는 환자들을 정기적으로 그녀에게 보냈다. 엘렌의 전위적 활동들에 대해서 남아 있는 것은 그녀의 사망 이후인 1969년에 출간된, 놀랍도록 현대적이고 인간적인 책 『그것』이 전부다. 엘렌 볼프롬은 너무 일찍 세상을 떠나는 바람에 여성해방의 역사에 이름을 남기지 못했다. 좀더 살았다면 분명 중요한 자리에 놓였을 만한 인물이다.

엘렌 볼프롬의 책에는 가장 인상적이었던 경험으로 1936년 분만 센터에서 처음 일한 시절의 이야기가 나온다. 그녀는 "임신 중단 시술을 받은 여자들과 긴 대화를 나누었다. (……) 간호사들은 그 여자들을 멸시했다. 간호사들 역시 임신 중단을 선택하는 경우가 있었지만, 적어도 자기들은 좀더 조심스럽게 처리할 수 있었기 때문이다. 그곳에서는 센터장의 뜻에 따라 모든 과정이 마취 없이 행해졌다. 그 가학적인 인물은 그래야 여자들이 다시는 그런 짓을 하지 않으리라는 그릇된 희망을 가지고 있었다. 설파제와 항생제가 나오기 전까지는 우리가 아무리 노력해도 많은 사망자가 나왔다".[59]

당시 겨우 스물두 살이던 엘렌 볼프롬은 페스트 환자처럼 기피의 대상이던 여자들의 병상을 지키면서 이마의 땀을 닦아주고 통증에 안타까워한 유일한 의사였다. 그리고 이렇게 말했다. "그 여자들의 이야기를 한순간도 떨쳐낼 수 없었다."

혹시 도라 역시 그 여자들 중 하나가 아니었을까? 당시 사진작가로 활동하던 스물아홉 살의 도라는 혼자 독립해서 살지는 않았지만 아스토르가의 새 암실에서 밤을 보내는 날이 많았다. 몇 달 동안 르포 사진을 찍으러 떠나기도 했다. 이 시기에 도라의 내밀한 삶이 어땠는지에 대해서는 알려진 게 거의 없다.

만일 도라가 임신을 했다면 부모에게 털어놓을 수 있었을까? 그렇다고 혼자만의 비밀로 감추어둘 수도 없지 않았을까? 친구가 임신 중단 시술을 몰래 해주는 곳의 주소를 알려주었을지 모른다. 1920년부터 법이 강화되면서 임신 중단은 중죄재판소로 갈 수도 있는 범죄가 되었다. 임신 중단을 돕는 여자들을 쫓는 특별단속반도 있었다. 무엇보다 임신 중단 시술은 끔찍한 위생 조건에서 행해졌다. 제대로 소독하지 않은 바늘 하나 때문에 패혈증으로 사망한 여자가 셀 수 없이 많았다. 너무도 많은 여자들이 부엌 뒷방에서 과다 출혈로 목숨을 잃었다. 운이 좋으면 병원에 가게 되지만, 그곳에서도 제대로 대우받을 자격이 없는 여자로 간주되었다. 끔찍한 의사가 아무런 배려 없이, 마취도 하지 않은 채로 일을 '해치웠다.' 만일 내가 소설을 쓰게 된다면, 피카소 혹은 바타유의 아이를 임신한 도라가 낙태할 수밖에 없는 상황에 놓이고, 그때의 후유증으로 다시는 아이를 가질 수 없게 되었다는 이야기를 만들어낼 것 같다. 도라의 삶 그대로라고 말할 수는 없어도, 적어도 그것이 도라가 살아간 시대의 삶은 맞는다.

하지만 도라가 엘렌 볼프롬을 만난 것은 사실 전쟁이 끝난 이후였을 가능성이 크다. 생루이섬*의 주소는 전쟁 뒤 엘렌이 살던 아파트와 진료실이다. 공군으로 참전한 엘렌 볼프롬 부부는 1945년 알제리에서 돌아와 그곳에 자리를 잡았다.

도라의 분석 치료를 시작하기 전에 라캉이 산부인과와 관련된 통증이나 아이를 갖고 싶은 욕망 등에 대해 알고 싶어서 그녀를 산부인과에 보냈을 수 있다. 피카소가 멀어지기 시작했을 때, 서른여덟 살의 도라는 아이를 낳아 그를 되찾고 싶지 않았을까? 아이를 간절히 원한다기보다는, 자기가 임신하면 피카소가 돌아와 전처럼 다정해지고 다시 자신을 사랑할 거라고, 자신이 그에게 더 필요한 존재가 될 거라고 기대했을지도 모른다.

완전히 틀린 생각은 아니었다. INA(국립 시청각자료원)에 보관된 자료 중에 여든 살을 맞은 피카소가 어느 라디오방송국 기자와 나눈 놀라운 대담이 있다.


피카소: 난 사랑만 생각했어요. 내가 한 일이라곤 오로지 사랑뿐이지요. 난 모두를 사랑하고, 사랑할 사람이 더 없으면 식물이라도 사랑할 겁니다. 글쎄요, 문고리라도요.

기자: 오로지 사랑만 했다고 하셨는데, 그럼 여자들에 대해서는 어떻게 생각하시는지 여쭤봐도 될까요?


* 파리의 시테섬 옆에 있는 섬.

피카소: 여자들요? 그야, 난 자식이 넷이잖아요. (웃음) 자식이 넷이라고요. 더 말이 필요한가요? 이 대답으로 알아서 생각해요. (웃음)

기자가 던진 막연한 질문에 피카소는 그저 어깨를 들썩이고 말 수도 있었다. 하지만 대답했고, 그에게 네 명의 자식은 한순간에 여자들을 향한 사랑의 가장 분명한 증거가 된다. 여자는 곧 아이를 낳을 수 있는 능력, 피카소의 창조물을 품을 수 있는 능력으로 귀결되어버린 것이다.

도라가 왜 엘렌 미셸-볼프롬을 만났는지는 알 길이 없다. 엘렌은 여자들의 불임 치료에 헌신했지만, 정작 자신은 아이를 원하지 않았거나 가지지 못했다. 그리고 그녀에 관한 보존 자료는 모두 사라졌다. 도라 마르의 수첩에서 얻을 수 있는 막연한 정보 혹은 인상이 전부다. 1951년의 수첩에 엘렌의 이름은 M 항목, 메네르브에서 제일 친하게 지내던 영국인 이웃 마이어 부부 다음에 두번째로 적혀 있다. 어쩌다 적어놓은 이름이 아니라는 뜻이다. 엘렌의 이름과 전화번호는 도라 마르의 수첩에서, 그녀의 삶에서, 상당히 중요했을 수 있다. 하지만 의외로 그 이름은 환자들이 그녀를 부르던 미셸-볼프롬이 아니라 남편의 성인 미셸만으로 적혀 있다. 그녀가 유대인이라는 생각을 지우고 싶었던 걸까? 혹은 그냥 부르주아적 관습 때문이었을까?

에르메스 수첩의 비밀

# 노아유 자작부인

Vic. Noailles

Pas 8024


Vic.*는 자작부인이다! 노아유 자작도 있지만, 도라의 삶에서 삼십여 년 동안 중요한 자리를 차지했던 마리로르 드 노아유를 가리키는 것이 틀림없다. 도라와 마리로르는 만나면 다정하게 포옹을 나누고, 속내 이야기를 털어놓고, 서로를 다정하게 부르는 사이였다. 하지만 두 여자의 관계에는 기복이 있었고, 다툼과 화해가 이어졌다.

사교계의 여왕이던 노아유 자작부인은 다소 괴짜 기질이 있어서 재단사를 바꾸듯 친구와 연인을 수시로 바꾸었다. 미친듯이 좋아하다가도 싫증을 냈고, 열광하다가 화내고 용서하고 버리기를

* Vicomte(자작) 혹은 Vicomtesse(자작부인)의 약자.

되풀이했다. 수줍음 많고 내성적이었던 마리로르는 샤를 드 노아유라는 멋진 남편을 얻었다. 하지만 이미 그녀는 유대계 벨기에 은행가이던 아버지가 가진 막대한 재산의 상속권자였다. 어머니 쪽은 사드 후작의 후손이었고, 할머니는 프루스트에게 작품 속 인물 게르망트 공작부인에 대한 영감을 준 인물이었다.

노아유 부부는 당대 예술가들의 가장 큰 후원자였다. 마리로르가 아버지로부터 상속받은 고야, 렘브란트, 루벤스의 그림들 외에도 그들은 브라크, 달리, 피카소, 발튀스, 자코메티, 샤갈, 에른스트, 클레 등 방대한 작품들을 수집했다. 특히 초현실주의를 좋아해서, 미술사에 기록될 만한 작품이라면 어디에 있든 구해 왔다. 음악가들도 후원했고, 부뉴엘, 달리, 콕토의 초기 영화를 후원하기도 했다.

하지만 노아유 부부가 소장한 최고의 걸작품은 건축가 말레스테방이 설계한 이에르*의 '빌라 노아유'였다. 얼마나 자유로우면 1920년대에 그 정도로 급진적인 건물을 꿈꿀 수 있었을까? 빌라 노아유는 뿌리와 전통을 내던지고 무無에서 출발해 만들어낸 새로운 작품이었다. 각각 욕실이 딸린 열다섯 개의 작은 방에, 수영장과 체육관도 있었다. 빌라 노아유에 초대받은 사람들은 식사 자리에 모일 때를 빼면 각자 마음대로 시간을 보냈다. 캔버스화에

* 지중해 동부 코트다쥐르 해안에 위치한 도시.

운동복이나 수영복이 드레스코드였다. 마리로르 드 노아유의 전기를 쓴 로랑스 베나임에 따르면, "빌라 노아유에서 손님들은 마치 함께 크루즈여행을 하는 승객들 같았다."

노아유 부부는 명사들을 초대했다. 달리, 브르통, 콕토, 지드, 자코메티, 부뉴엘, 만 레이가 왔고, 다리우스 미요, 조르주 오리크, 그리고 푸풀이라는 별명으로 불리던 풀랑크처럼 가장 잘나가는 음악가들도 왔다. 물론 도라 마르도 있었다.

완벽한 성공의 상징이자 상식을 뛰어넘는 현대성의 상징이던 노아유 자작 부부는 지적으로는 서로를 채워주는 완벽한 짝이었지만, 감정적으로는 난파선 상태였다. 결국 마리로르는 어느 날 샤를 드 노아유가 다른 여자, 그러니까 헬스트레이너와 침대에 누워 있는 모습을 보고 말았다. 그녀는 불행에서 벗어나기 위해 시를 썼고, 연인의 품에서 위안을 찾았다. 그렇게 계속 바뀐 연인들은 그녀를 진정으로 사랑하지 않았고, 사랑한다 해도 오래가지 않았다. 놀랍게도 마리로르는 여자보다는 남자를 좋아하는 남자에게 빠지는 일이 잦았다. 십대 때 만난 콕토를 시작으로 이후에도 계속 새롭게 등장한 남자들은 대부분 잘생기고 거의 언제나 양성애자인 젊은 음악가들이었다.

마리로르와 도라는 1930년대 초반부터 친하게 지냈다. 똑똑하고 우아하고 재능이 뛰어난 예술가이자 혁명적 사상을 지닌 도라 마르는 노아유 자작부인의 눈에 든 몇 안 되는 여자 중 하나였다.

마리로르의 초상 사진 중 도라가 찍은 것이 가장 아름다운 작품으로 꼽힌다. 도라는 많은 이들이 알아채지 못한 마리로르 내면의 우수를 포착해냈다. 파블로 피카소의 공식적인 연인이라는 칭호도 마리로르가 도라에게 끌리는 데 기여했을 것이다. 그렇게 처음에는 다소 사교적인 성격으로 출발한 두 여자의 관계는 나치 점령기에 이를 즈음 깊은 우정으로 발전했다.

노아유 자작은 남쪽 자유 지역으로 피신했지만, 마리로르는 파리를 떠나고 싶지 않았다. 그녀는 혼자, 물론 수많은 하인과 친구들에 둘러싸여 남기로 했다. 그리고 지하철을 타거나 자전거에 올라 센강을 건너서 카페 플로르 혹은 카탈랑에서 도라를 만났다. 목요일에는 엘뤼아르와 점심을 먹었는데, 생활고에 시달리던 엘뤼아르는 그림이나 원고를 팔려고 들고 올 때가 많았다. 저녁 모임은 통행금지 때문에 포기할 수밖에 없었다. 하지만 종종 도라와 피카소, 엘뤼아르, 콕토, 앙드레루이 뒤부아가 에타쥐니 광장의 노아유 저택으로 찾아와 점심식사를 했다. 전시답게 푸아그라 대신 파테*가, 캐비어 대신 삶은 달걀이 나왔다. 일요일에는 콘서트를 보러 갔다.

마리로르와 이들 무리는 '야릇한 전쟁'**에 이어 '야릇한 점령

---

* 고기를 잘게 다져 삶거나 구운 요리.
** 독일이 폴란드를 침공하자 영국과 프랑스가 곧바로 독일에 선전포고를 한 1939년 9월부터 연합군과 독일군 사이에 직접적인 충돌이 시작된 이듬해 5월까

에르메스 수첩의 비밀

기'를 맞았다. 마리로르는 독일군이 파리의 노아유 저택을 징발할까봐 두려워했지만, 나치와 친밀한 관계를 유지하던 무용가 세르주 리파르가 나서준 덕분에 불상사를 피할 수 있었다. 그녀는 곧 파리 곳곳을 누비고 다니는 하켄크로이츠 문양과 통금, 물자 부족, 암시장, 유대인의 노란색 별, 체포 등 모든 것에 적응해나갔다. 심지어 새벽에 독일군의 차를 타고 집으로 돌아오다가 교통사고를 당하기까지 했다.

그래도 마리로르는 대독 협력과는 무관했다. 오히려 잊을 만하면 '친유대주의자'라는 페탱파 언론의 비난을 받았다. 그녀는 자신의 유대인 혈통을 확인하러 찾아온 독일군 두 명을 침대에 누운 채 맞이했던 일화를 자랑스럽게 이야기하곤 했다. 아마도 뒤부아 같은 누군가가 나서서 그녀가 잡혀가지 않도록 혼신의 외교력을 발휘했을 것이다.

모든 사람이 그런 행운을 누리지는 못했다. 1942년 말 마리로르가 아끼던 유대인 혈통의 배우이자 무용가이며 초현실주의 예술가인 소니아 모세가 사라진 뒤 영영 돌아오지 못했다. 소니아는 도라와도 가까운 사이로, 1939년 무쟁에서 휴가를 함께 보낸 친구들 중 하나였다. 카탈랑에 모여 있던 사람들은 소니아 모세가 체포되었다는 소식을 듣고 미칠 듯이 흥분했다. 그러다가 서서히

지, 이른바 '가짜 전쟁' 시기를 지칭하는 프랑스어 표현이다.

얘기를 하지 않게 되었다. 그녀가 소비보르*로 끌려갔다는 사실을 아는 사람은 없었다. 심지어 다들 소비보르나 아우슈비츠라는 이름조차 알지 못했다. 모두 소니아를 걱정하기는 했지만, 레지스탕스 활동을 하는 다른 친구들을 걱정하는 것과 다르지 않았다.

얼마 전 세상을 떠난 어머니 혹은 위게트의 아기를 위해 매일 기도하던 도라는 소니아를 위해서도 기도했을 것이다. 하지만 그녀는 서서히 피카소를 제외한 살아 있는 모든 사람에게 무관심해져갔고, 자기도 유대인으로 간주될지 모른다는 생각에 두려워했다. 심지어 실제로 아버지가 유대인이었던 마리로르보다 도라가 더 심한 공포에 시달렸다.

마리로르와 도라는 미신과 비교秘敎에도 같이 빠졌다. 두 여자는 카드점을 즐겼고, 하트 카드가 나오면 멋진 왕자님이 나타나길 꿈꾸는 소녀들처럼 좋아했다. 점성술도 함께 배웠다. 둘 다 전갈자리였다! 피카소도 전갈자리였다. 반항적이고 열정적이고 신비스럽고 강렬한, 자기파괴적인 기질을 가진 별자리.

카드가 두 여자의 미래를 어떻게 점쳤는지는 알 길이 없지만, 피카소가 보관했던 천궁도는 확인할 수 있었다. 물건을 버릴 줄 모르는 피카소는 옛 연인의 천궁도 역시 죽을 때까지 보관했다. 피카소와 도라의 관계가 막 시작되던 1936년 12월 날짜가 명시

* 폴란드의 마을로, 나치가 세운 유대인 수용소가 있었다.

에르메스 수첩의 비밀

된, 네 장 분량으로 타이핑한 글이었다. 상승궁, 일곱 별의 위치, 합* 등 세부적인 내용은 접어두고 점성술사의 결론만 보자. 필적 감정가의 분석 결과 못지않게 당혹스러운 내용이다.

"미래에 대한 지나친 근심, 비관주의로 흐르는 경향과 싸워야 한다. 장애물과 고생이 기다리고 있으며, 가장 가까운 주변 사람들과의 관계가 편안하지 못할 수 있다. 이 별자리에서 가장 '저주받은' 분야는 애정운이다. 애정과 감정에 관련된 모든 것이 주변 상황이나 사건들로 가로막히거나 장애물을 만난다. 결혼은 못하거나 늦고, 이성과의 관계가 정신적 안정을 해치기도 한다. 단지 우정만이 이따금 유용하고, 물질적인 면에서 실질적인 도움을 받을 수도 있다."

'저주받은'이라니…… 사악한 요정이 저주를 내리기라도 했다는 것인가. 도라가 태어날 때부터 천체들이 공모해 절대 행복한 사랑을 누리지 못하게 정해놓기라도 했단 말인가. "설마 당신 점성술을 믿는 건 아니지?" 놀란 T.D.가 내게 묻는다.

못 믿을 이유도 없다! 점성술에 푹 빠진 친구 하나가 분석을 이어간다. 그는 만일 도라가 별자리를 읽을 줄 알았다면 아이를 가질 수 없는 운명을 스스로 확인할 수 있었을 거라고 한다. '게자리

---

* 점성술은 일곱 별(해, 달, 수성, 금성, 화성, 목성, 토성)의 위치를 기반으로 한다. 한 사람이 태어날 때 지평선 위로 떠오르는 별을 상승궁, 두 개 이상의 천체가 합쳐져 보이는 상태를 '합(合)'이라고 부른다.

에 그믐달이 위치하는 것은 불임의 징표'일 때가 많다는 것이다. 토성이 마주보는 것 역시 1945년 5월부터 끔찍한 시기가 시작될 것임을 예고한다. "아주 힘들고 아주 부정적인 시기이지. 어둠에 빠지는, 내면에 침잠하는 운이야." 그 시기는 도라가 병원에 입원한 때였다.

그런데 카드점도 별자리도 1943년 봄 센강 좌안의 식당에서 피카소의 삶에 나타날 새로운 뮤즈를 예고하지는 못했다. 별자리로 그렇게 상세한 것까지 읽어낼 수는 없나보다.

그날 마리로르도 있었다. 그녀는 도라와 피카소 사이에 앉아 있었다. 도라는 아무 말도 하지 않고, 피카소는 배우 알랭 퀴니가 앉아 있는 옆 테이블을 바라보느라 목이 돌아갈 지경이었다. 퀴니 옆에 앉은, 화가를 자처하는 젊은 여자 때문이었다. 스무 살쯤 됨직한, 그러니까 거의 피카소의 손녀뻘인 여자였다! "이렇게 매력적인 여인이 화가라니!"[60] 피카소가 프랑수아즈 질로의 귀에 대고 속삭이는 동안 아마도 마리로르는 천장을 쳐다보았으리라. 민망스러운 광경이었다.

마리로르는 대화를 이어가기 위해 목소리를 높였지만, 피카소는 이미 퀴니와 프랑수아즈에게 체리를 건네주느라 여념이 없었다. 마리로르는 도라와 함께 다른 사람들의 험담을 즐기곤 했다. 보통은 도라가 무척 좋아하는 일이었다. 하지만 그날 도라는 망부석이 된 듯 반응이 없었다. 질투가 그녀의 마음을 게처럼 갉아먹

에르메스 수첩의 비밀

고 있었다.

마리로르에게 그날의 점심식사 자리는 그야말로 악몽이었다! 이 지긋지긋한 인간들과 밥을 먹겠다고 파리를 가로질러 왔다니. 성질대로 하자면 지하철을 타고라도 집으로 돌아가야 했다. 하지만 피카소와 함께하는 테이블에서 마음대로 자리를 뜰 수는 없었다.

드디어 자리가 끝났을 때 마리로르는 도라 못지않게 안도했다. 두 여자는 프랑수아즈에게 눈길 한 번 주지 않고 쿠니에게만 간단히 인사를 건넨 뒤 일어섰다. 그때 두 여자가 피카소의 눈에 비친 자신들의 모습을 볼 수 있었다면 상황을 이해하기 쉬웠을지도 모른다. 마리로르는 샤넬, 도라는 발렌시아가 모피코트를 입은 모습이 흡사 사교계를 들락거리는 거만한 귀부인들 같았다! 피카소는 젊은 프랑수아즈와 헤어지려 하지 않았다. 심지어 자기 아틀리에를 구경시켜주겠다고까지 했다. 그러거나 말거나 마리로르는 신경쓰지 않았다. 단지 점심식사 자리를 망친 게 짜증났을 뿐.

일 년 뒤에 드디어 파리가 해방을 맞았다. 감격한 사람들이 샹젤리제로 몰려나왔고, 노아유 저택도 환희에 넘쳤다. 사진작가 세실 비턴과의 대화중 마리로르는 나치 점령기를 욕조에 비유했다. "욕조에 누우면 처음에는 편안하죠. 하지만 점점 물이 뜨거워지고, 결국 데고 말아요."[61] 다른 사람들은 더 많이 데었지만, 어쨌든 드디어 욕조 밖으로 나갈 수 있게 된 마리로르가 느낀 안도감도 이해할 만하다.

파리 해방 당시의 시가행진을 찍은 희미해진 사진 속에 도라의 모습이 남아 있다. 도라는 롤라이플렉스 사진기를 목에 걸고 미군 병사들 틈에서, 환희의 시절에 어울리지 않는 놀랍도록 슬픈 표정으로 걷고 있다. 현실에서 떨어져나온, 길을 잃은 표정이다. 애써 거리로 나왔지만 그녀는 마음껏 기쁨을 누리지 못했다. 피카소가 빨리 싫증내기를, 다른 여자들한테 그랬듯이 프랑수아즈에게도 싫증내기만을 기다렸다. 하지만 그런 날이 오지 않으리라는 예감이 불쑥불쑥 튀어나와 그녀를 괴롭혔다.

마리로르 드 노아유가 다시 파티와 가면무도회를 열기 시작한 1945년 5월에 도라는 병원에 있었고, 퇴원 후에도 한동안 집밖으로 나오지 않았다. 당시 마리로르가 도라에게 신경을 쓰고 있었는지 알고 싶었지만, 확인할 수 없었다. 아마 걱정도 하고 엘뤼아르에게 전화해 안부를 묻기도 했을 것이다.

결국 두 여자가 재회한 건 도라가 다시 사람들과 어울리고 모임에도 참석하기 시작하면서부터였다. 도라는 더이상 잘나가는 사진작가도 천재의 연인도 아니었고, 그림으로 평론가들을 감동시키지도 못했다. 하지만 그녀는 예술의 역사 속 전설이요, 여전히 파리의 명사이자 이야깃거리였다.

마리로르의 궁정은 거슬리는 이들에게 무자비한 재판정이었고, 때로 도라도 밀려났다. '파티가 성공하려면 처벌받는 사람이 필요했기에' 도라 역시 처벌의 대상이 된 것이다. 분위기를 너무 우울하게 만든다는 게 죄목이었다. 도라는 모욕을 견뎠고, 짐짓 토라진 척 체면치레했다. 그러다가 다음번에 초대를 받으면 다시 받아들였다. 물론 자신이 어떤 일을 당하고 있는지 모르지 않았다. 언젠가 이런 말도 했다. "사람들이 얼마나 심술궂은지 알잖아요."[62] 무엇보다 마리로르를 두고 한 말이었다.

피카소의 전기를 쓴 존 리처드슨에 따르면 노아유 자작부인은 그가 만나본 사람들 중에 가장 모순적인 인물로 "철없고, 관대하고, 음흉하고, 대담하며, 교활하고, 성마르고, 짓궂고, 사려 깊고, 유치하고, 성가시고, 그러면서도 교양이 무척 풍부한 여자"[63]였다. 도라 역시 그래서 마음에 들지 않는 일을 겪어도 매번 마리로르의 궁정에 다시 나타났다. 마리로르는 자신이 새로 후견을 맡은 젊은 남자들을 정기적으로 도라에게 소개해주었다.

수첩의 해인 1951년 마리로르의 총애를 받은 젊은이는 미국인 작곡가 네드 로럼이었다. 젊고 잘생기고 똑똑하고 오만한 네드 로럼은 술도 아주 잘 마셨다. 그가 파리에 나타난 뒤로 남자 여자 할 것 없이 취하도록 마셨다. 마리로르는 네드를 어디든 데리고 다녔고, 심지어 자기 집에 묵게 하기도 했다. 그녀는 네드 로럼의 아름다움에 반했고, 그의 음악에 찬탄했고, 그와 나누는 대화를 좋아했고, 그의 농담도 즐겼다. 그러다 한번은 네드가 선을 넘어버렸다. 파티에서 장난을 치다가 마리로르의 뺨을 때린 것이다. 그래도 마리로르는 웃었다. 나이가 들수록 마리로르는 지나친 것들, 도발적인 것들을 좋아했다.

네드 로럼은 도라와 나눈 길고 진지한 대화들과 수정처럼 맑은 도라의 웃음을, 도라가 우아하게 쥐고 있던 담배 파이프를, 그리고 마타하리가 쓰던 것과 비슷한 그녀의 터번 모자를 기억했다. 그의 눈에 마리로르가 조금 우스꽝스러운 인물이었던 반면, 도라 마르는 더없이 진지한 여자였다. 언젠가 도라가 초상화를 그려주는 동안, 마주앉아 있던 네드 로럼은 단순하지만 예민하고 '쿨하면서도 신경질적인' 여자의 모습을 간파해냈다. 도라가 가톨릭 교리를 설파해도 네드는 흘려들으며 애정 어린 눈으로 그녀를 관찰했다. "도라는 불행한 게 아니라…… '언리얼라이즈드' 상태였다."[64] 네드가 말하는 '언리얼라이즈드unrealized'를 정확히 뭐라고 번역해야 할까? 잠재적인, 아직 완성되지 않은, 불안정한, 변화중인, 혹은 만들어지고 있었다는 뜻일까? 도라는 변하고 있었다. 그녀는 어제를 떠나 내일로 향하는, 피카소를 떠나 다른 데로 나아가는 다리 한가운데 서 있었다. 젊은 음악가 네드 로럼은 본능적으로 그것을 느꼈다. 혹은 이미 도라에 대해 마리로르와 여러 번 얘기를 나눈 뒤였기 때문일 수도 있다.

마리로르 드 노아유가 젊은 동성애자들과의 플라토닉한 관계만 즐긴 것은 아니다. 1950년대 초반에 그녀는 젊지 않고 동성애자도 아닌 화가 오스카르 도밍게스의 연인이 되었다. 권투선수 같은 얼굴에 몸은 화물차 운전수를 연상시키는 오스카르 도밍게스는 와인을 말술로 마셔대는 남자였고 술버릇까지 고약했다. 전쟁 전에는 초현실주의 화가 빅토르 브라우네르의 눈에 주먹을 날리기도 했다. 그는 전쟁 동안 가짜 피카소 그림을 그려 독일인들에게 팔면서 그 돈으로 레지스탕스 자금을 지원한다고 주장했다. 피카소는 우정 때문에 혹은 그를 딱하게 여겨 자기가 그린 게 맞는다고 덮어주기도 했다. 하지만 해방 이후에도 오스카르는 계속 피카소의 이름으로 그림을 그렸다.

마리로르와 오스카르는 서로를 '푸치'라는 애칭으로 불렀다. 오스카르와 함께할 때 마리로르는 강렬하게 사는 느낌이 들었다. 그와 함께 있을 때는 자작부인이 아니라 마리로르일 수 있었다. 그들은 크게 웃었고 잠자리도 요란스러웠다. 마리로르는 연인이 자기를 모욕하거나 사람들이 보는 앞에서 이상한 짓을 해도 화내지 않았고, 오히려 사람들이 놀라는 모습을 보며 즐거움을 느꼈다.

어느 날 저녁 마리로르, 오스카르, 그리고 도라가 마자린가의 한 식당에서 저녁을 먹고 있었다. 술이 몇 잔 들어가자 오스카르가 종이 냅킨을 찢어 술병 주둥이에 밀어넣더니 불을 붙였다. 불이 테이블로 번졌고, 오스카르는 겨자 소스를 사방에 뿌려대기 시작했다. 다른 손님들이 항의하자 그는 욕설을 퍼부었다. 도라가 제일 먼저 희생양이 되었다. "아양 좀 그만 떨지그래? 피카소가 오줌 싸러 가면 따라가서 화장지 들고 서 있는다며?" 마리로르가

"그만해, 푸치" 하면서 말리는 시늉밖에 하지 않아서 도라는 더욱 화가 났다. 하지만 그날 저녁에도 도라는 오스카르나 마리로르에게 진짜로 화를 내지 못했다. 오스카르의 광기가 사실은 엄청난 절망의 증상이라는 사실을 너무도 잘 알았기 때문이다.

오스카르 도밍게스는 성격만이 아니라 생김새도 점점 흉측하게 변해갔다. 말단비대증 때문에 얼굴이 일그러진 것이다. 마리로르 역시 낭종 수술을 받지 않고 버티는 바람에 배가 부어오르고 있었다. 둘이 같이 있으면 흡사 '엘리펀트 맨'*이 임신한 늙은 여자와 팔짱을 끼고 있는 모습 같았다. 샤넬 정장의 자태를 뽐내던 완벽한 자작부인은 이제 옛이야기가 되었다. 마리로르 자신이 '유럽에서 옷을 가장 못 입는 여자'가 되었음을 인정했다.

하지만 오스카르의 고통은 그 무엇으로도 누그러지지 않았고, 위로도 불가능했다. 마리로르가 가진 돈도, 그녀가 쏟은 애정도 소용없었다. 그는 지나친 음주와 지나친 불행 속에서 길을 잃었다. 무엇보다 자신이 피카소의 흐릿한 복제품일 뿐이라는 절망에 허우적대던 그는 결국 스스로 목숨을 끊었다. 그의 장례미사를 준비한 사람은 도라였다. 그가 가엾기도 했고, 또 마음을 달랜다며

---

* 1980년에 발표된 데이비드 린치 감독의 영화 제목이자 주인공의 별명. 다발성 신경섬유종증이라는 희귀병 때문에 기형의 얼굴을 가지고 서커스단에서 구경거리로 사는 남자 존 메릭의 이야기로, 서커스단장이 그의 어머니가 임신중 코끼리에게 공격을 당해 그가 그런 모습이 되었다고 얘기하고 다닌 탓에 '엘리펀트 맨'으로 불렸다.

남프랑스로 내려가버린 마리로르에게 인생의 교훈을 주고 싶어서였다.

이후 도라와 마리로르는 만나지 못했다. 두 여자는 완전히 사이가 틀어졌다. 다시는 화해하지 않았다. 1968년 5월 파리에 시위가 한창일 때 마리로르는 이따금 자기 롤스로이스를 바리케이드 가까이 세우게 하고 시위대를 지지했다.

마리로르가 죽고 삼 년이 지난 1973년에 도라는 집에 들이는 몇 안 되는 친구들에게 추억을 회고했다. 자신은 세상과 단절되어 살아가기에 옛 친구들이 없어도 힘들지 않다고, 그들이 살아 있든 죽었든 분명 어디엔가 존재함을 느낄 수 있다고.

# 부디노

Boudinot
95 rue de la Boétie
Ely 4678

부디노는 가장 쉽게 확인한 이름들 중 하나다. 전화번호부를 뒤지니 곧바로 나왔다. '부디노, 뷰티숍, 라 보에시가 95번지. ÉLYSÉE 4678.'' 'Boudineau'로 철자는 다르지만 주소와 전화번호가 일치했다.

도라는 그곳에서 매니큐어 서비스를 받았을 것이다. 그녀는 늘 손에 신경을 많이 썼다. 피카소가 그린 초상화들도 매니큐어를 칠한 손톱으로 모델이 도라인 것을 확인할 수 있을 정도다. 대부분은 당장이라도 할퀴려고 달려들 것 같은 선명한 빨간색이다.

도라의 매니큐어 이야기는 제법 중요하다. 1930년대에 시중에서 판매되던 매니큐어들은 대부분 색이 연하고 바르기 힘든데다 금방 벗겨졌다. 도라처럼 강렬한 색의 매니큐어를 바른 여자는 극

에르메스 수첩의 비밀

소수였다. 최고의 멋쟁이였던 도라는 무엇보다 당시 워낙 인기가 높아서 그 전화번호가 파리, 베네치아, 뉴욕 상류사회의 일급비밀로 통하던 세뇨르 페레라에게 손을 맡기는 특혜를 누렸다. 공작부인들과 공주들, 억만장자 바바라 허튼, 마리로르 드 노아유 같은 여자들에게만 허락된 아주 드문 특혜였다.

카탈루냐 출신의 세뇨르 페레라는 발 페티시즘 대신 손 페티시즘을 가진 특이한 인물이었다. 그는 스페인의 에나 왕비가 하사한 금으로 된 도구를 사용해 손톱을 날카로운 새 발톱처럼 다듬고 나서 마치 미세화를 그리듯 섬세하게 매니큐어를 칠하던 매니큐어 예술가였다. 무엇보다 세뇨르 페레라는 "금방 마르며 손톱을 돌처럼 단단하게 만드는"[65] 매니큐어를 만들어냈다. 그리고 그 비법을 아무에게도 가르쳐주지 않았다. 하지만 두 명의 미국인이 거의 다 쓴 매니큐어 병을 손에 넣는 데 성공했고, 남아 있던 매니큐어를 분석해 마침내 대량으로 만들어냈다. 그렇게 레블론 브랜드가 탄생했다.

1950년대에 도라는 더이상 비싼 돈을 들여 세뇨르 페레라를 찾을 필요가 없었다. 대신 부디노 뷰티숍에 연락을 하면 매주 목요일 11시에 사람이 와서 매니큐어 서비스를 해주었다. 보통은 러시아 여자였는데, 도라가 보기에는 성가시고 수다스럽고 조심성이 없는 사람이었다.[66] 도라는 그녀가 매니큐어를 칠하는 동안 말을 섞기 싫어서 일부러 전화통화를 했다. 한 손으로 수화기를 들고 다른 손을 내밀면 여자는 조용히 일했다. 하지만 모순적인 인간이었던 도라는 그런 상태로 전화에 대고 한 시간 내내 자기가 살아온 삶을, 때로 사건을 지어내가며 떠들곤 했다. 듣는 사람도 없이, 대화하는 척하면서 상상으로 꾸며낸 피카소와의 만남을 이야기하기도 했다. 그렇게라도 자신의 지위를 지켜내고 싶었던 것이다. 러시아 여자는 정작 질문해서 알게 될 것보다 훨씬 많은 가십거리를 챙겨서 돌아갔다.

메네르브에 머무는 동안에는 도라 혼자 해결했다. 욕실에 들어가 매니큐어를 바른 뒤 다 마르면 욕실에서 나왔다.

그러다가 매니큐어 바르는 일을 그만두는 날이 온다.

**도라 마르의 초상**
로지 앙드레(1941)

**도라 마르의 초상**
만 레이(1936)

예술학교를 떠난 직후 도라 마르는 만 레이를 찾아가 자신을 조수로 받아달라고 요청하지만 거절당한다. 몇 년 후, 초현실주의 그룹을 통해 도라 마르는 만 레이와 다시 만나게 된다. 만 레이는 도라 마르의 초상을 촬영한다.

**무제**

도라 마르(1933-34)

도라 마르의 대표적 초현실주의 포토몽타주 작품. 이 시기 도라 마르는 초현실주의 사진의 선구자로 몽환적이고 기이한 몽타주 작품들을 선보였다.

**해변의 괴물**
도라 마르(1936)

**시뮬레이터**
도라 마르(1934)

**무제**
도라 마르(1935)

**작업 중인 게르니카 앞에서 포즈를 취한 피카소,
앙드레 브르통 그리고 자클린 랑바**
도라 마르(1937)

도라 마르는 피카소가 <게르니카>를 그리는 과정을 여러 장의 사진으로 찍어 남겼다. 이 사진은 그 중에서 앙드레 브르통과 자클린 랑바가 찾아온 날 촬영한 것이다.

**우는 여인**
파블로 피카소(1937)

피카소는 대작인 <게르니카>를 작업하면서 동시에 다수의 <우는 여인> 연작을 그렸다. 이 작품도 그 중의 하나이다. <우는 여인>은 피카소와 결별한 후에도 도라 마르의 뒤를 영원히 따라다니는 이름이 되었다.

# 마르샹

Marchand

Ode 1097

31 rue Campagne Première

이따금 내가 수첩을 발견한 게 아니라 수첩이 나를 골랐다는, 조금은 터무니없는 생각을 하게 된다.

M 항목에 옮겨 적은 이름들 중 마지막에 마르샹이라는 이름과 주소 '샹파뉴 프르미에르가 31번지', 전화번호 'Ode 1097'이 연필로 적혀 있다.

앙드레 마르샹은 오늘날에는 거의 아무도 기억하지 못하는 화가이다. 하지만 1940년대에는 '새로운 파리파'*의 떠오르는 별이었다. 마티스, 브라크, 보나르 등이 그의 뛰어난 재능을 칭찬했으

---

* 파리파(에콜 드 파리)는 수틴, 모딜리아니, 샤갈, 키슬링처럼 제1차세계대전 후에 파리에서 활동한 외국인 화가들을 가리키며, 새로운 파리파는 제2차세계대전 이후 '젊은 화가 살롱전'을 중심으로 활동한 화가들에게 붙여진 이름이다.

며, 그의 평판은 샤갈과 맞먹을 정도였다. 심지어 마리로르 드 노아유가 꼽은, 후세가 기릴 열 명의 프랑스 화가 중에도 그의 이름이 들어 있었다.[67] 점령기에 다시 갤러리를 여는 데 성공한 루이 카레도 제일 먼저 앙드레 마르샹의 전시회를 열었다. 마르샹의 그림을 보기 위해 파리의 명사들이 모여들었고, 피카소도 감히 평론가들이 그의 가장 뛰어난 후계자라고 소개하는 이 젊은 화가를 보러 왔다. '후계자'라는 말이 거슬렸지만, 그래도 호기심이 생겼던 것이다. 브라사이가 피카소의 아틀리에에서 마르샹의 그림 한 점을 본 적이 있다고 회고했는데, 그다지 놀라운 일은 아니다. 두 화가가 속했던 세계에서는 서로의 행사를 챙기고, 서로 마주치고, 번갈아 축하하며 지냈다. 놀라운 것은 그뒤의 이야기다.

도라가 화가들의 세계에서 멀어졌듯, 마르샹은 알 수 없는 이유로 그 세계에서 서서히 멀어졌다. 그는 화를 잘 내고 타협할 줄 모르며 쉽게 상처받는 사람이었다. 셀린을 닮은 외모에, 성격이 꽤 고약했다. 무엇보다 자존감이 너무 낮아서 아주 작은 비판도 참아내지 못했다. 전시회가 실패하면 부르고뉴에 가서 몇 달씩 나타나지 않았다. 1940년대 말에는 고향 프로방스로 떠나 영감을 찾고 쓰라림을 삭였다. 그는 일 년 중 여섯 달 이상을 아를에 가 있었고, 1997년 세상을 떠날 때까지 말년도 아를에서 보냈다.

아를은 내 고향이기도 하다. 나는 아를에서 자랐고, 지금 아를에서 이 책을 쓰고 있다. 어쩌면 길에서 그를 마주쳤을 수도 있다.

나는 다른 이름들은 모두 버려둔다. 발튀스, 브라크, 아라공, 자코메티…… 전부 못 본 척한다. 그 대신 마르샹이라는 화가의 그림에, 그의 그림 속 불안정한 인물들, 아를의 여인들, 제비들, 그리고 그가 '죽은 자연'*이라는 말 대신 '조용한 삶'이라고 부른 정물화들에 매달린다.

다행히 나는 아를에서 아직 마르샹을 기억하는 두 사람을 찾아낸다. 아를에서 미술관 큐레이터로 일했던 장모리스 루케트와 피카소, 콕토, 투르니에의 친구였던 작가 장마리 마냥이다. 두 사람 모두 마르샹을 예민하고 자존심 강하며 성마른 사람으로 기억하고 있다. 그리고 둘 다 1950년대 말 아를의 포룸 광장에서 일어난 사건을 떠올린다.

막 투우장에서 돌아온 피카소가 파세오**의 제일 앞에 선 투우사처럼 위풍당당하게 노르퓌뉘 호텔*** 계단 위에 서 있었다. 그런데 이 전설적인 호텔의 주인으로 신화적 인물이 된 제르멘이 때마침 나타난 마르샹을 보고 피카소와 인사시킬 생각을 하고 말았다. 당연히 두 화가가 서로 알아야 한다고 믿은 것이다. 하지만 그들

---

* 영어로 정물화는 'still life', 즉 조용한 삶이라는 뜻이지만, 프랑스어로 정물화는 'nature morte', 죽은 자연이다.
** 스페인어로 '산책', '산책길'을 뜻하는 말로, 투우 경기가 시작할 때의 입장 행렬을 가리킨다.
*** 아를의 투우장 근처에 위치한 호텔로, 당시에는 화가 제르멘 질베르의 소유였다. 피카소와 콕토, 피아프 등이 즐겨 찾던 곳으로 유명하다.

은 이미 아는 사이였다. "오! 마르샹!" 피카소는 비아냥 섞인 목소리로 외치고 나서, 이따금 마르샹이 론강*가에서 그리는 제비를 들먹이며 조롱하기 시작했다. "이 도시는 제비들의 도시가 아니라 황소들의 도시라네!" 두 사람의 언성이 높아졌다. 피카소가 더 거칠었다. 마르샹의 얼굴이 창백해졌다. 제르멘이 말리려 하자 욕설이 그녀를 향했다. 구경꾼들이 모여들었다. "이것 봐! 피카소가 싸우고 있어!" 마르샹은 싸움을 포기하고 돌아섰다.

이 모든 게 정말 제비 때문이었을까? 두 늙은 증인의 입가에 어린애 같은 미소가 번진다. 아니다. 제비는 상관없다. 피카소와 마르샹이 서로 미워한 진짜 이유는 여자 때문이었다. "피카소가 마르샹한테서 프랑수아즈 질로를 빼앗았으니까!" 앙드레 마르샹이 아를의 친구들에게 피카소가 아틀리에를 구경시켜준다며 자신의 모델이자 애인이었던 프랑수아즈를 데려갔다고 얘기한 것 같다. 한 사람은 피카소가 그랑오귀스탱가의 아틀리에로 프랑수아즈를 데려가던 날 마르샹도 함께 갔다가 혼자 내려왔다고 단언하고, 다른 한 사람은 좀더 신중하게 그것까진 확실히 모르겠다고 한다. 어쨌든 마르샹과 피카소의 관계에 대해서는 두 사람 다 확신하고 있다.

이상하다. 아를에 전해오는 전설은 공식적인 기록들과는 맞지

* 알프스에서 발원하여 지중해로 흘러드는 강. 아를은 론강 하구에 위치한다.

에르메스 수첩의 비밀

않는다. 피카소의 전기들은 하나같이 피카소와 프랑수아즈는 카탈랑의 점심식사 자리에서 처음 만났다고 말한다. 그리고 그날 피카소는 도라 마르, 마리로르 드 노아유와 함께, 프랑수아즈는 알랭 퀴니와 함께 앉아 있었다. 마르샹의 이름은 나온 적이 없고, 심지어 프랑수아즈 질로가 직접 쓴 회고록에도 마르샹의 이름은 없다.[68]

하지만 이곳 아를은 스스로 옳다고 생각하는 게 있으면 세상 모두가 아니라고 해도 개의치 않는 특별한 도시다. 다행히 나에게는 나보다 더 열성적으로 마르샹을 연구하는 미술사학자 로랑 르콩트가 있다. 로랑 르콩트는 모아둔 자료 중 1947년에 발행된 『라이프』지 한 권을 꺼낸다. 피카소를 다룬 긴 기사에서 미국 기자가 분명하게 밝히고 있다. "프랑수아즈는 다른 화가 앙드레 마르샹의 친구였다." 피카소의 공식 역사와 다른 이 이야기는, 마르샹이 머물며 피카소의 험담을 퍼뜨릴 수 있었던 브르타뉴나 부르고뉴의 지역 신문에서도 찾아볼 수 있다.

몇 년 전 님에서 열린 전시회 행사 중 질문을 받은 프랑수아즈는 마르샹이라는 이름이 기억나지 않는다고 대답했다. 결국 모든 게 거짓말을 지어내기 좋아하는 노인이 시골 친구들 앞에서 떠벌린 얘기였을까?

하지만 마르샹의 이야기를 뒷받침하는 증거도 있다. 그가 1943년에 〈마드무아젤 질로〉라는 제목으로 그린 몇 점의 초상화들이다. 프랑수아즈는 자기가 마르샹의 모델을 한 적이 있다는 사실조차 잊은 걸까?

누가 거짓말을 하는 걸까? 누가 이야기를 꾸며냈을까? 누가 과장하고 있을까? 이 질문에 답할 수 있는 사람은 프랑수아즈 질로뿐이다. 하지만 노부인이 된 그녀는 더이상 그 얘기를 듣고 싶어하지 않는다.

결국 나는 프랑수아즈 질로가 1980년대에 어느 미국인 기자와 인터뷰한 내용을 바탕으로, 피카소와 마르샹 사이의 일을 재구성해본다.[69] 파블로 피카소, 도라 마르, 프랑수아즈 질로, 앙드레 마르샹이 등장하는 이야기이다.

시작은 1943년 봄이었다. 도라와 피카소는 평소처럼 카탈랑에서 친구들과 점심식사를 했다. 옆 테이블에는 알랭 퀴니와 프랑수아즈가 앉아 있었다. 프랑수아즈에게 끌린 피카소가 자기 아틀리에를 보여주겠다며 그녀를 데려갔고, 둘은 연인이 되었다. 여기까지는 새로울 게 없다. 마르샹은 몇 달 뒤에야 등장한다. 도라가 두 남녀 사이가 심상치 않음을 깨달을 즈음이었다. 도라는 어떻게든 프랑수아즈를 피카소에게서 떼어놓으려 했다. "걔랑 자든 말든 마음대로 해! 하지만 밥은 따로 먹어!" 하지만 피카소가 누구인가. 그는 도라가 경멸을 담아 '중학생'이라고 부르던 프랑수아즈를 계속 자기 테이블로 불렀고, 프랑수아즈는 쓸데없는 잡음을 피하기 위해 이미 결혼을 약속한 남자가 있는 척했다. 앙드레 마르샹이 바로 그 상대였다. 젊은 화가 마르샹은 기뻐서 어쩔 줄 몰랐

에르메스 수첩의 비밀

다. 안 그래도 마음속으로 혼자 사랑하고 있던 프랑수아즈와 데이트를 한다는 사실이 뿌듯했다. 더구나 지금껏 자기를 무시하는 것만 같았던 피카소와 한 테이블에서 식사를 하다니! 사실 등장인물 중에 20세기의 가장 위대한 화가만 끼어 있지 않았다면 진부하고 가벼운 희극으로 끝날 수도 있었다. 마르샹은 아무것도 눈치채지 못했다. 자기도 처음이라는 프랑수아즈와 함께 피카소의 아틀리에를 방문한 날 그녀의 복장 때문에 놀랐다고 털어놓은 게 전부였다.[70] 그날 프랑수아즈는 승마 수업을 마치고 미처 옷 갈아입을 시간도 없이 그대로 왔다. 상관없었다. 그녀는 승마 장화를 신고서도 너무 아름다웠고, 피카소가 놀라는 모습 역시 약혼자로 나선 남자를 뿌듯하게 만들었다. 놀랍도록 대담하게 대가의 그림들 사이를 돌아다니는 프랑수아즈를 마르샹은 넋 놓고 따라다녔다. 심지어 그녀는 승마 채찍을 아무렇지도 않게 그림 바로 앞에 들이밀며 어떤 것은 마음에 들고 어떤 것은 별로라고 말하기까지 했다. "이 초록색은 별로네요……" 그런데도 피카소는 불쾌해하는 것 같지 않았다. 오히려 많이 웃었다. 그런 다음 셋은 같이 카탈랑으로 가서 도라 마르와 함께 앉았다.

그때까지만 해도 도라는 피카소의 공식적인 연인 자리를 지키고 있었고 앙드레 마르샹과도 이미 아는 사이였다. 그들은 마르샹이 결혼식 증인을 섰던 연극배우 장루이의 집에서 1930년대에 처음 만났다. 그래서 도라는 이 '중학생' 커플의 방문을 용인했다.

그 둘이 연인임을 깨닫고 피카소가 포기하리라 생각했던 것이다. 질투는 사람을 길 잃게 만드는 법이다. 마르샹은 진지했고, 기꺼이 프랑수아즈의 애인으로 나섰다. 그리고 더는 가짜 기사가 필요 없게 되었을 때 버려졌다. 어쩌면 마르샹은 나중에도 그 일의 경위를 깨닫지 못했을지 모른다. 하지만 진짜이면서 가짜인 그 결별로 인해 그는 회복하기 힘든 상처를 입게 된다.

일 년 후에 프랑스가 해방되면서 북부와 남부를 나누던 경계선이 사라지자, 피카소는 전처럼 리비에라 해안을 마음 놓고 오갈 수 있게 되었다. 그는 퇴원하고 집에 있던 도라에게 지중해의 공기가 도움이 될 거라 생각했다. 도라는 여전히 환상을 버리지 못한 채 그와 '중학생' 프랑수아즈의 관계가 끝나기를 바라고 있었다.

그렇게 칸에 머문 몇 주가 화근이었다. 화상 에메 마그가 다음 전시회를 준비하라며 칸에 마련해준 마르샹의 아틀리에 역시 칸에 있었기 때문이다. 피카소가 도라와 함께 온 것을 보며 마그는 안도했을지도 모른다. 프랑수아즈 질로의 시간이 끝났다고 생각하면서 그들을 반갑게 맞이했으리라. 그런데 마르샹의 아틀리에에는 그림들이 전부 벽을 향해 돌려세워져 있었다. 전기충격 치료를 받느라 쇠약해지고 지쳐 있던 도라까지 알아차릴 정도였다. 당시 많은 젊은 화가들이 그랬듯이 마르샹 또한 피카소를 경계했다. 그는 늘 피카소가 자기 아이디어를 훔칠까봐 걱정했다. 이미 자신이 그린 '목욕하는 검은 여인들'의 아이디어도 훔치지 않았는가.

마르샹의 아틀리에에서 아무것도 볼 수 없었던 피카소는 화를 참지 못했다. "미에르다,* 미에르다……" 도라는 너무 지쳐서 피카소의 분노를 말리지도 같이 화를 내지도 못했다.

그것이 도라와 피카소가 함께한 마지막 여행이었다. 피카소는 파리로 돌아가는 길에 뤼베롱에 들르자고 했다. 전쟁 동안 그림 한 점을 주고 그곳에 사놓은 집을 도라에게 주고 그 대가로 자유를 얻을 생각이었다. "늘 시골에 집 한 채 가지고 싶어했잖아!" 파리에 도착하자 피카소는 도라를 집 앞에 내려준 뒤 평소보다 진하게 인사를 했다. 그게 마지막이었다. 다른 말은 필요치 않았다. 피카소는 프랑수아즈와 살림을 차렸다.

마르샹은 신문을 통해, 혹은 친구들에게서 그 소식을 접하고 쓰라린 마음을 털어놓았을 것이다. 하지만 그 누가 피카소에게 항의할 수 있었겠는가. 피카소는 누군가를 미워하면 악마가 될 수 있는 사람이었다. 이미 루이 카레를 다그쳐 마르샹과의 계약을 끝내게 만들기도 했다. 이번에는 전시회를 앞둔 마그의 갤러리에 가서 난리를 쳤다. 전에 칸에 갔을 때 돌려져 있던 그림들을 보니 더욱 화가 났다. 그뒤로 파리에는 마르샹이 '미에르다'라는 요란한 소문이 퍼졌다.

기자들의 눈에도 피카소의 분노는 대단해 보였다. 설상가상으

---

* '똥'을 뜻하는 스페인어. 욕설로 쓰인다.

로 마르샹의 한마디가 피카소의 분노에 기름을 부었다. "젊은 여자가 늙고 유명한 남자에게 가는 것은 흔한 일이다."[71] 프랑수아즈도 분노했지만, 그녀는 자신의 공적인 이야기에서 마르샹의 존재 자체를 지워버리는 것으로 만족했다. 하지만 피카소의 분노는 가라앉지 않았다. '유명한'까지는 그렇다 쳐도 늙었다니! 이제 투우 경기가 끝난 뒤 아를의 포룸 광장에서 일어난 일을 어느 정도 이해할 수 있을 것이다.

이상한 일은 프랑수아즈 질로의 회고록[72]이 출간된 뒤 피카소가 준비한 판매금지 청원에 마르샹도 지지 서명을 했다는 사실이다. 책에 자기 이름이 단 한 줄도 언급되지 않은 데 대해 화가 났던 걸까? 어쨌든 피카소는 마르샹이 보내는 화해의 손짓을 못 본 척했다. 심지어 1971년까지도 원한을 누그러뜨리지 않았다. 마르샹이 아를에서 가장 큰 레아튀미술관에 작품 전부를 양도하려 한다는 소식을 들은 피카소는 갑자기 그곳에 자기 작품을 기증했다. 자그마치 쉰일곱 점이었다! 마르샹과 그의 제비들은 내보내고 미노타우로스를 위한 자리를 마련하라! 저주받은 화가 마르샹은 다시는 재기하지 못했고, 죽는 날까지 론강 건너편에서 자신이 끝내 입성하지 못한 레아튀미술관을 바라보며 쓰라림을 되씹어야 했다. 심지어 마르샹은 아를에서 가장 가까이 지내던 사진작가 뤼시앵 클레르그와 작가 장마리 마냥과도 사이가 틀어졌다. 그들이 피카소와 계속 교류했기 때문이다.

피카소의 분은 그러고도 다 풀리지 않았다. 그는 죽음을 앞두고 화가 피뇽에게 마르샹에게 마지막 말을 전해달라고 했다. 화를 낸 일을 후회한다는 말이었다. 마침내 관대해진 걸까? 아니다! 마지막 치명타가 기다리고 있었다. 그 일이 후회되는 건, 원래 자기는 '진짜 화가들'한테만 화를 내기 때문이라고 했다!

이런 어처구니없는 예술적 경쟁에 관한 이야기는 지금은 고인이 된 현대미술 전문가 다니엘 르콩트가 마르샹 생전에 제작한 다큐멘터리에도 나온다. 다큐멘터리에서 마르샹은 이렇게 말한다. "피카소는 악마 루시퍼예요. 난 루시퍼를 만났어요."[73]

그런데 피카소와 그렇게 심한 증오로 얽힌 마르샹의 이름이 왜 도라의 1951년 수첩에 적혀 있을까? 프랑수아즈 질로가 자기 삶과 회고록에서 마르샹의 존재를 완전히 지워버린 것과 달리, 도라는 아무것도 잊지 않았다. 처음에는 그녀도 '미에르다'라는 피카소의 생각에 동의했을 것이다. 그 누구도 피카소의 분노와 편집증을 함께하지 않고 칙령을 따르지 않고는 그와 함께 살 수 없다. 하지만 시간이 흐르면서 도라는 해방되었고, 마르샹과 비슷한 슬픔을 공유하며 그와 가까워졌을 것이다. 도라와 마르샹은 같은 사랑 이야기의 희생자가 아닌가.

신기하게도 두 사람은 같은 시기에 같은 형태의 신비주의에 빠져들었다. 1946년 마르샹은 비엔*의 리귀제 수도원에 들어갔다. 그러나 수도원에서 그림 그리는 것을 금지한 탓에 오래 머물지 못했고, 이후에도 도라만큼 열성적인 신자가 되지는 않았다.

수첩에 적힌 대로라면 도라와 마르샹은 1951년에도 만났다. 다만 마르샹의 전화번호는 다른 이름들처럼 밤색 잉크로 정성스럽게 옮겨 적은 게 아니라, M 항목 제일 끝에 연필로 적혀 있다. 마르샹이 전화를 걸어온 날 도라가 수첩을 들고 받아 적었을 수 있다. 아니면 식당에서, 혹은 누군가의 전시회 개막일 행사에서, 혹은 마르샹은 혐오했지만 도라는 여전히 들락거리던 파리의 사교계 모임에서 우연히 만났을지도 모른다. 마르샹은 분명 도라의 최근 그림들을 보고 싶어했을 것이다. 도라와 마르샹은 똑같이 마흔네 살이었고, 똑같이 예민하고 성마른 성격에 자존심이 강했다. 도라는 눈 밑이 늘어지고 살이 조금 찌긴 했어도 여전히 아름다웠다. 볼품없었던 마르샹은 나이가 들면서 봐줄 만했고, 여전히 여자를 좋아했다.

그렇다, 도라와 마르샹은 분명 다시 만났다. 앙드레 마르샹의 조카가 그의 1953년 수첩에 도라와의 약속이 몇 번 적혀 있는 것을 확인해준다. 아를의 작가 장마리 마냥은 나에게 도라와 마르샹 사이에 짜릿한 관계를 만들어보라고 부추긴다. "진짜일 수도 있는 거짓으로 소설을 써보면 어때요? 만들어내요, 이야기를 지어내라고요. 분명 뭔가 있었을 겁니다!" 하지만 그렇게 개연성 없는

* 프랑스 중서부 누벨아키텐에 위치한 지역.

에르메스 수첩의 비밀

관계를 어떻게 상상한단 말인가. 도라의 자존심이 평범한 화가와 함께 사람들 앞에 나서는 일을 허락했을 리 없다. 모자랄 바에야 차라리 아무것도 없는 편이 낫다!

# 더글러스 쿠퍼

Douglas Cooper
Ch. de Castille
Argilliers Gard
Vers par Remoulin 10
Tel.

더글러스 쿠퍼. 미술사학자이자 평론가이고 예술품 수집가였다. 오스카 와일드와 닮았다는 말을 좋아했지만, 볼이 통통하고 배가 나온 그가 피카소 옆에 서 있는 사진을 보면 차라리 베니 힐* 이 떠오른다. 희극적인 큰 안경을 쓰고 체크무늬 양복을 입은 그는 현대미술의 정점을 이루는 천재 곁에 선 뿌듯함으로 우쭐대고 있다.

쿠퍼에 대해 조사하다보면 심한 험담들이 나온다. 피카소는 결국 쿠퍼와 사이가 틀어졌을 때 그를 '역겨운 더글러스'라고 불렀고, 프랜시스 베이컨은 그를 '겉모습보다 훨씬 더 혐오스럽고 간

---

* 영국의 희극배우로, 오랫동안 텔레비전에서 〈베니 힐 쇼〉를 진행했다.

　　　　　　　　　　　　에르메스 수첩의 비밀

사한 여자'에 비유했다. 하지만 더글러스 쿠퍼가 입체파 미술의 뛰어난 전문가였다는 사실만큼은 부인할 수 없다.

쿠퍼는 1930년대 초 소르본대학에서 미술사를 배우며 미술에 관심을 갖기 시작했다. 도라를 처음 만난 것도 그때였다. 스물다섯 살의 도라는 아름답고 '단호하고 도발적인' 사진작가였다. 부유한 영국 귀족의 후계자였던 쿠퍼는 좋아하는 입체파 그림들에 마음껏 돈을 쓸 수 있었다. 그는 피카소와 가까워지면서 도라와도 다시 만났다. 전쟁이 시작되었을 땐 겨우 스물여덟의 나이에 피카소와 후안 그리스, 브라크, 테오 레제의 그림만 150점 가까이 소장하고 있었다.

쿠퍼는 전투병으로 적합하지 않다는 판정을 받고 영국 공군 정보부에 배치되었다. 나중에는 나치가 약탈한 예술품들을 찾아내는 부대로 잘 알려진 '모뉴먼츠 맨'*에 합류했다. 쿠퍼는 미술에 대한 뛰어난 지식뿐 아니라 독일어 실력과 적극적인 투쟁 정신도 발휘했다. 히틀러의 미술품 거래상을 체포한 것도 그의 활약 덕분이었다.

쿠퍼가 도라에게 다시 연락한 것은 수첩의 해인 1951년이었다. 쿠퍼는 퐁뒤가르**에서 몇 킬로미터 떨어진 카스티유성으로 막 이사 온 참이었다. 근처의 위제스에 가던 길에 우연히 발견한 멋진

---

\* 1943년 미군이 창설한 '예술, 기념물, 문서 보존 계획'을 수행하던 부대의 별칭.
\*\* 남프랑스 가르 지역 가르동강에 놓인 고대 로마의 수도교.

바로크양식의 성이었다. 나 역시 같은 길을 달리면서 소나무 사이로 석양빛을 받아 황금색을 띤 부서진 기둥들을 본 적이 있다. 시골 들판 한가운데 지붕 없이 하늘을 향해 열린 신전이 서 있는 듯한 낯선 모습이었다. 그곳에서 양쪽으로 기둥들이 늘어선 좁은 길이 시작되고, 그 길을 따라가면 카스티유성이 나온다.

더글러스 쿠퍼가 철책 담에 붙은 '매매' 표지판을 보았을 때 성의 상태는 엉망이었다. 하지만 더없이 아름다웠다! 콕토가 보았더라면 〈미녀와 야수〉를 찍고도 남을 배경이었다. 더글러스는 그 성을 사서 그동안 모은 입체파 그림들을 전시하기로 했다. 대공사를 벌여 성을 수리한 뒤 화가들과 친구들, 인근에 머무는 지인들을 초대했다. 겨우 70킬로미터 떨어진 메네르브에 머물던 도라도 그중 하나였다.

도라는 모빌레트밖에 없었기에 택시를 부르거나 다른 손님의 차를 얻어 타곤 했다. 가끔씩은 쿠퍼가 함께 지내던 존 리처드슨*을 데리고 도라와 같이 식사를 하러 뒤랑스강**을 건너기도 했다. 그때마다 도라는 집에 손님이 오는 게 창피한지 몇 킬로미터 떨어진 보메트의 작은 식당으로 그들을 데려갔다.

---

* 영국의 미술사학자로, 더클라스 쿠퍼가 카스티유성에 개인 미술관을 만들고 사는 동안 함께 지내며 화가들과 교류했다. 나중에 회고록 『마법사의 도제』와 총 네 권으로 이루어진 『피카소의 삶』을 썼다.
** 론강의 지류.

　에르메스 수첩의 비밀

쿠퍼는 도라를 '이웃'이라고 부르곤 했다. 런던식으로는 이웃이라 할 수 있을지도 모르겠다. 하지만 카스티유성에서 메네르브까지 가려면 뤼베롱의 도로를 아무리 빨리 달려도 족히 한 시간 이상 걸렸다.

"난 도라가 정말 좋아." 쿠퍼는 자주 이렇게 말했고, 그녀를 걱정하기도 했다. "너무 외로울 거야. 불쌍한 도라. 안됐어, 그 썰렁한 집에서 피카소의 망령과 하느님하고만 같이 살다니." 물론 쿠퍼는 진심으로 도라에게 마음이 쓰였을 테고, 미술사에서 도라가 차지하는 기념비적 위치라는 매력에 끌리기도 했을 것이다. 하지만 그의 진짜 관심사는 무엇보다 도라가 돈이 필요할 때마다 한 점씩 팔고 있는 피카소의 그림들이었다. 1954년 샤갈의 집에서 열린 연회에서, 쿠퍼는 도라가 자기에게 말도 없이 그림 몇 점을 칸바일러에게 넘겼다며 사람들이 다 보는 앞에서 화를 내기도 했다. 도라 역시 쿠퍼가 자기에게 관심을 쏟는 이유를 몰랐을 리 없다. 알면서도 그대로 누렸다. 쿠퍼의 말대로 그녀는 혼자였고, 자기 그림을 알리기 위해서는 인맥이 필요했기 때문이다.

1954년 6월 카스티유성의 저녁식사 자리에서 가장 기억할 만한 일이 벌어졌다. 어찌나 황당한 일이었는지 그 자리에 참석했던 열 명 중 세 명이 일기나 회고록에 그날 일을 언급했고, 세 이야기 모두 일치한다. 전날 도라는 쿠퍼에게 전화를 걸어 파리에 가야 하는데 도중에 카스티유성에서 하룻밤 묵어도 되겠냐고 물었다.

몇 달 전부터 가까이 지내온 젊은 친구, 작가이자 동성애자인 제임스 로드와 함께였다. 도라는 제임스의 차를 타고 파리로 올라갈 계획이었고, 쿠퍼의 집에서 하룻밤을 보낸 뒤에는 니에브르에 있는 발튀스의 성에서 묵기로 한 터였다. "되고말고요!" 쿠퍼가 대답했다. 그런데 그 사실을 알게 된 피카소가 자기도 오겠다고 나섰다. 도라가 올 거라고 했지만 피카소는 한술 더 떴다. "잘됐군! 본 지 정말 오래됐는데. 도라한테는 아무 말도 말게. 깜짝 놀래주고 싶으니까."[74]

도라는 놀라 기절할 뻔했다. 쿠퍼의 성 앞에 주차된 이스파노수이자를 보는 순간 숨이 멎는 듯했다. 하지만 곧 정신을 가다듬었다. 혼란스러워하는 모습을 보여 피카소를 기쁘게 하고 싶지 않았다. "보나마나 날 보러 온 거야." 도라가 제임스 로드에게 속삭이듯 말했다. 프랑수아즈 질로가 얼마 전 피카소를 떠났다는 사실을 도라도 알고 있었다. 그러니까 오십 년 만에 처음으로 피카소가 여자 없이 혼자 지내고 있었다. 자리가 비어 있다면 혹시 되찾을 수 있을까……

피카소는 링에 오르기 전의 권투선수처럼 도라와 마주칠 순간을 준비하고 있었다. 그는 가슴을 내밀고 숨을 깊이 들이쉬며 앞으로 나섰다. "도라, 이렇게 만나게 되다니 정말이지 놀랍군. 당신이 오는 줄은 몰랐는데!" 피카소는 거짓말을 하며 옛 연인의 입술에 키스한 뒤, 절대 커플일 수 없는 도라와 동성애자 청년을 비웃듯이 빤히 쳐다보았다. "그러니까…… 둘이 결혼했나?" "아니, 하지만 하기로 했어." 도라가 침착하게 대답했다.

저녁식사 내내 피카소는 도라를 다정하게 불렀고, 미국인 청년을 물고늘어졌다. '꼬마 로드'라고 부르는가 하면 지나치게 날카로운 웃음으로 조롱했으며, 그가 하는 말마다 반박하고 공격적인 눈길을 던졌다. 집주인 쿠퍼는 신이 났다. 그 역시 도라의 삶에서 로드가 차지한 자리에 심한 질투심을 느끼던 참이었다. 정확히 말하면 더글라스 쿠퍼는 도라와 로드가 서로 좋아할 게 아니라 둘 모두 자기를 좋아해야 한다고 믿었다.

식사가 끝나자 응접실에서 대화가 이어졌다. 그들은 그림에 대해, 문학에 대해 이야기했다. 그런데 피카소가 갑자기 벌떡 일어서더니 도라에게 얘기 좀 하자고 했다. 둘이서만 해야 한다고, 다른 사람들은 들으면 안 되는 개인적인 얘기라고 했다. 그러면서 도라의 어깨를 잡고 응접실 구석으로 데려갔다. 나머지는 모두 침묵을 지켰다. 하지만 응접실 끝까지 간 피카소는 그 자리에 도라만 세워둔 채 갑자기 자리로 돌아왔다. 더글러스마저 숨을 쉬지 못할 정도로 긴장했다. 영문도 모른 채 잠시 가만히 서 있던 도라는 따귀를 맞은 것과 다름없는 모욕의 상처를 안고 자리로 돌아왔다.

흔히 이 장면은 옛 연인을 공개적으로 모욕하려 한 피카소의 가학적 욕망으로 해석된다. 그런데 나는 오랫동안 그 해석이 믿기지 않았다. 내가 보기에 그건 잔인하다기보다 우스꽝스럽기 때문이다. 무엇 때문에 그런 일을 벌인단 말인가. 하지만 피카소는 대체 무엇을 얻기 위해 그러는지 평범한 이들로서는 알 수 없는 잔인한 짓을 할 수 있었다. 도라를 고개 숙이게 만드는, 그녀가 여전히 자기 것임을 보여주는 게 그의 목표가 아니었을까? 그러고도 지치지 않은 피카소는 자리가 파할 무렵 도라에게 말했다. "발튀스의 집에 들른다고? 재미있겠는데? 같이 가도 되겠지?" "안 될 것 없지." 도라는 경계를 풀지 않은 채 대답했다. 이번에는 또 어떤 함정이 숨어 있을까? 피카소는 같이 떠나자고, 저 미국인 청년의 작은 차보다 자신의 이스파노 수이자가 훨씬 편할 거라고, 작은 차에는 짐을 싣고 뒤따라오게 하자고 했다. 도라는 아주 잠깐 주저했다. 하지만 곧 처음으로 피카소의 제안을 거절했다. 피카소는 화를 참지 못하고 그날 밤 곧바로 발로리스로 돌아가버렸다.

이후에도 도라는 쿠퍼의 집에 저녁식사를 하러 왔다. 그러면서도 그에 대해 좋게 말한 적은 없었다. 도라에게 쿠퍼는 "많은 적들을, 때로는 친구들까지도 우스꽝스럽게 만들면서 지나치게 노골적이고 지나치게 비뚤어진 쾌락을 즐기는 의리 없는 사람"[75]이었다. 제임스 로드에게는 "그 사람에게는 아무것도 부탁하지 않겠다"고 말하기까지 했다. 절대, 그 무엇도 부탁하지 말길, 도라! 하지만 삼 년 후 베르구르엔 갤러리에서 전시회를 열게 된 도라는 결국 쿠퍼에게 카탈로그의 서문을 부탁했다. 쿠퍼의 서문은 억지로 쓴 티가 역력한 이상한 글이었다. "어째서 당신의 그림들이 세상에 나와야 하는지, 왜 당신이 이 글을 쓸 사람으로 나를 골랐는지 당신은 알 겁니다." 쿠퍼의 한숨 소리가 들리는 것 같다. 도라는 그가 서문을 써줄 만한 수준의 화가가 아니었던 것이다! 그래도 일단 쓰기 시작하자 좀더 열의를 보인다. "이번 전시회는 당신이 홀로 아틀리에에 틀어박혀 보기 드문 열정을 쏟아가며 작업해온 오랜 시간이 끝났음을 알립니다. 나비가 부화하듯, 다시 문이 열립니다. 이제 당신은 이전의 당신이 아닙니다. 너무도 멋진 발전입니다." 그뒤로는 거침이 없다. 쿠퍼는 도라의 풍경화를 쿠르베 혹은 터너의 풍경화와 비길 만한 작품으로 소개하며 끝을 맺었다. 도라도 기분이 좋았으리라. 하지만 영리하고 편집적인 그녀가 쿠퍼의 감언이설을 그대로 믿었을 리는 없다. 도라는 쿠퍼가 자기의 환심을 사기 위해 전시회를 열어주는 여느 갤러리 주인들과 다르지 않음을 잘 알았다. 쿠퍼가 원하는 것은 오직 그녀가 가진 피카소의 그림들이었다! 도라는 사람들이 생각하는 것보다 훨씬 영리했다. 그들은 도라에게서 아무것도, 혹은 거의 아무것도 얻지 못했다.

더글러스 쿠퍼는 1984년에 세상을 떠났고, 카스티유성에서 그와 함께 지내던 존 리처드슨은 이제 뉴욕에 살고 있다. 그는 여러 권의 방대한 피카소 전기를 썼다. 아는 사람이 중간에서 연락해준 덕분에 그와 연락이 닿았다. 그리고 그의 집에 초대받을 수 있었다.

나는 사방 벽에 걸린 걸작들을 제대로 쳐다보지도 못했다. 엘리

베이터에서 내린 순간 눈에 들어온 피카소의 그림만 기억난다. 한 단발머리 여자가 도라도 여러 번 앉았던 유명한 의자에 앉아 있었다. 괜히 도라인지 물었다가 아니라는 답을 듣고 싶지 않아서, 나는 그냥 도라가 나를 맞아준다고 상상하기로 한다.

빼어난 미남이었던 존 리처드슨은 이제 우아함과 매력을 갖춘, 그리고 여전히 재치 있는 노인이다. 단지 세월의 무게에 어깨가 눌린 탓에 걸을 때 몸이 조금 굽을 뿐이다.

리처드슨은 내가 가진 작은 수첩에 관심을 보인다. 아마 나를 만나준 것도 수첩을 보기 위해서였을 것이다. 그는 수첩을 눈앞에 올려 한 장씩 넘겨본다. 거기 적힌 아는 이름들을 보면서 한 사람 한 사람에 대해 세부적인 것을 알려주고, 확실하지 않았던 것을 확인해주고, 관련된 일화들을 들려준다. 추억들처럼 언어도 뒤죽박죽 섞인 탓인지, 그는 프랑스어로 말하다 영어로 말하다 한다.

"난 도라를 무척 좋아했어요. 하지만 도라는 너무 '블랙'이었지. 어떨 땐 굉장히 친절하지만, 대부분은 우울하고 슬프고 불행했어요. 그녀는 늘 부르주아처럼 옷을 입었고 존경받을 만한 사람으로 보이려고 애썼지요. 나이가 들면서 멋은 덜 부렸어요." 다른 사람들과 마찬가지로 그 역시 도라가 일요일마다 성당에 가던 것을 기억했다. "그녀는 '베리 릴리저스'이고, 심지어 '릴리저스 매니악'이었는데…… 나와 더글러스한테도 고해성사하러 가자고 졸랐어요. 거의 강박적이었달까. 우리는 도라가 어떻게 나올지 도

무지 예측할 수가 없었지요. 갑자기 돌변해서 또다른 것에 사로잡히기도 했으니까. 삶 전체가 지그재그였달까. '쉬 비케임 라이트 윙, 유 노우?' 옛날에는 좌파 쪽에서 그렇게 열심히 활동했으면서." 그렇게 결국 반유대주의까지 간 걸까?

존 리처드슨은 도라한테 왜 『나의 투쟁』을 가지고 있냐고 한 번도 물어보지 못한 게 아쉽다고 한다. "도발하려고 그랬을까요······ 아니, 그보다는 병 때문이었을 겁니다."

병이라······ 교양 있는 사람들은 정신이상이라든가 정신착란, 혹은 그냥 미쳤다는 말 대신 '병이 났다'는 표현을 좋아한다. 하지만 광기는 병처럼 걸리고 말고 하는 게 아니다. 병에 걸리듯 광기에 걸리지는 않는다. 그냥 미치고, 광기 속으로 미끄러져 들어가 가라앉을 뿐이다. 때때로 그렇게 된다. 언제 시작되는지도 알 수 없다. 1935년 루이 샤방스가 쓴 시에 이미 '신경질 가득한 미친 여인', '아무 때나 화를 내고 흥분하는 여인'이라는 구절이 등장한다. 피카소 역시 도라는 자기를 만나기 전부터 이미 문제가 있었다고, 초현실주의자들이 그녀의 머릿속에 정신 나간 생각들을 불어넣었기 때문이라고 주장했다. 그러면서 카페 되 마고에서 도라가 손가락 사이에 칼을 꽂던 장면을 증거로 내세웠다. 자기도 당시에는 '미친듯이 흥분'했던 그 장면 말이다.

"도라의 내면 깊이 자리잡은 마조히즘을 제대로 보지 않으면 도라에 대해 아무것도 이해할 수 없어요." 존 리처드슨이 말했다.

"도라는 피카소의 노예였지요. 피카소는 그녀를 사랑한 게 아니에요. 서로 사도마조히즘 관계였지요. 피카소가 도라를 벌하는 입장이었고. 그녀를 벌하면서 피카소는 쾌락을 느꼈어요." 도라 역시 쾌락을 느끼지 않았을까?

리처드슨은 피카소의 지시를 받고 쿠퍼와 함께 도라에게 갔던 날도 기억했다. 도라가 가지고 있는 자신의 크로키북을 출간해야 하니 가서 받아 오라고 한 것이다. 더글러스가 그 말을 전하자 도라가 갑자기 울음을 터뜨렸다. 두 남자는 당황해서 더는 말을 꺼내지 못했다. 그들이 그냥 돌아오자 피카소는 미친듯이 화를 내면서 쿠퍼와 리처드슨을 옆에 세워둔 채로 도라에게 전화를 걸었다. 그런 뒤 두 명의 희생양은 다시 도라에게 가야 했다. 도라는 작업대 위에 크로키북을 꺼내놓았다. 얼핏 보면 '우체부 슈발의 궁'* 방문기를 그려놓은 만화 같았다. 하지만 크로키북이 한 장씩 넘어갈 때마다 도라는 파랗게 질린 얼굴로 안절부절못했다. 끝 부분에 이르러 도라를 거의 포르노에 가까운 자세로 그려놓은 그림들을 보고서야 더글러스와 존은 그 이유를 이해할 수 있었다. "괴물 같은 인간이야. 어떻게 나를 이렇게까지 괴롭힐 수가 있지?" 도라가 흐느끼며 말했다. 그리고 두 사람이 돌아왔을 때 피카소는 이렇게 물었다. "도라가 울던가?"

* 오베르뉴론알프 지방 오트리브의 우체부이던 페르디낭 슈발이 1879년부터 1912년까지 삼십삼 년에 걸쳐 혼자서 돌을 옮겨가며 세운 12미터 높이의 궁.

에르메스 수첩의 비밀

그날 가져간 크로키북은 결국 출간되지 않은 채 두 페이지만 남아 있다. 나머지는 도라가 죽기 전에 없애버렸을 것이다.

"여자들은 고통받기 위해 만들어진 기계라네." 피카소가 앙드레 말로에게 한 말이다. "나에게 도라는 영원히 우는 여인이야. 늘 카프카적인 인물이지."

# 피카소

Picasso
Trinquetaille
Arles

피카소가 아를에 산 적은 없다. 연례 축제 때 내려와서 호텔에 묵었을 뿐이다. 그리고 도라의 수첩에 피카소의 이름은 등장하지 않는다. 하지만 오늘 저녁 나는 아를의 트랭크타유에서 피카소 씨를 만난다. 그러니까 클로드 피카소다! 아를에서 갤러리를 운영하며 피카소의 아들 클로드를 몇 년 전부터 알고 지내온 안 카르팡티에가 이번에 아를에 다니러 온 그를 만나는 자리에 나를 불러준 것이다. 등나무 지붕 아래 마련된 식사 자리는 꾸밈없고 편안하다. 아이들도 데려와 정원에서 놀게 했다. 상속권자를 찾아와 환심을 사려 하거나 전시회를 열자고 조르는, 혹은 그림이 진품인지 확인해달라고 부탁하는 자리와는 다르다. 내 핸드백 안에 들어 있는 수첩이 전부다.

에르메스 수첩의 비밀

클로드 피카소의 눈길이 나를 사로잡는다. 뚫어져라 응시하듯 크게 뜬 검은색 눈, 말로 표현하기 힘든 우수의 분위기가 똑같다. 하지만 아들에게는 아버지의 사진에서 본 적 없는 부드러움이 있다. 그가 미소를 지을 때면 기뻐하는 어린애처럼 얼굴이 환해진다. 1950년대 프랑스인들이 『파리 마치』를 통해 성장을 지켜보았던 꼬마 클로드의 모습이 되살아나고, 눈부신 미소가 아름답던 어머니 프랑수아즈 질로의 모습도 보인다. 피카소와 사는 동안 잃어버렸던 그 미소를 질로는 피카소를 떠나면서 되찾았고, 지금도 여전히 명랑하고 밝은 노부인으로 살고 있다.

그날 오후 클로드는 아를의 거리를 걷다가 벽에 붙은 포스터에서 어머니의 사진을 보았다. 그는 아직도 엄마라면 사족을 못 쓰는 어린애처럼 포스터 옆에 서서 빙그레 웃으며 사진을 찍었다.

안 카르팡티에가 내 수첩 얘기를 해놓았다. 클로드의 아내가 더 궁금해하는 것 같다. 클로드는 몇 분 동안 심각한 얼굴로 말없이 수첩을 넘겨본 뒤 입을 연다. "놀랍군요. 전부 내가 아는 사람이에요!"

도라가 수첩을 쓰던 1951년에 클로드는 겨우 네 살이었고, 어머니 프랑수아즈 질로, 아버지 파블로 피카소, 그리고 여동생 팔로마와 함께 발로리스에 살고 있었다. 바다에서 꽤 멀리 떨어진 메마른 풀밭 한가운데 서 있던 '빌라 갈루아즈'는 작고 평범한 집이었다. 찾아오는 손님들이 잘나가는 피카소가 왜 이렇게 소박한 집에 사는지 의아해할 정도였다.

콕토, 더글러스 쿠퍼, 엘뤼아르, 레리스, 브라사이, 샤갈, 뒤부아, 아라공, 노아유…… "도라의 세계가 그다지 바뀌지 않았다는 게 놀랍네요. 아버지와 헤어진 뒤에도 여전히 같은 친구들, 같은 사람들을 만났어요!"

피카소와 헤어진 뒤에도 계속 그의 궤도 안에 머물며 그가 무엇을 하고 어디에 누구와 함께 있는지 확인함으로써 도라는 자기 나름의 즐거움을 느꼈을 수 있다. 혹은 다른 사람과 피카소 얘기를 하고 그에게 소식이 전해지게 하면서 자신의 존재감을 확인했거나…… 어쨌든 피카소와 헤어졌다고 해서 도라가 친구를 바꿔야 할 이유는 없었다. 게다가 그 친구들을 진짜 만났는지도 알 수 없다. 엘뤼아르의 경우처럼, 그저 흔적을 지우지 않기 위해 가지고 있는 연락처들도 있었다.

클로드 피카소는 앙드레 마르샹에 대해서는 기억나는 게 없다며 어머니에게 물어보겠다고 약속했다.

그를 만난 지 한 시간이 지난 뒤에 나는 가장 당연한 질문을 던졌다. 원칙대로라면 제일 먼저 물었어야 할 말이었다. "도라와 알고 지내셨나요?" 클로드가 아니라고 할 줄 알았다. 프랑수아즈의 아들이 어떻게 어머니 이전에 아버지의 공식적인 연인이었던 여자를 알고 지낼 수 있겠는가. 제임스 로드의 책에는 도라가 "워낙 자존심이 강해서 (……) 자신이 겪은 수모와 고통의 살아 있는 상징인 클로드를 개인적으로 만날 수 없었다"는 말까지 나온다.

하지만 클로드 피카소는 아주 작은 소리로 "그래요"라고 대답했다. 분명 "그래요"였다. 하지만 어떻게 그럴 수 있단 말인가. "그래요, 1977년에 만났어요." 1977년이라니. "그래요, 아버지가 세상을 떠나고 사 년 뒤였죠. 도라가 전화를 걸어 만나자고 했습니다. 그래서 내가 집으로 찾아갔어요."

아버지의 삶과 작품에서 가장 중요한 여인을 만나는 순간이라니. 더구나 클로드 역시 청소년기에 갑자기 아버지와 헤어지지 않았던가. 프랑수아즈 질로의 회고록 출간에 대한 복수로 피카소는 자식들을 만나지 않았다. "너라도 나서서 막았어야지!" 화를 참지 못하고 아들에게 다그친 게 마지막이었다. 그뒤로 부자는 마지막까지 다시 만나지 못했다. 방식은 서로 다르지만, 결국 도라와 클로드는 피카소에게서 버려졌다는 공통점을 지니고 있었다.

당시 도라는 일흔 살이었다. 더는 발렌시아가 정장이 맞지 않았지만 그래도 최상의 모습을 보이고자 머리도 다듬고 화장도 하지 않았을까? 아마도 긴장된 순간이었으리라.

"아니요, 전혀 그렇지 않았어요." 클로드 피카소가 대답했다. "심지어 나한테 별 관심도 없었죠." 나라면 느꼈을 감정을 도라에게 잘못 대입한 셈이다. "그날 도라의 관심은 오로지 상업적인 문제, 그러니까 자기가 가지고 있는 아버지의 그림이 얼마인가 하는 거였어요. 아버지가 나를 대하는 방식과 비슷했죠. 늘 요구하기만

하는."

하지만 그뒤에도 클로드는 도라의 집을 몇 차례 더 찾아갔다. 그에 따르면 도라는 피카소의 작품이 경매에서 얼마에 팔렸는지 모두 알고 있었고, 카탈로그를 구해 낙찰가까지 적어놓았다. 그때 도라가 '병이 난' 것 같아 보였느냐고 묻자 클로드는 이렇게 대답했다. "아뇨, 미친 것 같지는 않았어요. 하지만 균형이 잘 잡혀 보이지도 않았죠. 그림 가격 외에는 아무 생각이 없었으니까요." 게다가 너무도 은밀하고 비밀이 많던 도라는 무엇이든 다 의심했다. 클로드 피카소는 그로부터 스무 해가 지나 도라가 죽은 뒤 그녀가 가지고 있던 그림이 전부 몇 점이었는지 듣고는 놀라서 할 말을 잊었다고 했다.

도라가 생을 마감할 때까지 클로드는 그녀의 생일마다 꽃을 보냈다. 매해 11월 22일에, 거의 스무 해 동안.

에르메스 수첩의 비밀

# 안초레나

Anchorena
53 avenue Foch
Kle 4682

도라가 수첩 맨 앞에 적어 놓은 이름이다. 이 이름부터 시작할 수도 있었을 테지만, 검은 잉크가 번져 있어 알아보기 힘들었다. 몇 달 동안 돋보기로 들여다보았고, 여러 분야의 전문가들에게 문의하기도 했다. 포슈 대로* 53번지에 살았을 만한 인물이 누가 있을까? 샬롱쉬르손**에서 촉탁의로 일하면서 초현실주의 화가 뤼시앵 쿠토의 전기를 쓴 사람이 보자마자 알아냈다.[76] 안초레나였다.

아르헨티나의 억만장자 마르셀로와 오르텐시아 안초레나 부부는 수십만 헥타르의 팜파스를 소유한 부유한 가문의 후계자였다.

* 개선문 근처에 위치한 파리의 대표적인 부촌이다.
** 부르고뉴프랑슈콩테 지방의 도시.

파리에서 그들은 포슈 대로에 있는 아르데코풍 건물의 제일 위 두 층을 차지한 아파트에 머물렀다. 부자 중의 부자 안초레나 부부는 별나기도 하거니와 대단한 속물이었다. 그들은 시인과 작가, 아방가르드 화가들을 자주 초대했다. 수집한 그림을 벽마다 가득 걸어놓았고, 온갖 스타들이 그들의 호의에 감사하며 남긴 편지와 글들도 보물처럼 모아두었다.

당시 가장 잘나가던 예술가들이 그 복층 아파트의 실내장식을 맡았다. 브라크, 데 키리코, 장 위고, 뤼시앵 쿠토가 문을 하나씩 맡았고, 피카소도 욕실 문을 맡겠다고 약속했지만 그의 작품은 끝내 아틀리에 밖으로 나오지 않았다. 콕토는 애초에 집 전체의 장식을 지휘하고 싶어했지만, 결국 안초레나 부부가 레코드플레이어를 숨겨두던 대형 점판암 화덕에 분필로 그림을 그리는 것으로 만족했다.

콕토는 안초레나 저택에서 열리는 점심식사의 중요 인사였다. 그는 그곳에서 브라크와 피카소를, 때로는 엘뤼아르를, 그리고 도라를 만났다. 도라는 집주인들과 함께 아르헨티나에서 보낸 유년의 추억을 이야기하며 즐거운 시간을 보냈다.

하지만 나치 치하의 파리에서 예술가들이 안초레나의 집에 모인 이유는 무엇보다 먹기 위해서였다. 그곳에서는 정장을 입은 급사장과 제복 차림의 하인들이 푸짐한 음식을 내왔다! 콕토는 "하인이 얼마나 많은지! 먹을 건 또 얼마나 많은지! 구경할 장식 얼음

에르메스 수첩의 비밀

과 먹을 얼음이 얼마나 많은지!"라고 썼고, 때로는 '소스가 너무 진한 식사'[77]라고 평가하기도 했다. 콕토는 식량이 배급되던 시기에 안초레나의 집에서 누리던 음식에 불평을 한 유일한 인물이었다.

그 집 서재에 '히틀러 총통의 초상화가 걸리고 그 아래에 『나의 투쟁』이 버젓이 꽂혀'[78] 있다고 해서 식욕이 사라지는 사람은 없었다. 이 유별난 남아메리카인들은 히틀러를 20세기를 대표하는 가장 훌륭한 인물로 꼽기까지 했다. 그러거나 말거나 손님들은 즐거웠고, 샴페인은 시원했다. 심지어 안초레나 부부는 막스 자코브를 추모하는 자리에도 초대받았다. 그들은 엄청나게 큰 초콜릿케이크를 들고 왔고, 아무도 그 케이크를 거절하지 않았다.

오직 피카소만이 안초레나 부부가 싫다고 큰 소리로 말했다. 그러면서도 점심식사 자리에는 참석했다. 보통은 콕토가 나서서 적어도 저녁 6시까지 쇼를 진행했다. 피카소와 도라는 이미 외우다시피 하는 이야기를 들으면서 신나게 박수를 쳤다. 안초레나의 집에서는 모두 많이 웃었다. 콕토의 전기를 쓴 클로드 아르노는 안초레나 부부에 대해 "히틀러풍의 달리를 데 키리코식으로 다시 그린 그림"[79] 같다고 말했다. 한마디로 퇴폐적인 초현실주의와 세속적인 나치즘이 만난 불행한 예였다.

안초레나의 아파트에 모인 사람들 틈에서 도라는 타락해갔다. 그녀는 길을 잃고 말았다. 적어도 전쟁 전까지는 자클린 랑바, 브르통, 프레베르, 그리고 다른 초현실주의자들과 생각을 같이하던 극렬 여성 혁명운동가가 완전히 땅에 묻혀버렸다. 혁명은 끝났다. 레지스탕스도 끝났다. 오직 자기 자신의 생존을 위해 싸울 뿐이었다. 도라는 체포될까봐 무서웠고, 수용소로 끌려갈까봐 무서웠고, 피카소가 떠날까봐 무서웠다.

어쩌면 내 추론이 틀렸을지도 모른다. 도라가 길을 잃고 타락한 게 아니라 본래의 길을 되찾은 것일 수도 있다. 파쇼적인 크로아티아인 아버지와 맹목적 신앙을 지닌 어머니 사이에서 자란 도라는 그저 시대의 분위기에 휩싸이고 유행을 따라가느라 잠시 혁명가의 길에 들어섰던 게 아닐까?

파리 해방과 함께 상태가 호전되면서 도라는 다시 외출을 했고, 특히 안초레나 부부의 집에 자주 갔다. 그들이 여는 성대한 연회에서 대독 협력자로 비난받던 화가 모리스 드 블라맹크와 나치에 우호적이라고 알려진 윈저 공작 부부*도 만났다. 피카소 없이 혼자 간 도라는 열렬한 가톨릭 신자였던 오르텐시아 안초레나와 긴 대화를 나누었다. 두 여자는 신비주의를 다룬 책들을 서로 바꿔가며 읽었고, 파리에서 가장 훌륭한 고해신부들이 있는 성당의 주소도 주고받았다.

1951년까지 도라 마르는 수첩 맨 앞에 안초레나의 이름을 적었

---

* 심프슨 부인과 결혼하기 위해 왕위를 포기한 에드워드 8세에게 조지 6세가 내린 작위이다. 이후 그가 왕위에 있던 당시 히틀러와 주고받은 서신과 전보가 공개되면서 스캔들이 일었다.

다. 하지만 새 펜촉이 긁히면서 네 글자 만에 잉크가 튀어 흰 종이에 지저분한 얼룩이 생겼다. 지워지지 않는 잉크 얼룩을 가리기 위해 'o'를 크게 써서 'AnchOrena'가 되었다.

하지만 진짜 얼룩은 다른 곳에 있었다. 부끄러운 인맥들과 외설스러운 가벼움, 상류사회에 배어든 나치즘, 그리고 타협의 대가로 즐긴 음식들, 샴페인에 젖은 히틀러와 『나의 투쟁』.

# 에티엔 페리에

Étienne Périer
573 avenue Louise
Bruxelles

수첩에 이름이 적힌 사람이 생존해 있을 줄은 몰랐다. 모두가 다른 세기, 다른 시대의 유령이자 전설로만 느껴졌다.

에티엔 페리에를 조사하면서 얼굴과 이력을 확인하는데, 어디에도 사망 일자가 없다. 에티엔 페리에는 1931년 브뤼셀에서 태어났다. 벨기에인이다. 그리고 영화감독이었다. 미셸 피콜리, 미셸 세로, 레아 마사리, 미셸 부케, 앤서니 홉킨스, 다니엘 다리외, 샬럿 램플링 등이 출연하는 영화를 찍었다. 나도 생각나는 영화가 있다. 〈너무도 아름다운 마을〉이다. 장 카르메가 지스카르 대통령 시대 어느 마을에서 빅토르 마누라는 저명인사의 아내의 실종 사건을 수사하는 예심판사로 나왔다. 에티엔 페리에의 마지막 극장용 장편영화였고, 이후 지난 십오 년간 그는 벨기에의 텔레비전

　　　　　　　　　　에르메스 수첩의 비밀

영화만 찍었다. 그래서인지 제작자나 비평가 들에게 수소문해보아도 그의 연락처를 알 수 없다.

수첩에 적힌 주소로 집을 찾는 일은 오히려 쉽다. 집 이름이 '메종 페리에'*이고, 빨간 벽돌 마감에 창틀은 검은 금속 재질이며 현관은 원기둥처럼 생긴 현대식 개인 저택이다. 에티엔 페리에의 아버지로 벨기에 항공사 사베나의 사장이자 예술 애호가이며 미술품 수집가이던 질베르 페리에가 1928년에 지었다. 당시 그는 가장 잘나가던 예술가들을 집에 초대했고, 피카소와 르네 마그리트, 막스 에른스트, 오십 자드킨의 그림을 소장했다.

에티엔 페리에가 그런 그림들에 둘러싸여 지내며 유명한 화가들을 직접 만나기도 했다는 얘기다. 그러니 스물네 살이라는 나이 차이가 있다 해도 도라와도 만난 적이 있지 않을까? 하지만 확인할 방법이 없다. 집은 이미 오래전에 팔렸다. 게다가 여든다섯 살인 에티엔 페리에는 병이 나거나 기억이 흐릿해졌을지도 모른다. 그와 동갑인 내 아버지도 몇 주 전에 세상을 떠나셨다. 수첩 속 인물 중 마지막 생존자를 만날 수 있으리라 기대하기에는 너무 늦은 게 아닐까?

마침내 에티엔 페리에를 찾아낸다. 그는 모르 산군山群** 아래, 지도상으로 지중해에서 직선거리로 몇 킬로미터 떨어진 곳, 그의

* 프랑스어로 '페리에의 집'이라는 뜻이다.
** 지중해의 생트로페만(灣)을 끼고 있는 산악 지역.

마지막 영화의 배경보다 더 아름다운 마을에서 쉬고 있다. 그는 직접 전화를 받더니, 재미있다는 듯 흥분하고 신이 난 목소리로 이야기를 이어간다. 이 수첩이 이상적인 새 시나리오의 소재라도 되는 듯 즉석에서 이야기를 짜내기까지 한다. 어느 날 밤 파리에서 수첩을 손에 넣은 한 젊은이가 주인을 찾아 떠나는 내용이다. "전 젊은이가 아니고, 이야기를 만들어내고 싶지도 않아요." "그러지 말고 해봐요. 얼마나 재미있겠어요?" 이미 머릿속으로 장면들을 그리기 시작한 늙은 감독이 웃으며 대꾸한다.

사람마다 강박의 대상이 다른 법이다. 나는 에티엔 페리에라는 사람이 도라 마르의 삶과 수첩에서 어떤 자리를 차지했는지 알고 싶다. 다행히도 그는 도라와 만난 일을 기억하고 있다. 에티엔 페리에는 1950년 생트로페에서, 가족의 친구인 나딘 에프롱의 집에서 도라와 만났다.

에프롱…… 수첩에서 본 이름이다. '브뤼셀, 위클, 장다름가 55번지, 전화 432724.' 내가 나딘 에프롱에 대해 아는 것은 그녀가 벨기에인이고 조각가라는 사실뿐이다.

1950년 7월, 열여덟 살의 에티엔은 법학을 그만두고 영화 일을 하고 싶어했고, 아버지는 분노했다. 에티엔은 낡은 차를 몰고 7번 국도를 따라 생트로페까지 내려갔다.

나딘 에프롱이 도라도 오기로 되어 있다면서 미리 주의를 주었다. "'우는 여인'이야. 너도 알지? 도라는 피카소한테 버림받았어.

불쌍한 여자야." 나딘은 도라 얘기를 할 때마다 버릇처럼 '불쌍한'이라는 말을 덧붙였다. "생트로페에 오고 싶은데 묵을 곳이 마땅치 않다고 하길래 어쩔 수 없어서 우리집으로 오라고 했어. 보면 알겠지만, 좀 이상한 여자야……" 에티엔이 기억하는 도라는 활기가 넘치다가도 금세 우울해지고 조용해지는 사람, 기분이 변덕스럽게 바뀌는 이상한 사람이었다. 나이를 짐작할 수 없으며 해변에도 안 가고 늘 테라스에 남아 책을 읽거나 나딘과 대화를 나누는 사람, 남들한테 관심이 거의 없고 자기중심적인 사람, 그러다가도 며칠 동안은 갑자기 '매력적으로 다정하게 속삭이기도 하는' 사람이었다. 특히 에티엔이 최면술을 할 줄 안다는 사실을 알게 되었을 때 그랬다. 에티엔은 친구의 아버지인 어느 사려 깊은 의사에게서 최면술을 배웠다. 저녁식사를 마치고 나면 때로 나딘은 어린애한테 노래나 시낭송을 시키듯이 에티엔에게 최면술 시범을 보여달라고 했다. 손님들의 반응은 열광적이었다. 청년 에티엔의 부드러운 목소리에 곧 빠져든 모르모트는 "첫영성체 때 어떤 옷을 입었죠?" "할머니 성함이 뭐죠?" 같은, 오직 당사자만 답을 아는 질문들에 기계적으로 대답했다. 에티엔은 그 대답들을 적어두었다가 최면에 걸린 이들은 잠들었을 뿐 의식을 잃은 게 아님을 보여주는 증거로 제시했다.

도라는 익히 아는 것이었다. 바타유와 초현실주의자들과 가까이 지낼 때 이미 최면을 자주 받았고, 의식적 자제력이 사라진 상태에서 자동적으로 나오는 글과 그림에 매료되기도 했다. 하지만 더는 안 되었다. 더구나 저런 꼬마가 거는 최면에 빠져 저항하지 못한 채 질문에 대답할 수는 없었다.

도라는 속지 않았다. 사람들이 아직 자기를 초대해주는 이유가 자신이 현대미술의 살아 있는 전설이기 때문임을 알았고, 모두 자기를 '우는 여인'으로 소개한다는 것도 알았다. 자기를 '불쌍한 여자'라고 부른다는 것도, 다른 손님들에게 피카소의 이름을 입 밖에 내지 못하게 한다는 것까지 알고 있었다. 도라가 그렇게 순진할 거라고 생각하다니, 너무 어리석다. 도라는 오히려 사람들의 호기심과 곤란해하는 모습을 즐겼다. 자기가 일부러 피카소 이름을 들먹이기도 했다. 험담은 거의 하지 않았고, 그때그때 떠오르는 추억들을 언급하는 식이었다. 예를 들어 해변으로 걸어갈 때는 1936년 8월에 피카소가 자기를 데려가기 위해 이곳 생트로페에 왔던 이야기를 꺼냈다. "그때 난 저기 저 포도밭 너머에 있는 친구 집에 와 있었어요. 그런데 그가 엘뤼아르와 함께 왔고, 같이 산책하자면서 나를 레살렝곳까지 데려갔죠. 산책에서 돌아온 뒤 난 그를 따라 무쟁으로 갔어요." 아마 세상 끝까지라도 따라갔으리라.

도라는 직접 아픔을 호소하지 않으면서도 사람들로 하여금 연민을 느끼게 만드는 능력을 지녔다. 에티엔 페리에는 도라가 가난한 척하면서, 직접 말은 안 하지만 '괴물' 같은 남자가 자기를 비참한 삶 속에 버려두었다고 넌지시 알리며 옛 연인에게 복수를 하

는 것 같았다고 말했다. 가난이라니…… 도라가 침대 밑에 숨겨
둔 피카소의 그림 한 점만 팔아도 생트로페 반도에서 가장 멋진
집을 살 수 있었다. 도라가 생트로페에 온 것도 자기 나름의 방식
으로 피카소에게 복수하기 위해서였는지 모른다. 그게 아니면 예
전에 행복을 누렸던 곳을 다시 보고 싶었던 걸까? 에티엔은 나딘
에프롱의 집에서 두 해 여름 연달아 도라를 만난 게 전부라며, 자
기 이름이 왜 도라의 수첩에 적혀 있는지 모르겠다고 놀라워했다.

안 지 얼마 되지도 않은 학생의 이름을 도라는 왜 수첩에 적어
두었을까? 늙은 에티엔 페리에가 소년처럼 웃음을 터뜨렸다. "당
신이 상상하는 그런 사이 아니었어요!" 아니다. 나는 아무것도 상
상하지 않았다. 두 사람이 그런 사이였을 리는 없다! 그보다 도라
는 에티엔을 통해 초현실주의 애호가이자 부유한 예술품 수집가
이던 그의 아버지와 선이 닿기를 원했을 수 있다. 사실 시나리오
의 소재로 말하자면 도라와 에티엔 이야기보다는 그들이 만나기
사 년 전 에티엔이 겪은 놀라운 사건이 훨씬 더 어울린다.

나는 그 이야기를 에티엔이 아니라 알피유*에 혼자 살고 있던
노부인한테서 듣게 된다. 그녀를 소개해준 사람 얘기로는 나딘 에
프롱의 양녀라고 했다. "그럴 리 없어요. 나딘은 딸을 입양한 적
이 없습니다." 에티엔 페리에가 전화로 말한다. "내 누님일 겁니

---

* 아비뇽과 지중해 사이에 위치한 산악지대.

다. 어머니가 돌아가셨을 때 우리가 너무 어려서 나딘이 어머니처럼 우리를 챙겼거든요." 그렇다. 에티엔 페리에의 누나 잔이 맞는다. 그녀가 나에게 1946년 9월 18일에 남매에게 닥친 비극을 들려준다. 그날 남매는 브뤼셀을 떠나 뉴욕으로 가는 사베나 항공 비행기에 올랐다. 에티엔은 열다섯, 잔은 열일곱 살이었다. 페리에 부인은 두 남매 말고도 맏딸까지 데리고 여행중이었다. 사장의 아이들은 비행기 안에서 왕족 대우를 받았다.

그런데 급유지인 캐나다의 뉴펀들랜드섬에 착륙하던 더글러스 스카이마스터기가 목적지를 몇 킬로미터 남겨두고 레이더에서 사라졌다. 비행기 안은 끔찍한 충격으로 아수라장이 되었다. 날개가 나무 꼭대기에 부딪치며 깨졌고 비행기는 결국 숲속의 빈터로 곤두박질쳤다. 사방에 비명소리가 가득했고, 사람들은 얼굴이 하얗게 질린 채 손으로 무언가를 부둥켜 쥐었다. 잔 페리에는 살아서 비행기 밖으로 나온 사람이 자기가 마지막이었다고 기억했다. 어머니와 맏딸은 찌그러진 기체에 몸이 끼어버렸다. 비행기가 추락할 때의 충격으로 사망한 건지 아니면 그냥 기절한 상태였는지는 영원히 알 길이 없다. 피투성이가 된 채 비행기 안으로 다시 들어가려 하는 에티엔을 한 남자가 붙잡았다. 기체에 불이 붙은 터였다. 그는 소년이 비행기로 가지 못하도록 허리를 감싸 붙잡고 있어야 했다. 구조된 사람들은 떨면서 비행기에서 멀어졌고, 페리에가의 두 아이는 온몸이 마비된 듯 멍하니 서서 동체가 다 탈 때까지 지켜보았다. 그들은 구조대가 오기까지 이틀 반을 그곳에서 기다렸다. 구조대가 총 마흔네 명의 승객과 승무원 중 페리에 부인과 장녀를 포함한 스물여섯 명의 사망자를 확인했고, 에티엔과 잔페리에를 포함한 열여덟 명이 구조되었다. 남매는 기적적으로 살아났지만 어머니를 잃고 엄청난 심리적 충격을 받았다.

민간 항공 분야에서 처음 발생한 이 대형사고는 며칠 동안 세계 언론의 헤드라인을 장식했다. 첫 정기노선 비행기가 많은 승객을 싣고 추락한 사건이었다. 도라가 나딘 에프롱의 집에 온 것은 그 사고가 있고 사 년 뒤였으니 에티엔이 겪은 일을 모를 수 없었다. 우울증으로 고생하느라 정말로 소식을 듣지 못했다 해도, 소나무 그늘에서 함께 이야기를 나누던 나딘이 도라에게 페리에 가족의 끔찍했던 이야기를 들려주지 않았을까? 아마도 도라는 오늘날 우리가 느끼는 것보다 훨씬 큰 놀라움을 느꼈을 것이다.

에티엔은 도라가 '남들한테 관심이 거의 없고 자기중심적인' 사람이었다고 말했다. 어쩌면 도라는 그런 참사에서 살아난 청년을 보며 마음이 불편하고 당혹스럽고 혼란스러웠던 건지도 모른다. 무슨 말을 할 수 있었겠는가. 뭐라고 말을 건단 말인가. 도라가 전화기를 든 채로 어머니가 쓰러지는 소리를 들었듯이 에티엔은 어머니가 죽어가는 모습을 지켜보았다. 도라가 그랬듯이 에티엔 역시 아무것도 할 수 없었다. 도라는 그 순간 에티엔이 느꼈을 감정을 다른 누구보다 잘 알았다. 하지만 너무 큰 슬픔은 사람들을 겁먹게 만드는 법이다. 특히 어린 십대 소년이 겪어야 했던 슬픔이니 더 심하지 않았을까?

에티엔 페리에는 도라의 수첩에 이름이 적힌 사람들 중 마지막 생존자이기 이전에, 이미 비극적 사고의 생존자였다.

# 에프롱

Effront
Drève des Gendarmes
Uccle

나딘 에프롱은 그저 십대의 에티엔과 도라를 생트로페에 머물도록 호의를 베풀어준 인물만은 아니다. 그녀는 20세기 중반에 명성을 떨친 조각가로, 파리와 브뤼셀에서 초현실주의자들을 비롯한 예술가들의 모임에 드나들었다. 이제는 잊힌 예술가지만, 그녀의 작품은 여전히 경매에 등장한다. 흐르는 듯한 윤곽의 청동상, 연철과 알루미늄, 유리나 공작석으로 만든 테이블, 드물게는 보석도 있다.

나딘 에프롱의 사진은 찾을 수 없다. 나는 그냥 주어진 날짜들과 일화들, 묘사들을 모아 맞추어보기로 한다.

나딘 에프롱은 1901년에 태어났다. 도라와 처음 만난 것은 나딘이 마리로르 드 노아유에 몇 년 앞서 초현실주의 화가 오스카르

도밍게스의 연인이 되었을 때였다. 브뤼셀에서 그녀와 첫눈에 사랑에 빠진 오스카르 도밍게스가 아내를 버리고 이 새로운 사랑을 택한 걸 보면 나딘은 아마도 무척 아름다웠을 테고, 도밍게스처럼 얼굴이 크고 권투선수 같은 외모에 수시로 싸움을 벌이는 술꾼과 함께한 것을 보면 꽤 별난 여자이기도 했을 것이다.

나딘에 관한 스페인어 기사에는 '쿨타, 리베랄, 이 리카'라고 쓰여 있다. 교양 있고, 자유롭고, 부자라는 뜻이다. 같은 시기에 나온 파리의 신문에서는 미국인 음악가 네드 로럼이 '어 스벨트 벨지언 스컬프터'를 회고하기도 했다. '호리호리한'을 뜻하는 '스벨트'를 보고 나는 멋대로 그녀가 키가 크다고 짐작한다.

"전혀 아니에요! 오히려 작고 날씬한 편이었죠." 에티엔 페리에가 말한다. "그래도 무척 아름다웠어요. 나딘과 잘 아는 사이였던 코코 샤넬 스타일로, 늘 우아했죠." 부자였던 건 맞았다. 아버지가 러시아의 화학자이자 무정부주의자였는데, 혁명 때 쫓겨간 벨기에서 베이킹파우더를 만들어 큰돈을 벌었다고 했다.

나딘 에프롱은 브뤼셀 교외의 부촌 장다름가 55번지에 살았다. 집이라기보다는 넓은 정원으로 둘러싸인 작은 성 같았다. 오스카르 도밍게스가 그곳에 찾아왔다. 하지만 나딘은 수시로 폭발하는 오스카르의 분노와 술주정에 결국 지치고 말았다. "나딘의 남편이 전부 일곱 명이었던 거 알아요?" 잔 페리에가 말했다. 매력적이고 바람기 있는 여자, 아마도 팜파탈이었다는 뜻이다.

에르메스 수첩의 비밀

나딘 에프롱은 딸을 낳고 나서 느지막이 조각가가 되었다. 말하자면 부르주아 여인이 무료한 시간을 채우려고 예술을 시작한 셈이다. 하지만 그녀는 대담했고, 예술계에 인맥이 많았다. 얼마 지나지 않아 브라크의 제자가 되었다. 도라 마르가 생트로페에 갔을 때 나딘은 또다른 스승이던 조각가 앙리 로랑스의 아들과 살고 있었다. 잔 페리에에 따르면 '미국 배우처럼 잘생긴' 남자였다. 그들은 여름마다 원시 상태 그대로인 레살랭 해변 바로 옆, 소나무숲 속 포도밭 한가운데 있는 집을 빌렸다. 생트로페가 바르도*로 인해 유명해지기 전, 아직 요트도 수영장도 없었고, 사람들이 줄여서 '생트롭'이라고 부르기도 전이었다. 그보다 나딘의 집은 모든 분야를 선도하는 돈 많은 보헤미안 예술가들이 격식 없이 손님들을 맞는 분위기였다. 되는대로 가구를 가져다 놓은 듯한 오두막 같은 집은 더없이 멋있었다. 손님들은 그곳에서 세일러 셔츠를 입었고, 해수욕화를 신고 다녔다. 나딘은 몇몇 손님과 손자 들을 위해 직접 요리를 하곤 했다.

그러니까 나딘은 할머니였지만, 여전히 놀랍도록 자유롭고 대담한 방식으로 사는 할머니였다. 잔 페리에는 나딘을 따라 이탈리아의 카라라** 채석장에 대리석을 고르러 갔던 여름을 떠올린다.

---

\* 브리지트 바르도는 열섯살 때 생트로페에서 로제 바딤을 만나 사랑에 빠졌고 이 년 뒤인 1952년에 결혼했다. 오 년 뒤 그녀가 출연한 바딤의 영화 〈그리고 신은 여자를 창조했다〉로 촬영지인 생트로페가 유명해졌다.

나딘은 남자들이 싫어한다며 어떻게든 피부에 탄 자국을 남기지 않으려 했다. 가슴을 내놓은 채 빨간색 무개차를 운전했고, 비상시에 재빨리 가슴을 가리기 위해 에르메스 스카프를 손닿는 곳에 두었다. 그러다 어느 마을에서 자동차가 장례식 행렬 한가운데 끼어 움직이지 못하는 일이 생겼다. "믿기 힘들겠지만 정말이에요." 잔 페리에가 힘주어 말했다. "스카프가 흘러내리지 않도록 양손을 엇갈려 옆구리에 끼운 채 붙잡고 있었죠. 지금도 눈에 선해요. 그때 참 많이 웃었어요."

도라는 생트로페에 머무는 동안 해변을 즐기지 않았다. 우울증 이후 살이 찐 탓에 수영복을 입지 않으려 했다. 나딘이 정자에 함께 남아 대화 상대가 되어주었다. 두 여자는 속내 이야기를 많이 했다. 아마도 도라가 더 많이 했을 것이다. 물론 종교 이야기를 시작하면 나딘은 괴로웠을 테지만, 미술 얘기를 할 때의 도라는 훌륭했다. 도라가 피카소와 함께했던 때의 이야기도 나딘은 몇 시간이고 들어주었다.

나딘은 피카소와도 잘 아는 사이였다. 그가 올가와 살던 시절 브라크의 집에서 처음 만났다. 나딘은 거짓말이나 속임수를 싫어했다. 그래서 도라에게 피카소가 프랑수아즈 질로와 아이들을 데리고 가끔 온다고 솔직히 얘기했다. 어쩌면 나딘은 도라가 옛 연인의

***

** 이탈리아 토스카나의 도시로, 고대 로마시대부터 건축과 가구에 사용되어온 흰색 카라라 대리석의 산지이다.

생활 반경 안에 머물고 싶어한다는 사실을, 마치 절대로 완전히 끊을 수 없는 관계로 이어진 듯 계속 그의 이야기를 듣고 그를 아는 사람들과 교류하고 싶어한다는 사실을 알아차렸을지도 모른다.

나딘은 손님들을 즐겨 초대했고, 손님들이 와도 격식을 차리지 않았다. 혼자 조용히 레살랭 해변에 누워 일광욕하는 시간도 좋아했다. 당연히 탄 자국이 남지 않도록 옷은 다 벗어버렸다! 때로 그렇게 모래언덕에서 일광욕을 하다가 헌병한테 적발되기도 했다. 지어낸 얘기가 아니라 정말 그랬다. 매번 루이 드 퓌네스*가 등장할 법한 똑같은 촌극이 벌어졌다. 주소를 대라고 하면 나딘은 벗은 채로 미소를 지으며 "장다름**가 55번지"라고 대답했고, 헌병들은 화를 냈다. 그들은 나딘이 장난을 치고 있다고 생각했다. 이름도 에프롱이라니, 뻔뻔스러운 여자가 틀림없지 않은가.***

에티엔 페리에가 파리에서 찍은 나딘 에프롱의 사진을 찾았다며 보내온다. 길을 가다 마주쳐도 돌아볼 정도는 아니다. 나딘은 치장을 많이 하지도 도발적이지도 않았다. 화장을 안 했거나 하더라도 아주 조금 했고, 꽤 짧은 웨이브 머리는 아무렇게나 뒤로 늘어뜨렸고, 단추를 거의 끝까지 채운 얌전한 블라우스 위에 남성용

---

\* 코미디영화 〈생트로페의 헌병〉에서 주인공 역할을 한 배우.
\*\* 프랑스어로 '헌병'을 뜻한다.
\*\*\* 에프롱이라는 이름은 프랑스어로 '부끄러움을 모르는 여자' '뻔뻔한 여자'를 뜻하는 '에프롱테(effrontée)'를 연상시킨다.

재킷을 걸친 모습이다. 하지만 도라보다 여섯 살 더 많은 쉰 살이라는 나이에도 나딘 에프롱에게서는 믿기 힘든 관능미가 풍긴다. 자연스러우면서도 강렬한 매력이다. 레리스라면 '변장하지 않은' 여자라고 말했으리라. 사실 사진은 필요 없었다. 나딘 에프롱은 내가 상상한 모습과 똑같았다.

# 펜로즈

Penrose
Farley Farm
Chiddingly Sussex
Chi 308

펜로즈. 영국의 초현실주의 화가이자 시인인 롤런드 펜로즈다. 피카소의 친구 중 도라가 피카소와 결별한 뒤에도 오랫동안 그녀와 관계를 이어간 사람이다.

1937년 여름, 펜로즈는 새 연인이 된 미국인 사진작가 리 밀러와 함께 무쟁의 바스트 오리종에 있었다. 피카소가 아를 전통의상을 입은 리 밀러의 초상화를 여러 장 그렸다. 반 고흐를 염두에 두었을 테고,* 무엇보다 팜파탈의 전형인 리 밀러 앞에서 비제의 오페라를 떠올렸을 것이다.**

---

\* 아를에 머물던 반 고흐는 자주 다니던 카페의 주인을 모델로 〈아를의 여인〉을 그렸다.

\*\* 알퐁스 도데의 소설을 바탕으로 한 비제의 관현악 모음곡 〈아를의 여인〉을

실제로 리 밀러는 그 누구도 저항할 수 없을 만큼 아름답고 눈부신 금발 여인이었다. 『보그』지의 모델이자 재능 있는 사진작가, 제멋대로이고 개방적이고 절대적인 성적 자유를 누리는 여자였다. 무쟁에 왔을 때 겨우 서른 살이었지만 이미 만 레이의 연인으로 그와 함께 솔라리제이션***을 창안했고, 그뒤에도 열 명이 넘는 연인을 거쳐 이집트의 백만장자와 결혼했다가 파리로 돌아와 펜로즈와 사랑에 빠졌다.

도라는 본능적으로 리 밀러를 경계했다. 그녀는 도라처럼 사진작가였다. 하지만 너무 아름답고 너무 자유롭고 너무 위험한 여자였다. 심지어 술에 취해 거리낌없이 피카소의 품에 안기기까지 했다. 리 밀러에게 성과 사랑은 별개였다.

리 밀러는 도라의 사진을 많이 찍었다. 도라에게 관심을 가졌다는 뜻이다. 심지어 도라가 미소 짓는 장면까지 포착했다! 하지만 두 여자가 같이 찍힌 사진은 한 장뿐이다. 피카소가 자기 차 앞에 서 있고 양쪽에 두 여자가 있는 사진이다. 한 여자는 미소 짓고 있지만 다른 여자는 아니다. 도라는 어서 피카소와 단둘이 남기를 기다렸을 것이다. 다시금 난리를 칠 테고, 그러고 나면 늘 먼저 사과하는 전갈을 보냈다.

말한다.
*** 사진 인화 도중에 일시적으로 빛에 노출시켜 명암의 반전 효과를 얻는 기법.

무쟁에 모여 '행복한 가족'을 이루던 친구들은 전쟁과 함께 뿔뿔이 흩어졌다. 롤런드와 리는 영국으로 돌아갔다. 롤런드는 영국 군에서 위장술 전문가가 되었고, 밀러는 『보그』지의 사진을 찍었다. 하지만 그토록 엄중한 시절에 패션 사진은 하찮기만 했다. 리 밀러는 연합군이 상륙할 즈음 종군기자 허가를 얻었다. 그녀는 교전 지역까지 들어간 유일한 여성 기자였다. 그리고 파리가 해방된 1944년 8월에는 군복 차림으로 피카소를 찾아왔다. 그 모습에 반한 피카소는 마치 리 밀러가 파리를 해방하기라도 한 것처럼 경탄했다. 그런데 조금도 변하지 않고 그대로인 피카소와 달리, 도라는 그림자밖에 남지 않은 모습이었다. 진이 빠진 사람처럼 눈가가 거무스레했고, 어둡고, 말이 없었다. 그러다가도 이따금씩 당장 폭발할 기세였다. 해방의 소용돌이 속에서 두 여자 사이에 별다른 교류는 없었다. 리 밀러는 그곳이 자기가 있어야 할 자리가 아님을 깨닫고 미군을 따라 다시 전장으로 떠나갔다.

다하우와 부헨발트에서 인간으로서 차마 보기 힘든 장면들을 처음 촬영한 기자들 중에 리 밀러도 있었다. 같이 있던 남자들, 군인들이 무너졌다. 리 밀러는 버텨내는 듯 보였지만, 저녁이면 낮에 본 장면을 잊기 위해 술을 마셨다. 히틀러의 자살 소식이 전해졌을 때 공교롭게도 그녀는 동료 사진기자와 함께 히틀러가 뮌헨에서 사용하던 아파트에 묵고 있었다. 리 밀러가 히틀러의 욕조에서 목욕하는 모습을 동료가 사진으로 남기기로 했다. 그렇게 총통

의 욕조에 나신으로 앉아 있는 리 밀러와 욕조 앞 타일 위에 놓인
그녀의 더러운 군화가 사진에 담겼다. 좀더 도발적인 연출을 위해
욕조의 수도꼭지 왼쪽에 히틀러의 사진을 가져다 놓기까지 했다.
초현실주의적인 순간, 보는 이를 아연실색하게 만드는 사진이다.
하지만 당사자들조차 자신들의 연출을 즐기지 못한 것 같다. 이미
지옥을 본 사람들에게는 승리마저도 끔찍한 절망이었으리라.

전쟁이 끝나도 우울감은 가시지 않았다. 오늘날이라면 외상후
스트레스증후군이라고 했을 테지만, 당시에는 그냥 '시간이 지나
면 괜찮아진다'고 믿었다. 하지만 롤런드와 결혼을 해도, 초현실
주의자 친구들이 매일 집에 모여도, 심지어 아들 앤서니가 태어나
도 그녀의 상태는 괜찮아지지 않았다. 아름다운 리 밀러는 술과
우울증에 빠져 시들어갔다.

펜로즈 부부는 1950년대에 파리에 올 때면 도라를 초대했고, 영
국의 집에도 최소한 세 차례 도라를 초대했다. 도라의 수첩에 적
힌 주소가 말해주듯, 그들은 영국 시골의 외딴 농장에서 살았다.

그다지 친한 사이가 아니었던 도라와 밀러는 고통의 경험을 통
해 가까워졌다. 롤런드가 자리에 있으면 주로 그림이나 피카소가
화제에 올랐지만, 아들 앤서니의 증언대로 두 여자는 부엌에 단둘
이 있을 때가 많았다. 그러면 전쟁에 대해, 자신들이 겪은 고통에
대해, 남자와 술에 대해, 정신분석에 대해, 혹은 신에 대해 이야기
했다. 리는 무신론자였지만 도라가 미사에 참석하고 싶어하면 열

심히 성당을 알아보고 차에 태워 데려다주었다. 앤서니는 도라가 풍기던 엄청난 슬픔의 분위기도 기억하고 있다. "만일 내가 도라를 그린다면, 엄숙함에 짓눌린 머리 위로 검은 구름이 내려앉은 모습일 겁니다." 도라가 롤런드 부부의 농장에서 지내는 동안 그린 크로키 몇 점이 남아 있다. 풍경화 몇 점과 점묘법을 사용한 리밀러의 초상화는 펜로즈 부부에게 선물로 주고 왔다.

펜로즈를 비롯한 친구들은 도라의 뒤에서 그녀가 신비주의적 종교에 심취한 것을 한탄했지만, 그러면서도 선택을 존중한다고, 뛰어난 재능을 인정한다고들 했다. 하지만 도라는 그들이 자기를 심판할 뿐 이해하지 못한다고 생각했고, 심지어 리 밀러와의 사이에도 단절감을 느끼기 시작했다. 도라는 "좌파 초현실주의자들에게 더이상 할 말이 없었다".[80]

1958년 도라가 레스터 갤러리에서 열린 전시회 때문에 다시 런던에 갔을 때, 리 밀러와 롤런드 펜로즈도 개막일 행사에 참석했다. 이 년 뒤 롤런드 펜로즈는 런던의 테이트 갤러리에서 기획한 피카소 회고전을 위해 도라가 가지고 있던 피카소의 그림 몇 점을 빌려왔다. 그런데 전시회가 연장된 상태에서 돌연 도라가 보험 문제 때문에 안 된다는 어설픈 이유를 내세우며 그림을 돌려달라고 요구했다. 펜로즈 부부는 놀라서 도라의 정신상태를 염려했지만, 사실 그보다는 막 출간된 펜로즈의 피카소 전기에 적힌 몇 구절이 그녀를 불쾌하게 했을 확률이 더 크다.[81] 펜로즈는 분명 세심하게

주의를 기울였을 테지만, 도라는 나날이 더 상처받기 쉬운 사람이
되어갔다.

결국 도라는 펜로즈 부부와도 점차 멀어졌고, 그들의 편지와 전
화도 무시했다. 1966년 펜로즈가 영국 여왕에게 귀족 작위를 받
았다는 소식을 듣고 축하인사를 보낸 게 전부였다.

리 밀러는 요리에 취미를 붙이면서 삶의 의욕을 되찾았다. 누구
나 자기만의 강박으로 자기만의 세계를 만드는 법이다. 리 밀러는
1977년에 암으로 사망했다. 펜로즈도 칠 년 뒤에 세상을 떠났다.

에르메스 수첩의 비밀

# 사로트

Sarraute

Kle 9383

나탈리 사로트와 도라 마르⋯⋯ "물론 서로 아는 사이였을 거예요." 클로드 사로트가 나지막하게 말한다. "하지만 기억나는 게 없네요. 알다시피 난 아흔 살이 넘었답니다." 그렇다면 누가 기억하고 있을까? 클로드의 어머니 작가 나탈리 사로트의 보존 자료는 국립도서관에 보관되어 있고, 자료 목록에 도라가 보낸 편지도 나온다. 하지만 애석하게도 아스토르가 29번지의 슈발리에 씨에게 보내는 봉투에는 우표도 소인도 없다. 안에 들어 있는 편지 역시 날짜가 적히지 않은 추천서일 뿐이다.

"사진작가 안 사로트를 추천합니다. 이미 사진 분야에서 경력을 쌓았으며, 자신의 일을 아주 좋아합니다. 도와주시길 부탁드립니다. 조만간 만날 수 있기를 기다리며, 감사합니다. 도라 마르."

좀더 내밀하고 열정적인 내용을 기대한 나로서는 아쉬웠지만, 어쨌든 이 편지는 사로트가 자기 딸의 일자리를 구하기 위해 도움을 청할 만큼 도라와 가까운 사이였음을 말해준다. "그래…… 그렇겠네."* 나탈리 사로트라면 이렇게 말했으리라. 다시 말하면 이런 뜻이다. "이제부터 네가 알아서 빈자리를 채워봐."

우선 인물들부터 등장시켜보자. 진짜 친한 친구들 사이에서는 '나타샤'라 불리던 나탈리 사로트는 도라보다 몇 살 연상이었다. 러시아의 유복하고 교양 있는 유대인 가정에서 태어났고 파리에서 변호사로 일했다. 반유대인 법률** 때문에 더이상 변호사 일을 할 수 없게 되자 문학에서 새로운 길을 찾았다. 처음에는 힘들었다. 초기 작품들은 사르트르가 써준 서문에도 불구하고 거의 호응을 얻지 못했다.***

도라가 추천서를 써준 딸 안 사로트는 이후 기자로 활동하게 되는 언니 클로드 사로트보다 삼 년 뒤인 1930년에 태어났다. 일자리를 구할 만한 나이였음을 감안하면, 이 추천서는 도라가 수첩을

---

* "C'est bien…… ça." 나탈리 사로트의 희곡 「이유 없는 갈등」에 나오는 대사로, 인물들의 갈등 속에서 어조에 따라 문장의 의미가 달라진다.
** 비시정부는 유대인의 사회활동, 특히 사법부와 경찰, 교육, 언론 등의 분야에서의 활동을 제한하는 일련의 법률을 제정했다.
*** 나탈리 사로트가 1939년에 처음 발표한 『트로피즘』은 사르트르와 막스 자코브 등 극소수의 호평 외에는 거의 알려지지 않았고, 이어 사르트르가 서문을 쓴 『미지인의 초상』도 실패했다. 이후 1957년 『트로피즘』의 내용을 수정해 재발간하면서 작가 사로트의 이름이 알려지기 시작했다.

　　　　　　　　　　　　　　　　에르메스 수첩의 비밀

사용하던 1951년쯤 작성되었을 가능성이 높다. 도라가 자신의 날개 아래 또 한 아이를 품은 것이다. 더구나 자기가 처음 사진작가라는 직업에 발을 들여놓던 때와 같은 나이에 똑같이 사진작가가 되려고 하는 아이였으니 더욱 마음이 가지 않았을까? 그 아이의 대모 노릇을 하려고 나섰을 수도 있다! 하지만 안 사로트는 이미 사망했다. 또 누가 기억하고 있을까?

나는 다시 자료를 뒤져본다. 국립도서관에 나탈리 사로트의 비망록들도 보관되어 있다. 1951년의 것은 아쉽게도 분실되었지만, 1952년의 비망록에는 도라와의 약속이 몇 번 적혀 있다. 1월 어느 날은 저녁 8시에 만났고, 2월에는 사로트가 피에르프르미에 드세르비 대로의 자기 집으로 도라를 초대했다. 3월에는 피카소의 조카인 화가 자비에 빌라토의 집에서 함께 저녁식사를 했다. 그들이 자주 점심을 먹던 식당 이름 카탈랑만 적혀 있는 경우도 있다. 그러다가 1952년 4월 이후로는 도라도 카탈랑도 더이상 찾을 수 없다.

다음번 비망록은 1955년 것이다. 그해에는 피카소와 막 헤어진 프랑수아즈 질로의 이름이 몇 번 등장한다. 도라는 한 번도 나오지 않는다.

도라 마르의 삶에서 나탈리 사로트가 어떤 자리를 차지했는지 말하기에는 알아낸 내용이 너무 부족하다.

집안에 책들이 쌓여간다. 나는 전기, 전쟁 일기, 서한집 등을 닥치는 대로 읽어가며 삶의 한순간, 역사의 한 단편을 추려내려 애쓴다. 집안에 쌓여가는 책들과 유령들을 쫓아다니는 나의 고집 때문에 T. D.가 힘들어하기 시작한다. 마침내 작곡가 네드 로럼의 회고록에 도라와 나탈리가 나타난다. 1952년의 이야기다. 당시 이 젊은 미국인 청년에게 반해 있던 마리로르 드 노아유가 언제나처럼 카탈랑의 점심심사 자리에 그를 데리고 갔다. 옆자리에 나탈리 사로트와 도라 마르가 앉아서 대화에 몰두중이었고, 이들은 식사가 끝난 뒤에 합석했다. 네드 로럼의 결론 속에 핵심적인 내용이 들어 있다. "사로트는 내가 이미 도라를 통해 알고 있던 모습 그대로였다. 그녀는 환상 같은 것을 품지 않고 부지런히 일하는 합리적인 좌파 예술가였고, 오늘날의 페미니스트 투사들 못지않게 경박한 애정을 경멸했다."

두 여자는 그가 생각했던 것만큼 서로 닮지는 않았지만, 근엄한 자태나 타협 없는 고집만큼은 똑같았다. 사로트가 좀더 중성적이었다. 머리가 짧고, 스카프를 남자들 목도리처럼 목에 둘렀다. 도라는 여전히 손톱에 매니큐어를 칠하고 멋을 부렸지만 머리는 묶어 틀어올리고 남편을 잃은 여자처럼 검은 옷을 입었다. 두 여자 모두 누군가 이야기를 하는 동안 동의할 수 없다는 듯 말없이 쳐다보는 눈길이 똑같이 위압적이었다.

네드 로럼이 보기에 도라와 사로트는 상당히 친한 사이였고, 무언가를 공모하는 것 같았다. 하지만 그것이 그들의 마지막 만남이

에르메스 수첩의 비밀

었다. 몇 년 뒤 나탈리 사로트는 네드 로럼에게 카탈랑에서 같이 점심을 먹은 그날 이후 도라를 보지 못했다고 말했다. 멀어지게 된 이유에 대해서는 말하지 않았다. 도라는 때로 이성을 잃었다. 나탈리는 더없이 냉정한 사람이었다. 나탈리가 도라의 생각에 회의를 품게 되었을 수도 있고, 어쩌면 지쳐서 관계를 끊었을지도 모른다.

그때까지만 해도 도라가 반유대주의적인 말을 내뱉지는 않았을 테지만, 기독교 신앙을 강권하는 것만으로도 나탈리는 분명 버티기 힘들었을 것이다.

# 뒤부셰

Du Bouchet
Lamartine 9301
41 r. des Martyrs 9$^e$

도라 마르에게 시인 앙드레 뒤부셰를 소개해준 사람은 나탈리 사로트였다. 뒤부셰는 도라가 전년도 수첩에서 새 수첩으로 옮겨 적은 이름이 아니다. 마르샹처럼 1951년에, 새 수첩을 사용한 지 적어도 몇 주는 지난 뒤에야 알게 된 인맥 혹은 새 친구였다. 도라는 앙드레의 이름을 B에 적을까 D에 적을까 망설이다가* 결국 B에 적었다. 밤색 잉크로 다른 이름들보다 크게 적었고, 미련이 남은 듯 연필로 'du'를 덧붙였다. 귀족을 나타내는 그 소사가 마음에 들었기 때문이다.

---

* 프랑스 귀족들의 이름에는 전통적으로 영지의 소유를 나타내는 소사 '드(de)'가 들어 있다. 뒤 부셰의 '뒤(du)'는 그 de와 관사 '르(le)'가 합쳐진 말로, 이 경우 무엇을 이름의 첫 글자로 보아야 할지 애매할 수 있다.

에르메스 수첩의 비밀

두 사람이 알게 되었을 때 도라는 마흔네 살이었고 앙드레 뒤부셰는 도라보다 스무 살이 어렸다. 그러니까 아들뻘이었다. 뒤부셰는 반유대인 법률이 공표될 때 부모를 따라 미국에 갔다가 막 돌아온 터였다. 그의 아버지는 뒤부셰라는 이름에서 드러나듯 프랑스계 미국인이었지만, 나타샤라 불리던 어머니는 사로트와 마찬가지로 러시아의 유대인 가정에서 태어났기 때문이다.

1951년이면 뒤부셰는 첫 시집을 내기 전 도서관 사서로 일하던 시기다. 마르티르가 41번지에서 아내 티나 졸라스와 살았고, 딸 폴 뒤부셰가 막 태어난 참이었다.

폴 뒤부셰를 만나기가 쉽지 않다. 열 번 넘게 메시지를 보내고, 호의적이기는 해도 급하게 끝내버린 통화가 몇 차례 이어지고, 약속 날짜가 한두 번 연기된다. 그녀는 자기가 해줄 말이 없을 거라고 강조한 뒤에야 마침내 카페 에스페랑스에서 만나자고 한다. 희망*보다는 인내라는 이름의 카페가 어울릴 텐데.

하지만 도라 마르라는 이름을 듣고 폴 뒤부셰가 떠올린 첫 추억만으로도 내 고집이 옳았음이 확인된다. 그녀가 태어난 해이자 수첩의 해인 1951년, 도라가 폴의 대모가 되기로 한 것이다.

자기가 보기엔 대수롭지 않은 사실에 내가 큰 의미를 부여하자 폴 뒤부셰는 당황한 기색이다. 누군가 관심을 가질 만한 일이라고

---

* 카페 이름인 에스페랑스는 프랑스어로 '희망'을 뜻한다.

한 번도 생각해보지 않았고, 하물며 도라가 실제로 대모 역할을 한 것도 아니었다. 앙드레와 티나 부부는 종교에 전혀 관심이 없었고 딸의 세례도 거부했다. 도라 역시 폴에게 관심을 쏟지는 않았다. 그럼에도 불구하고 폴 뒤부셰는 어디엔가 자기 요람을 내려다보는 요정과도 같은 대모가 있다고 생각하며 자라나지 않았을까? 물론 도라가 대모를 자처하고 나선 아이가 또 있다는 사실은 알지 못했을 테지만 말이다. 폴 뒤부셰는 브리지트 랑바 이후 도라가 대모가 되기로 한 두번째 아이였다. 어쨌든 폴이 태어나고 오 년 뒤에 젊은 어머니 티나는 시인 르네 샤르와 열정적인 사랑에 빠졌고, 결국 모든 것을 버리고 떠나버렸다. 남편도 자식도 파리도……[82]

도라가 나서지 않을 수 없었다. 그녀는 나이가 스무 살이나 더 많은 남자한테 가느라 가족을 버린 티나를 이해할 수 없었다. 도라의 수첩에는 르네 샤르의 이름이 없고, 르네 샤르 역시 도라를 무척 싫어했다. 무엇보다 도라는 과거의 자기처럼 고통스러워하는, 어쩌면 자기 안에도 여전히 남아 있을 괴로움으로 내면이 황폐해진 앙드레 때문에 힘들었다. "고통은 논리적으로 따질 수 있는 것이 아님을 깨달았다."[83] 앙드레의 말은 도라가 하고 싶은 말이기도 했다. 도라는 자기가 아무리 고통스러워해도 피카소가 돌아오지 않았듯 티나 또한 돌아오지 않을 것임을 알았다.

도라와 앙드레는 시를 통해서도 가까워졌다. 나는 도라에게 시가 얼마나 중요했는지 간과하고 있었음을 깨닫는다. 도라의 수첩에는 시인이 다섯 명 등장한다. 엘뤼아르, 퐁주, 피에르 장 주브, 테오 레제, 뒤부셰. 소설가는 한 명도 없다. 시를 사랑한다는 것은 내면의 삶에 자리잡은, 말로 옮길 수 없는 것에 다가간다는 뜻이다. 시를 사랑한다는 것은 이미지와 감정에 자신을 내맡길 수 있다는 뜻이고, 말의 음악을 들을 수 있다는 뜻이다. 때로는 이해하지 못하면서도 그저 느끼는 것만으로 사랑할 수 있다는 뜻이다. 앙드레 뒤부셰의 언어는 엄격하고 간결하면서도 우수에 젖어 있으며 관조적이다. 단어 사이에 주어지는 침묵 같고 호흡 같은, 혹은 명상 같은 여백이 운율을 만들어낸다.

산
무無에 가까운
산
우리는 오른다
녹청색의 산[84]

도라는 한때 자동기술법으로 시를 써보도록 피카소를 격려했듯이 앙드레를 북돋워주었다. 도라 자신도 고통스러울 때면 더욱 시를 써왔다. 1956년에 그녀는 앙드레 뒤부셰의 시집 『산속의 땅』에 들어갈 에칭화 네 점을 그려주었다.

이 년 후, 앙드레는 피카소가 그랬듯 도라의 집에서 가까운 그랑오귀스탱가로 거처를 옮겼다. 폴 뒤부셰는 그 집에서 도라와 마주친 적이 있는지 기억하지 못한다. 하지만 도라가 나서서 다 챙겼을 가능성이 크다. 어쩌면 그 옛날 피카소의 아틀리에를 구할 때처럼 뒤부셰의 아파트도 직접 구했을지 모른다. 메네르브에 내려가 있을 때도 도라는 뒤부셰가 드롬*에 올 때마다 만났다. 그리고 두 사람이 경탄하며 좋아하던 '산, 먼 수평선' 속을 함께 거닐었다. 앙드레는 수첩을 들고 걸어가면서 무언가를 썼고, 도라는 모빌레트에 이젤을 싣고 갔다.

1958년 이후로 도라는 거의 모든 친구들에게 더이상 편지나 전화를 하지 말라고, 앞으로는 아무한테도 답장하지 않겠다고 통고했다. 하지만 앙드레 뒤부셰와는 계속 연락했다. "그녀는 칩거 생활을 시작한 후로 몇 안 되는 친구와만 계속 연락했는데, 내가 그중 하나였다. 다른 이들과는 미련 없이 관계를 끊었다. 어차피 그들이 주는 것은 거리를 둔 채 즐기는 재미뿐이었다. 끔찍한 사람들. 특히 마리로르 드 노아유가 그랬다. 도라는 그들 누구보다 훌륭하고 똑똑하며 강인한 사람이었다. 거칠고 순수한 여인이랄까. 내가 도라와 만나던 시기는 그녀가 마음속에서 피카소를 지우려고 애쓰던 때였다. 그 시기의 도라는 무한한 에너지를 지니고 있

* 프랑스 남동부 오베르뉴론알프에 속한 지역.

에르메스 수첩의 비밀

었고, 심지어 종교에 대해 말할 때도 유머감각이 빛났다."[85]

'거칠고 순수하고 똑똑하고 강인한' 사람…… 앙드레 뒤부셰가 선택한 단어들은 이따금 도라가 지나치게 혹은 비이성적으로 흥분하는 순간을 배제하지 못한다. 하지만 그녀가 올곧고 섬세한 사람이었음을, 타협을 모르는, 이따금 이상한 행동을 하지만 '아무것도 요구하지 않는 이들에게는 더없이 관대'했음을 말해준다.

앙드레 뒤부셰의 편지들은 도라의 보존 자료 중에서 가장 아름답다. 그는 도라에게 보고 싶다고, "흙을 밟으며 달빛 아래 혼자 걷는 길이 외롭다"고 말한다. 때로는 〈르 몽드〉에서 읽은 기사나 충격적인 뉴스에 대한 자기 생각을 이야기하기도 한다. 둘 사이에 반유대주의라는 주제는 단 한 번도 나오지 않았다. 만일 그랬다면 유대인 어머니를 가진 뒤부셰가 견디지 못했을 것이다. 그들은 삶에 대해, 그림에 대해, 혹은 신에 대해 긴 대화를 나누었고, 때로는 상대에게 연락이 없어도 신경쓰이지 않을 만큼 진심으로 서로를 잘 아는 이들 사이에서나 가능한 평화로운 침묵이 이어지기도 했다. 나는 뒤부셰를 통해 비로소 도라를 사랑하기 시작한다.

1973년 여름, 피카소가 죽고 몇 주 뒤에 앙드레 뒤부셰는 딸을 데리고 도라를 찾아왔다. 도라가 걱정되었을 것이다. 도라는 일흔다섯 살이었다. 더이상 멋을 내지 않았고 반백의 머리도 짧게 잘랐다. 그녀는 생각보다 잘 지내는 것 같았다. 도라는 뒤부셰 부녀를 반갑게 맞이했고, 특히 폴 뒤부셰에게 관심을 쏟으면서 어떤 공부를 하는지, 어떤 계획을 가지고 있는지 물었다. 자신이 그 아이의 대모가 되려 했었다는 사실을 잊지 않고 있었으리라.

그해 늦여름에 앙드레 뒤부셰가 다시 메네르브를 찾아왔다. 그때는 새 아내와 함께였다. 도라도 아주 잘 아는 젊은 여자, 니콜라드 스탈의 딸 안 드 스탈이었다.

# 스탈

Staël
7 r. Gauguet
Gob 9624

1951년, 니콜라 드 스탈*은 아직 메네르브로 이사 오기 전이었다. 이 러시아 출신의 화가는 새 아내와 자식 넷을 데리고 파리 몽수리 공원 근처 고게가의 막다른 조용한 골목에 살고 있었다.

도라는 니콜라의 그림을 보러 가기 위해 수첩에 그의 주소와 전화번호를 적어두었다. 니콜라의 새 아틀리에는 훌륭했다. 그가 오랫동안 살았던 '난쟁이 다락방'과는 달랐다. 층고가 8미터나 되어 니콜라의 큰 키와 역시 큰 그림들에 어울리는 곳이었다. 그의 그

---

\* 스탈-홀스타인가의 방계 후손으로 러시아에서 태어난 스탈은 혁명 때 가족이 폴란드로 강제이주 된 후 여러 곳을 떠돌았다. 1943년 파리에 정착했지만, 화가이던 첫 아내 자닌 기유는 전시의 물자 부족과 가난으로 고생하다가 사망했다.

림들은 색채가 터져나올 듯 분방하고, 질감과 에너지가 넘쳐흘렀다. 도라가 보기에 니콜라의 새 그림들이 전쟁 동안 그린 것들보다 훨씬 좋았다. 전쟁 동안 도라와 니콜라가 속했던 세상은 서로 달랐지만, 둘 다 잔 뷔셰라는 같은 화상과 거래했다. 당시 니콜라는 빈털터리 화가였고, 도라는 사교계의 명사였다. 피카소를 향한 찬미는 똑같았다. 니콜라는 오로지 추상만을 신뢰하고 도라는 구상만을 믿던 때였다.

1951년에 니콜라는 형편이 조금 나아진 반면, 도라는 피카소의 공식 연인이라는 지위를 잃었다. 추상과 구상에 관한 두 화가의 생각은 접점을 찾았다. 그들은 거의 동등한 입장에서 대화를 할 수 있었다. 하지만 서로를 더 잘 알게 되기까지는 서너 해를 더 기다려야 했다.

1953년 뉴욕에서 열린 스탈의 첫 전시회가 성공을 거두면서 그의 그림값이 치솟았다. 마침내 그는 프로방스에 집을 마련할 수 있게 되었다. "드디어 내 꿈을 이루었어!" 그가 말하는 꿈의 배경은 바로 도라가 사는 메네르브였다. 스탈은 조금 외진 곳에 위치한 16세기의 성을 찾았다. 도라도 잘 아는, 발튀스에게 사라고 권한 적도 있는 작은 요새 성이었다. 가족과 함께 그곳에 자리잡은 니콜라는 도라와 가까운 이웃으로 지냈다. 그가 예고 없이 찾아올 때도 많았다. 반대로 도라가 모빌레트를 타고 니콜라의 집에 가서 점심식사를 하기도 했다. 두 화가는 그림에 대해 몇 시간이고 대화를 나눌 수 있었고, 예술가의 역할에 대한 확고한 의견을 공유했다. 둘이서 니콜라의 밴을 타고 더글러스 쿠퍼의 집에 저녁을 먹으러 가기도 했다.

하지만 니콜라는 사실상 도라의 그림에 별다른 관심을 갖지 않았다. 친구들과 화상들에게 수많은 편지를 쓰면서도 메네르브에 사는 또다른 화가 도라 마르의 이야기를 꺼낸 적이 없었다. 도라가 그린 풍경화도 눈여겨보지 않았다. 화가 난 도라도 똑같이 그를 무시했다. 사람들에게 "스탈은 프로방스를 전혀 이해하지 못하고 메네르브의 그 무엇도 누리지 못한다"고, 혹은 "시간이 가면 그의 그림이 얼마나 피상적인지 모두 알게 될 것"[86]이라고 험담을 했다.

어쨌든 스탈은 메네르브에 오래 머물지 않았다. 몇 달 뒤 그는 시인 르네 샤르의 소개로 만난 젊은 유부녀에게 마음을 빼앗겼다. 하지만 여자는 앙티브까지 따라간 스탈 대신 남편을 선택했고, 마흔한 살의 스탈은 투신자살했다. 수천 점의 그림, 갑자기 남편을 잃은 여자, 그리고 아버지를 여읜 아이 넷이 남았다.

뒤부셰 때도 그랬듯이 도라는 니콜라 가족의 비극을 바로 곁에서 지켜보았고, 젊은 과부가 된 니콜라의 아내를 도우려 나섰다. 기독교적인 이웃 사랑이었을까? 비극적 사건에 자기도 모르게 끌렸던 걸까? 도라는 특히 니콜라와 첫 아내 사이에 태어난 맏딸 안드 스탈을 챙겼다.

당시 열네 살이던 안은 아버지의 자살에 의붓동생들보다 훨씬 더 큰 상처를 받았다. 도라가 스스로 안의 대모라고 말했다는 얘기도 있지만, 안 드 스탈에 따르면 도라가 그녀에게 큰일을 해준 것은 맞지만 대모 이야기는 사실이 아니었다. 도라와 안은 수많은 이야기를 나누었다. 도라는 안에게 조언을 해주었고, 안이 쓴 시를 읽고는 계속 써보라고 북돋워주었다. 모델이 될 어른 여성을 찾던 안은 자신은 없지만 혹시라도 자기가 무사히 자라서 어른이 될 수 있다면 도라처럼 되고 싶다고 말했다.[87]

도라가 정말 화를 잘 냈을까? "성격이 강했으니까요. 다들 도라에 대해 갈피를 잡지 못했죠. 사실 도라는 굉장히 교양 있는 사람이었어요. 도라의 그림에는 뭔가 부드럽고 자유로우며 틀에 묶이지 않은 특성이 있죠. 하지만 그것들을 드러내고 자랑한 적은 없었어요."[88]

자기가 사랑하는 안 드 스탈이 역시 자기가 가장 사랑하는 친구 앙드레 뒤부셰의 연인이 되자 도라는 더없이 행복했다. 나는 어쩌면 도라가 두 사람을 이어준 게 아닐까 상상해본다. 하지만 그러지는 않았던 것 같다. 어쨌든 도라는 이들의 결합을 무척 기뻐했다.

그러나 1973년에 도라는 안과 앙드레 커플과도 연락을 끊었다. 피카소가 죽은 해였다. 도라의 아버지도 사 년 전에 세상을 떠났다. 그녀로서는 삶의 좌표를 잃은 셈이었다. 아버지와 좌표⋯⋯* 라캉이라면 미소를 지었으리라. 마지막 다리마저 끊어버린 도라

에르메스 수첩의 비밀

는 그뒤로 혼자 갇혀서 유령들하고만 지냈다. 그동안 그녀를 지켜주던 난간마저 사라져버린 터였다.

이후에도 앙드레 뒤부셰는 파리에서 도라의 집 가까운 곳에 살았지만 더는 길에서 도라와 마주치지 못했다. 그래도 누군가 도라에 대해 물어볼 때마다 그녀의 벗이어서 행복했다고 말하곤 했다.

* 프랑스어로 아버지(père)와 좌표(repère)는 형태가 유사하다.

# 셰당

Shedan

Dan 9767-4781

셰당은 마지막에야 확인된 이름들 중 하나다. 이번에도 고유명 사 철자가 틀렸을지 모른다고 생각하며 비슷한 이름들을 모두 확 인했다. Shetan, Shitan, Seredan, Sheridan…… 레바논 출신의 위대한 극작가이자 시인인 조르주 셰아데일 가능성이 제일 커 보 였다. 그해 셰아데의 〈보블 씨〉가 파리 위셰트 극장에서 상연되었 고 그 공연의 무대장식과 의상을 도라가 맡았기 때문이다. 연출가 조르주 비탈리의 이름도 도라의 수첩에 적혀 있었다. 정말로 셰아 데일까?

도라는 처음 해보는 연극 일에 신이 났을 테고, 〈보블 씨〉의 시 적이고 몽환적이고 신비적인 이야기에도 끌렸을 것이다. 도라가 만든 무대 모형이 아직 남아 있다. 석회를 칠한 하얀 벽에 첨두아

치형 문 두 개가 달린 작은 방이 흡사 성당의 제의실 같다.

도라가 〈보블 씨〉의 원작자인 셰아데와 만난 적이 있는 것은 분명하다. 심지어 도라의 서가에 "도라 마르에게, 조르주 셰아데가 찬탄을 담아 드림"이라는 헌사가 적힌 타이핑 원고도 꽂혀 있었다. 하지만 셰아데의 삶과 작품에 관해 좀더 알아보니, 그는 파리 16구에 살았다. 그렇다면 지역번호가 Dan일 수 없다. Dan은 6구의 전화번호였다.

마리로르 드 노아유의 전기를 다시 뒤져보니 "속내를 터놓을 수 있는 섬세한 사람이자 늘 고난을 겪는 이"[89]로 묘사된 셰르방 시데리가 나온다. 셰르방 시데리가 틀림없다!

그러니까 셰당이 아니라 셰르방이었다. 셰르방 시데리는 책과 시나리오를 썼고 작사도 하고 번역도 했다. 그는 부쿠레슈티에서 태어났지만 루마니아의 상류층답게 집에서 프랑스어를 썼다. 『소피의 불행』*을 읽으며 프랑스어를 익힌 그는 1930년대에 처음 파리에 와 소르본 대학에서 유학했다. 동성애자이던 청년 셰르방은 미술과 문학에 심취했고 파리의 남성 전용 카바레에서 신나게 즐겼다. '르 뵈프 쉬르 르 투아'**에서는 콕토의 테이블에 앉기도 했다. 파리는 축제였다!***

---

* 1958년 세귀르 공작부인이 쓴 아동용 소설.
** 1922년 파리 8구에 문을 연 카바레로, '지붕 위의 황소'라는 뜻이다. 양차 세계대전 사이에 장 콕토를 중심으로 파리의 예술가들이 즐겨 찾던 곳이다.

도라의 어머니가 사망한 1942년에 이미 셰르방이 다정한 조문 편지를 보낼 정도로 가까운 사이였으니, 두 사람은 전쟁 전, 혹은 독일 점령 직전에 만났을 것이다. 1944년 도라의 첫 전시회가 열렸을 때도 시데리는 첫날 달려와 방명록에 피카소 바로 다음으로 이름을 적었다.

셰르방의 사진은 한 장밖에 구할 수 없다. 그는 구불거리는 검은 머리에 쉽게 나이를 짐작하기 힘든 낭만적 풍모를 지닌 젊은 멋쟁이였다. 마리로르 드 노아유는 그에 대해 "입가에 늘 루이니****의 그림 같은 미소를 띤 사람"[90]이라고 묘사한 바 있다. 셰르방 시데리는 세련되고 섬세하며 박식한, 한마디로 마리로르가 좋아할 만한 젊은이였다. 마리로르는 그를 짓궂게 놀리길 좋아했고, 매번 끝까지 밀어붙였다. 그때마다 시데리는 싫은 소리 없이 지혜롭고 유쾌하게 응수하며 빠져나갔다. 마리로르는 그를 가리켜 "정신분석가들이 와도 아무것도 알아내지 못할" 사람이라고 했다. 아마 마리로르 자신도 마찬가지였으리라.

바로 그 정신분석 덕분에 1940년대 말에 도라와 셰르방이 가까워졌다. 시데리는 몇 년 전부터 시인 피에르 장 주브의 아내인 블

---

*** 말년의 헤밍웨이가 1920년대 파리 생활을 회고한 책의 제목. 그의 사후에 미국에서는 『움직이는 축제』라는 제목으로, 프랑스에서는 『파리는 축제다』라는 제목으로 출간되었다.
**** 16세기 밀라노파의 화가.

랑슈 르베르숑\*에게 정신분석 치료를 받았다. 르베르숑은 빈에서 프로이트와 교류하고 그의 저서를 번역했다는 사실에 매료된 시인과 예술가 들 사이에서 인기가 아주 높았다. 또한 본의 아니게 동성애 전문가가 되어, 그녀의 주소는 아직 '게이'라 불리지는 않던 커뮤니티에서 마치 난관을 해결하는 비법처럼 공유되었다. 조용히, 그리고 영어로 진료를 받기 위해 런던에서 오는 사람들까지 있었다.

도라와 셰르방이 공유한 것은 정신분석학에 대한 믿음만이 아니었다. 동방정교회 신앙 속에서 성장해 파리에 온 뒤 가톨릭으로 개종한 셰르방 또한 도라 못지않게 신앙심이 깊었다. 하지만 도라와 달리 그는 자기와 신념이 같은 사람들에게만 종교 이야기를 했고, 도라처럼 엄격하게 굴지도 않았다. 도라는 확고한 믿음보다는 계율과 의례를 실천하고 무조건적으로 받아들이는 것이 종교의 길이라 믿었지만, 셰르방은 우리가 지녀야 할 미덕으로 의혹을 꼽았다. 그래도 셰르방은 도라의 말에 귀를 기울여주었고, 그래서 도라는 그를 무척 좋아했다. 나아가 셰르방의 섬세한 추론과 박식함을 높이 평가했으며, 신기하게도 루마니아 사람이 영국식 유머를 즐기는 것까지 좋아했다.

\* 제네바에서 정신과의사로 일하던 블랑슈 르베르숑은 1923년 프로이트의 『성욕에 관한 세 편의 에세이』를 번역했으며, 이후 빈에서 프로이트를 만나 본격적으로 정신분석을 익히고 프랑스에 알리는 데 기여했다.

그러나 도라는 이따금씩 셰르방과의 만남을 거절했고, 때로는 만나기로 약속해놓고 나가지 않기도 했다. 물론 셰르방은 도라를 잘 알았기에 화내지 않았다. 그저 날을 잘못 잡았으니 나중에 다시 오면 된다고 생각했다. 도라와 셰르방은 조국에서 멀리 떠나온 망명자의 정서도 공유했다. 사실 셰르방의 조국 루마니아와 마르코비치의 조국 크로아티아는 아무런 관련이 없고 더구나 도라 마르코비치는 크로아티아에 가본 적도 없었지만, 두 사람 사이에는 발칸반도 사람이라는 동질감이 있었다.

1948년 크리스마스에 셰르방은 자기가 좋아하는 책들 중 한 권을 도라에게 선물했다. 칼 융의 『영혼을 찾는 현대인』에 "나의 친구 도라에게, 우리가 함께한 탐구를 기억하며, 셰르방의 사랑을 담아"라는 헌사를 써서 건넸다.

셰르방은 '사랑'이라는 단어를 가볍게 사용하지 않았다. 그는 정말로 도라를 사랑했다! 물론 플라토닉한 사랑이었다. 그에게 도라는 '우는 여인'인 동시에 이상적인 여인이었다. 현대미술의 전설이자 다가갈 수 없는 우상이었다. 도라 역시 그런 식의 숭배 혹은 전적으로 정신적인 헌신에 만족했다.

셰르방이 도라 곁에서 그녀의 비위를 맞추는 유일한 남자는 아니었다. 1951년에는 도라 주변을 맴돌며 숭배하는 동성애자 청년들이 많았다. 우선 벨기에 은행가의 아들로 우울증에 시달리고 블랑슈 르베르송에게 정신분석 치료를 받던 매력적인 미남 시인 테오 레제가 있었다. 더글러스 쿠퍼의 집에서 열렸던 이상한 만찬에 도라와 함께 갔던 미국인 제임스 로드도 있었다.

도라는 그들을 아이처럼 대했고, 그들이 서로 질투하면 재미있어했다. 총애하는 학생을 주기적으로 바꾸는 변덕스러운 초등학교 교사 같았달까? 도라의 총애는 셰르방을 향할 때가 가장 많았지만, 때로 아무 언질도 없이 갑자기 제임스 로드와 함께 메네르브로 떠나기도 했다. 그가 자동차를 가지고 있어서였을 것이다. 그러나 정작 유언장은 테오 레제에게 남겼다.

제임스 로드가 피카소, 도라와의 추억들을 곁들여 대부분 스스로를 미화한 회고록을 남긴 반면, 셰르방 시데리는 끝까지 입 무거운 친구로 남았다. 그는 너무도 특별했던 도라와의 우정에 대해 끝까지 아무런 얘기도 하지 않았다.

셰르방은 또한 충실한 친구였다. 도라가 모사꾼 제임스 로드와 단번에 관계를 끊어버리고 갑자기 모든 사회생활을 포기한 1958년 이후에도 셰르방은 여전히 그녀와 연락을 유지했다. 그는 앙드레 뒤부셰가 말하던 '끔찍한 사람들'의 일원이 아니었다. 셰르방 시데리는 사람들과의 만남을 즐기면서도 섬세함과 교양을 잃지 않는, 그리고 미술과 연극과 시와 문학에 열정을 지닌 사람이었다. 영어뿐 아니라 독일어 번역에도 뛰어났다. 만일 도라가 그때까지 독일어 '마르'가 용해된 분화구라는 뜻임을 알지 못했다면 셰르방이 말해주었을 것이다.

1971년에 셰르방은 프루스트의 유대인적 특성에 관해 꽤 깊이 있는 논문을 썼다. 틀림없이 도라와 그 책 얘기도 했을 것이다. 그 때까지만 해도 도라는 유대인 문제에 그리 강박적이지 않았다.

1973년 4월 4일, 피카소의 건강상태가 악화되고 있다는 소문이 돌자 셰르방은 도라의 안부를 묻는 전보를 보냈다. "지금 나는 당신 생각을 하고 있어. 당신이 나를 보고 싶어한다면 즉시 달려갈게."[91] 그러고서 나흘 뒤 피카소가 죽었다. 도라는 편지에도 전화에도 답하지 않았다. 슬픔에 짓눌렸던 걸까? 도라는 무엇보다 피카소의 유해가 기독교 의례에 따라 매장되지 않았다는 사실에 분노하고 절망했다. 아마도 온 마음을 바쳐 피카소의 영혼을 위해 기도했을 것이다.

도라는 셰르방이 보낸 편지와 많은 카드들을 죽는 날까지 서랍 속에 보관했다. 더이상 도라를 만날 이유를 만들어낼 수 없었던 셰르방은 그렇게 편지와 카드를 보냈지만 모두 허사였다. 심지어 도라는 이따금 철저한 동성애 혐오자로 처신했다. 미국인 수집가인 샘 웨그스태프가 겪은 일이었다. 도라의 사진을 사고 싶었던 그는 도라에게 편지를 보내면서, 그녀가 좋아하리라 믿으며 자신의 수집품 일부를 모은 아름다운 책을 같이 보냈다. 하지만 비난이 가득한 답장이 돌아왔다. 도라는 자기의 콜라주 작품 중 하나가 로버트 메이플소프*의 타락한 사진들과 나란히 있다는 사실에 격노했다. 심지어 책의 표지가 '여지없는 타락의 색, 악마의 색'인

분홍색인 것도 그녀에게 충격을 안겼다.

웨그스태프는 포기하지 않았다. 보부르**에서 일하던 작가 세르주 브람리에게 아무것도 모르는 척 도라에게 전화해달라고 부탁했다. 브람리에게 도라는 좀더 친절했다. 최근에 감히 자기 사진 한 장을 지저분한 동성애 사진들과 함께 출간한 '타락한 미국인' 얘기도 먼저 꺼냈다. 그녀는 브람리에게 자기 집에 와서 차를 마시자고 했다.

하지만 약속된 날 브람리가 찾아가보니 도라의 집 문 앞에 메모지가 붙어 있었다. "미안해요. 몸이 아프고 피곤하네요. 다음달에 다시 전화해줘요." 이후 브람리가 몇 번이나 전화했지만 약속은 매번 뒤로 미루어졌다. 아마도 도라는 변해버린 자신의 모습을 남에게 보이고 싶지 않았던 듯하다. 하지만 두 사람은 전화로 오랫동안 이야기를 나누었다. 도라의 목소리는 여전히 주름 없이 매력적이었다. 브람리에 따르면 그녀의 목소리는 미세한 외국인 억양 때문에 더 매력적으로 들렸다.

동성애 외에도 도라에게는 다른 두 가지 고정관념이 있었다. 우선 자기 작품 중 사진이 아닌 그림만 중요하다고 생각했다. 두번째는 피카소와 관련된 고정관념이다. 도라는 사람들이 자기를 만

---

* 뉴욕에서 활동한 사진작가. 동성애와 에로티시즘을 다룬 흑백사진들로 유명하다.
** 파리 보부르 지역에 자리한 퐁피두센터를 말한다.

나고 싶어하는 것은 피카소 때문이라고, 피카소에 대한 고백을 끌어내거나 자기가 가진 피카소의 그림들을 가져가고 싶어서라고 믿었다(그리고 그것은 사실이었다). 하지만 정작 도라가 먼저 피카소와 관련된 추억을 때로는 다정하게, 때로는 쓰라린 회한에 젖어 입에 올리기도 했다. 도라는 또 자기에 대한 기록들 가운데 마음에 안 드는 내용을 수정하기도 했다. 예를 들어 자기는 만 레이의 조수가 되고 싶어한 적이 없으며 만 레이의 머릿속에는 자기를 침대에 눕힐 생각밖에 없었다는 식이었다. 사실 도라는 거짓말을 자주 했다. 거짓과 진실을 뒤섞기도 했다. 이미 한 말을 나중에 뒤집는 경우도 있었다. 옛친구들에 대한 험담도 많이 했는데, 특히 제임스 로드에 대해 그랬다. 무엇보다 도라는 그가 새로 쓴 자코메티에 관한 책에 분노했다. 자기가 동성애자이면서 어떻게 자코메티에게 의혹을 던질 수 있단 말인가. 그래서 그녀는 동성애자들에 대해 적개심을 품게 된 걸까? 셰르방 시데리, 제임스 로드, 테오 레제가 한때는 자기의 가장 친한 벗이자 숭배자였다는 사실은 잊고서?

# 수의사 피숑

Vétérinaire Pichon
Suf 0307
av de Lowendal

도라가 1951년 수첩에 수의사의 전화번호를 적어둔 것은 '무문'이라는 고양이 때문이었다. 무문은 키우던 강아지가 죽은 뒤 피카소가 사준 범무늬 고양이였다.

처음 강아지가 죽었을 때 피카소는 도라의 마음을 달래기 위해 종이와 판지에 코르크와 철사를 엮어 강아지를 만들어주었다. 하지만 소용이 없었고, 그래서 도라가 퇴원한 뒤 고양이를 사주었다.

말하자면 고양이는 사라진 존재의 대용품이었다. "기를 수밖에 없었어요. 피카소도 내가 그러리라는 걸 알았죠. 자기가 준 선물이니까. 내가 좋아하는지 아닌지는 중요하지 않았어요."[92]

드디어 도라와 나의 공통점이 발견되었다. 나도 똑같이 연회색의 줄무늬 고양이를 키운다. 나는 내 고양이 쉬잔에게 의혹의 눈길을 던져본다. 물론 피카소의 선물은 아니지만, 쉬잔은 늘 공주 행세를 하고 이 소파 저 소파 돌아다니며 긁힌 자국을 남긴다. 제임스 로드에 따르면 도라의 고양이 역시 "안락의자 다리들 사이를 유연하고 오만하게 옮겨다녔다."

파리와 남프랑스를 오가며 살아야 했던 무문은 쉬잔과 마찬가지로 차 타는 걸 싫어했다. 이동하려면 짐가방들뿐 아니라 금방 악취가 진동하는 고양이 바구니까지 챙겨야 했을 텐데, 도라 혼자서 어떻게 했을까?

털 색깔에 따라 고양이의 성격을 분석한 수의사들이 있다. 그에 따르면 회색 범무늬 고양이는 성격이 좋고 호기심이 많고 명랑하며 다정하고 똑똑하다. 하지만 주인이 워낙 예측 불가능한 사람이라 도라의 고양이는 사는 게 썩 즐겁지만은 않았을지도 모르겠다. 도라는 사람을 대할 때와 마찬가지로 고양이에게도 변덕스러웠다. 어느 날 저녁 심한 우울감에 빠져 혼자 어둠 속에서 울고 있을 때 무문이 다가와 손을 핥아주자 그녀는 절대로 이 고양이를 버리지 않겠다고 맹세했다. 하지만 바로 그 고양이를 심술궂게 밀치며 욕을 하는 일도 잦았다. "저 고양이 싫어 죽겠어!" "그냥 어디 가서 죽어버려! 날 좀 가만히 내버려두라고!" 뜨거운 물에 데어본 고양이는 찬물도 두려워하는 법이다.

시간이 흐르면서 도라와 고양이는 만날 때마다 화를 내고 싸우면서도 헤어져 살 수 없는 노파들처럼 되어갔다. 그러다 1954년 고양이가 병이 났다. 먹지도 못하고 구석에서 움직이지도 않았다. "너무 늦은 것 같아." 수의사한테 데려가보라는 제임스 로드에게 도라가 한탄했다. 정말로 너무 늦었다. 하지만 바로 그날 수의사 피숑 씨가 응급수술을 시행해서 무문을 살려냈다.

도라의 고양이는 결국 1950년대 말, 도라보다 삼십 년쯤 먼저 죽었다. 무문은 아마도 메네르브의 정원에 묻히지 않았을까?

# 앙드레 마르샹

André Marchand
94 quai Saint-Pierre
Arles

도라의 1951년 수첩에 앙드레 마르샹이 말년을 보낸 아를의 주소는 적혀 있지 않다. 아직 너무 이르다. 1951년에 그 동네는 전쟁 말기 연합군의 폭격으로 폐허가 된 공터였고, 건축업자들이 막 그곳에 새로운 도시를 세울 구상을 하고 있었다. 당시 마르샹은 역시 전쟁의 피해를 입은 강 건너편 레아튀미술관의 빈방 하나를 얻어 아틀리에로 사용하고 있었다. 잠은 가까운 호텔이나 친구 집에서 잤다.

마르샹이 마침내 생피에르 강변길에 정착한 것은 1955년이었다. 오늘날 그곳의 흰색 건물들은 서민용 주택단지로 간주되지만, 당시에는 아를 전체에서 가장 멋지고 현대적인 건물이었다. 앙드레 마르샹의 조카 비올렌 므뉘-브랑톰의 기억에 따르면 마르샹은 론강 쪽으로 발코니가 난 넓은 아틀리에를 구했다. 그리고 1957년에 결혼한 오딜과 함께 일 년 중 많은 시간을 그곳에서 보냈다. 비올렌은 오딜한테서 도라와 만난 얘기도 들었다고 했다.

다시 말해 마르샹과 도라는 적어도 1957년까지는 서로 연락을 하고 지냈다. 아를에 사는 안 카르팡티에도 그 증거가 될 법한 무언가를 찾아낸다!

내가 안 카르팡티에를 알게 된 것도 어느 정도는 도라 덕분이었다. 그날 안이 운영하는 갤러리에 있었는데, 누군가 나에게 다음번에는 어떤 책을 낼 거냐고 물었다. 내 입에서 도라 마르의 이름이 나오자 안이 놀란 얼굴로 돌아보았다. 놀랍게도 그녀는 사람들이 더이상 기억하지 않는 예술가 도라 마르에게 이미 십오 년 전부터 관심을 쏟고 있었다. 미술사를 전공하는 학생일 때부터 기사와 책 들을 모으기 시작해서 관련된 것은 빠짐없이 다 읽었고, 도라가 살던 사부아가에도 가보았으며, 메네르브에 성지순례까지 다녀왔다. 모은 돈을 전부 쏟아부어 파리의 드루오 경매장에서 도라의 그림을 사기도 했다. 그날 이후 나는 주기적으로 그녀의 의견을 듣는다. 안 카르팡티에는 어떤 질문에도 막힘이 없다. 도라 때문에 당혹스럽거나 진이 빠질 때마다 나는 안에게 전화를 걸어 내가 선택하지 않은 여인을 왜 사랑해야 하는지 묻곤 한다.

안은 이따금 론강을 따라 조깅을 한다. 추위가 제법 매서웠던 2월의 어느 일요일, 그녀는 1944년에 미국의 폭격으로 무너진 철교의 잔해가 쌓여 있는 곳까지 간다. 생피에르 강변길 끝 묘지 너머 옛 철교가 무너진 자리에는 기둥 두 개만 남아 있다. 그리고 그 기둥 위에는 두 마리 맹수가 론강 건너편에 똑같이 서 있는 두 마리 맹수에게 화가 난 듯 등을 돌리고 있다.

강물을 바라보며 숨을 가다듬던 안은 연인들이 돌에 새겨놓은 이니셜들을 눈여겨보게 되고, 그중 다른 것보다 깊이 새겨진 이름 하나를 발견한다. DORA다. 그리고 바로 위에, 마지막 철자 R은 벌어진 돌 틈새로 미끄러져 들어가기라도 한 듯 MAA가 새겨져 있다. 그녀는 기둥을 찍은 사진과 함께 나에게 문자메시지를 보낸다. "내가 뭘 발견했게? 이거 보여?" 당연하지! 하지만 도라가 이 막다른 길, 갈대밭 가운데 서 있는 무너진 기둥까지 왔을 리가 없다. 우리는 곧바로 마르샹을 떠올린다.

마르샹의 새 아틀리에가 그곳에서 채 200미터도 안 되는 거리에 있었다. 마르샹 말고 그곳에서 도라를 아는 사람이 누가 또 있었겠는가. 더구나 마르샹은 자갈에 그림을 그리기도 했으니, 기둥에도 그랬을 수 있다. 나는 마르샹의 조카에게 사진을 보여준다. 그녀는 돌에 새겨진 글씨가 마르샹의 것인지 확인하려 애쓰지만, 끝내 확신하지 못한다.

"내가 나무를 보는 것이 아니라, 나무가 나를 보면서 신비스러운 제 형상의 핵심을 일러준다." 마르샹이 자기 그림에 관해 남긴 글에 나오는 말이다. 나는 바위 앞에 서서 그 글자들이 나에게 자기 이야기를 일러주기를 기다려본다. 하지만 두 단어가 각기 다른 사람이 새긴 것이라는 사실 외에는 별로 알아내지 못한다. DORA 는 각진 글씨체로 깊이 새겨진 반면, MAAR는 동글동글한 글씨체로 얇게 새겨져 있다.

안 카르팡티에가 필적감정 전문가와 접촉한다. 하트 없이 이름만 적혀 있는 경우는 보통 본인이 직접 새긴 경우가 많다는 답을 얻는다. 또다른 가설도 있다. 나치 점령기에 철교를 지키던 병사가 독일에서 흔한 이름인 도라라는 여자를 그리워하며 바위에 그 이름을 새겼고, 나중에 이를 본 누군가가 MAAR를 덧붙일 때 부주의로 R자는 돌의 틈새에 놓이게 되었다는 가설이다. 나는 그 누군가가 바로 마르샹이라고 믿고 싶다!

T. D.가 나에게 문제의 기둥이 서 있는 자리에 계속 강물이 흘렀다는 사실을 잊지 말라고 한다. 맞는 말이다. 하지만 나는 같은 기둥에서 더 오래전인 1940년 6월에 새겨진 글자도 찾아낸다. 게다가 도라 마르 보관 자료 중 1957년에 아를미술관 관장이 도라에게 쓴 편지도 있다. 방문해주고 피카소의 작품 한 점을 대여해준 것에 감사한다는 내용이다. 그랬다. 도라는 1957년에 아를에 왔었다!

도라는 분명 이 도시에서 유일한 친구인 마르샹에게 자신의 방문 계획을 알렸을 테고, 마르샹이 역으로 마중을 나가지 않았을까? 그다음에 두 사람은 레아튀미술관까지 강변을 따라 걷고, 함

께 피카소 전시회를 관람했다. 아마도 흥분했으리라. 도라도 마르
샹도 객관적 판단력을 지녔고 아량을 베풀 줄 아는 사람들이었다.
그들은 인간 피카소는 경계하되 천재 피카소에게는 찬탄을 보냈
다. 그런 뒤에 두 사람은 마르샹의 집에서 점심을 먹기 위해 강을
건넜을 테고, 커피를 마신 뒤 다시 걸어갈 땐 도라가 론강을 보고
싶어했을 것이다. 아비뇽으로 가는 기차를 탈 때마다 스케치하던
강 아닌가. 그곳 트랭크타유는 아를의 구도심이 가장 아름답게 보
이는 곳이다. 도라와 마르샹은 미스트랄에 이리저리 떠밀리는 하
류의 낡은 배들을 바라보며 묘지를 따라 걸었다. 그들은 바람에
대해, 빛에 대해, 그리고 강에 대해 이야기했다. 마르샹은 도라만
큼 신앙심이 깊지 않았지만, 두 화가 모두 자신들의 그림에 숭고
함을 부여하는 자연과의 영적 교감에 공감했다. 철교 앞에서
DORA라는 이름이 새겨진 기둥을 본 그들은 신기해하며 걸음을
멈추고, 그때 마르샹이 늘 주머니에 넣고 다니는 칼을 꺼내
MAAR를 덧붙이지 않았을까? 그런데 마지막 R을 새길 자리가 부
족했다. 도라는 미소를 지었으리라. 여기까지가 끝이다.

　사실 마르샹으로서는 피카소의 코를 납작하게 해줄 마지막 일
격을 꾸밀 만도 했다. 하지만 도라가 원했을 리 없다. 피카소가 그
런 일을 당할 수는 없다. 더구나 그 상대가 다른 화가라면 말할 것
도 없다. 무엇보다 도라 마르가 평범한 화가, 일류가 아닌 이류 화
가에게 만족한다는 것은 더더욱 안 될 말이었다. 이 땅에 피카소

보다 나은 화가는 없었다. "피카소 이후에는 신밖에 없다!"

신기하게도 도라 마르와 앙드레 마르샹은 1997년 같은 해에 똑같이 아흔 살의 나이로 세상을 떠났다. 도라는 파리의 사부아가에서, 앙드레는 제비들이 날아다니는 론강이 내려다보이는 아를의 생피에르 강변길 아틀리에에서 숨을 거두었다.

나는 파리와 아를을 오가고, 도라의 보존 자료와 막 세상을 떠난 부모님의 유품 사이를 오간다. 어떤 날은 도라의 상자들에 고개를 파묻고 우편물과 사진과 비망록을 꺼내다가, 또 어떤 날은 부모님의 물건을, 편지와 추억이 담긴 물건들을 상자에 채워넣는다. 모든 것이 뒤죽박죽이다. 나중에는 사람들한테 도라와 내 어머니가 닮았다는 말까지 듣는다. 그 말을 받아들이는 데 몇 달이 걸린다. 하지만 한 명은 미소 짓고 있고, 다른 한 명은 아니다.

# 발튀스

Balthus
Ch de Chassy
Blismes
Nivère

피카소 없이 지낸 1950년대에 도라가 가장 가깝게 느낀 화가는 발튀스였다. 두 사람이 처음 만난 건 1941년, 발튀스가 저주받은 빈털터리 예술가로 퓌르스텐베르 광장 6층의 작은 아틀리에에서 살고 있을 때였다. 도라는 피카소를 따라 발튀스의 아틀리에에 갔고, 그날 피카소가 그의 그림을 한 점 사주었다.

하지만 1951년에는 발튀스의 그림이 제법 잘 팔렸다. 심지어 그는 귀족을 자처하며* 사교계 살롱에도 출입했다. 도라와 함께 마리로르 드 노아유의 집에 가장 자주 초대된 인물이기도 했다. 또한 시인 피에르 장 주브와 그의 아내인 정신분석가 블랑슈 르베

---

* 발튀스는 폴란드계 프랑스인으로, 본명은 발타사르 클로소프스키이다. 클로소프스키 드 롤라 백작이라고 불리기도 했지만, 정확히 확인되지는 않았다.

에르메스 수첩의 비밀

르숑의 집에서 열리는 좀더 은밀한 연회에 도라를 처음 데려간 것도 발튀스였다. 도라는 그곳에서 셰르방 시데리와 테오 레제를 만났다.

도라와 발튀스 사이에는 모호한 구석이 전혀 없었다. "도라가 못생기진 않았죠."[93] 발튀스가 죽기 전에 별 감흥 없이 남긴 말이다. 마흔네 살이 된 1951년의 도라는 발튀스에게 너무 늦은 여자였다. 그래도 두 사람이 생제르맹데프레에 함께 있는 장면이 자주 목격되었다. 그들은 카탈랑에서 혹은 크리스틴가의 술집에서 점심식사를 했다. 마리로르 드 노아유가 함께할 때도 있었고 단둘이 먹기도 했다. 도라는 피카소와 식사할 때 그랬듯이 발튀스가 냅킨에 그린 크로키를 모두 모았다. 하루는 발튀스가 냅킨에 도라의 초상화를 그렸는데, 마리로르가 가져가서 자기 스크랩북에 넣어둔 '원자폭탄으로 이집트의 미라들이 젊어진다'라는 제목의 기사 옆에 붙였다. 신의 없는 마리로르의 눈에도 발튀스는 도라에게 큰 힘이 되는 것처럼 보였다.

웬만해선 웃지 않는 도라가 발튀스와 함께는 웃기도 했다. 또한 두 화가는 이탈리아 원초주의 미술\*과 콰트로첸토,\*\* 특히 피에로 델라 프란체스카에 똑같이 매료되었다. 피카소는 발튀스가 자기

\* 치마부에, 조토 등 13~14세기에 피렌체를 중심으로 활동한 화가들로, 전통적 성화(聖畵)에 새로운 양식을 도입했다.
\*\* 1400을 뜻하는 이탈리아어로, 1400년대에 활동한 예술가들을 지칭한다.

옛 연인의 그림에 영향을 끼친다는 사실이 못마땅했다. 도라가 자신의 영향력에서 벗어나는 게 싫었을 것이다.

도라와 발튀스에게는 또다른 공통점이 있었다. 둘 다 기독교인 예술가였고, 매일 아침 그림을 그리기 전에 기도를 했다. 그들에게 그림은 "신에 이르기 위한 길, (……) 경이의 추구"[94]였다. 적어도 발튀스만큼은 도라가 느끼는 것을 이해할 수 있었고, 다른 사람들이 도라가 '신비주의로 표류'한다며 걱정해도 개의치 않은 유일한 사람이었다.

도라는 메네르브로 내려가는 길에 발튀스가 1953년부터 정착한 니에브르의 샤시성에 들르기도 했다. 성격이 까다롭던 발튀스는 오래전부터 혼자 칩거할 장소를 꿈꾸어왔고, 게다가 스스로를 백작이라 칭했으니 더더욱 성이 필요했다. 샤시성은 그의 꿈에 어울릴 뿐 아니라 경제적 능력에도 부합했다. 매우 넓고, 건물 상태가 좋지 않고, 임대가 가능했다.

하지만 말로*가 발튀스를 빌라 메디치**의 원장으로 임명하면서 도라와 발튀스 사이의 연락이 끊기고 말았다. 도라는 발튀스가 자기를 저버렸다며 불평하기도 했다. 발튀스도 도라를 챙기지 못한

* 작가 앙드레 말로. 1959년부터 십 년 동안 문화부 장관을 지냈다.
** 로마에 있는 16세기 건물로, 메디치가 코시모 1세의 아들이자 추기경이던 페르디난도의 소유였다. 19세기 초에 나폴레옹에 의해 '아카데미 드 프랑스'(루이 14세 때 프랑스의 화가들이 로마에서 그림을 배우며 지낼 수 있도록 세운 교육기관)가 옮겨왔다.

에르메스 수첩의 비밀

것을 자책했다. "도라가 날 만나고 싶어한다는 얘기를 들었습니다. 하지만 그녀에게 가보려 했을 때는 이미 세상을 떠났더군요." 말년의 발튀스가 독일인 기자에게 한 말이다. 그 인터뷰에서 발튀스는 "도라가 이미 세상을 떠났다"는 말을 적어도 네다섯 번 반복했다. 타니아 퍼르스터는 발튀스가 도라에 대한 죄의식에서 벗어나 스스로를 정당화하기 위해 그날의 인터뷰를 받아들인 것 같다고 말했다.

# 레리스

Leyris

Ode 1861

내가 도라를 과소평가했다. 조사가 진행될수록 도라가 내 생각보다 똑똑하고 교양 있는 여자임을 알게 된다. 혹시 내가 도라의 철자법 수준도 잘못 평가한 게 아닐까? 마치 계시처럼, 수첩에 적힌 'Leyris'가 'Leiris'를 잘못 쓴 게 아닐지도 모른다는 생각이 든다. 'i'를 'y'로 잘못 적은 게 아니라면? 'Leyris Ode 1861'이 미셸 레리스가 아니라 피에르 레리스라면? 벅찬 기쁨이 밀려온다. 내가 너무 좋아하자 T. D.가 당혹스러워한다. 그렇다고 쳐. 그런데 그게 뭐 어쨌다고?

피에르 레리스는 발튀스가 고등학생 때 만난 친구였고, 1930년대에는 발튀스를 자기 집에 묵게 해주었을 정도로 가까운 사이였다. 그렇다면? 1950년과 1951년에 발튀스가 도라에게 피에르 레리스를 소개했을 가능성이 크다. 피에르 레리스는 셰익스피어, 멜빌, 디킨스, 에밀리 브론테, 헨리 제임스의 작품을 프랑스어로 옮긴 최고의 번역가로, 도라와 친밀한 사이였던 제임스 로드의 책도 몇 권 번역했다. 피에르 레리스, 제임스 로드, 테오 레제, 셰르방 시데리. 이들은 모두 카페 되 마고와 플로르, 그리고 카탈랑에서, 또 마리로르 드 노아유가 주최하는 만찬이나 정신분석가 블랑슈 르베르송과 그 남편 피에르 장 주브의 집에서 마주쳤다.

아쉽게도 피에르 레리스의 두 아들은 자기 집에서 도라를 본 기억이 없다고 했다. 그들은 피카소가 그린 도라의 초상화에 대한 언급 외에는 도라 얘기를 들어본 기억이 없었다.

다행히도 피에르 레리스는 회고록을 출간했다.[95] 죽음을 앞두고 단편적 생각들과 추억을 기록한 책이다. 이제 피에르 레리스의 글을 읽는 사람은 없다. 심지어 서점 주인도 그 책을 사는 사람이 있다는 사실에 놀라는 것 같다. 하지만 이 회고록의 25쪽에서 나는 거의 결정적인 증거를 찾아낸다. "나는 사부아가에 살기 때문에 크리스틴가를 지나가야 한다." 그러니까 도라와 피에르 레리스는 골목이라고 해도 무방할 좁은 길에 같이 사는 이웃이었다. 수첩의 Leyris는 틀림없이 피에르 레리스다!

"그렇다고 쳐. 그런데 그게 뭐 어쨌다고?" T. D.가 다시 한숨을 쉰다. 내가 보기에 그 사실은 도라가 피카소에 대한 집착에서 벗어나기 시작했음을 말해주는 증거이다. 피카소가 떠난 지 육 년이 되도록 도라가 옛 연인의 영역에 남아 있었다고 생각해서는 안 된다. 엘뤼아르나 콕토, 그리고 피카소의 조카인 빌라토의 이름이 수첩에 남아 있는 것은 그저 정든 사람들이었기 때문이고, 그녀가 냉정하지 못해서였다. 이름만 적어놓았을 뿐 도라가 그들을 만나는 일은 드물거나 아예 없었다. 1951년 도라의 세계에서 수첩에 적힌 이름들 하나하나가 행성이라면, 그 행성들이 형성하는 몇 개의 성단이 있었다. 도라는 태양 피카소 주위를 도는 위성들로부터 서서히 멀어져갔다. 그리고 뒤뷔셰, 시데리, 발튀스 같은 다른 성단들의 주위를 돌았다. 성단들은 때로 겹치기도 했지만 서로 모르는 사이인 경우도 있었다.

마리로르 드 노아유가 친한 사람들에게 자주 하던 질문이 있다. "당신은 몇 살에 지금의 당신이 되었죠?" 이 질문에 나는 도라가 "1951년!"이라고 대답했기를 바란다. 그렇게 내가 가진 수첩에 의미가 부여되면 좋겠다. 도라는 피카소가 떠난 뒤 육 년을 살아냈다. 마흔네 살. 우울증에서 벗어났다. 균형을 잡아주는 세 기둥, 신과 라캉과 그림 덕분이었다. 물론 아슬아슬했지만, 그래도 그 균형 덕분에 도라는 이렇게 말할 수 있었다. "남들 눈에 어떻게 보이든 내 운명은 멋지다. 한때는 어떻게 보이든 내 운명이 몹시 가혹하다고 말했는데."

몇 달 뒤 도라는 정신분석 치료를 그만두었다. 결국 고립이 더 심해졌다. 세 기둥 가운데 두 개만 남으면서, 좀더 불안정해졌다.

그리고 1973년에 피카소가 세상을 떠나면서 세상과 이어주던 또다른 다리가 끊겼다. 그때부터 도라는 신과 이미 죽은 이들의 유령 외에는 그 누구도 필요로 하지 않았다. 그녀는 칩거한 채, 자신을 새로운 주인과 이어주는 자연에 황홀해하며 그림을 그렸다. 더 이상 그녀를 지켜줄 난간도 없이 남은 도라는 표류했을 테고, 이따금 광기에 빠졌으리라.

# 뤼 공작

Duc de Luynes
Tro 3562
15 bis rue de Franqueville

도라는 분명 페미니스트가 아니었다. 수첩에 더 가까운 사이인 공작부인 대신 공작의 이름이 적혀 있지 않은가.

도라와 뤼 공작부인은 전쟁이 끝난 뒤 안초레나 부부의 집에서, 혹은 16구의 다른 귀족 연회에서 만났다. 도라가 '명사 명부'* 속 인물들과 교류하던 시기였다. 그녀는 모피코트와 야회복을 다시 꺼냈다. 좌파 운동가였던 도라는 그즈음 너무도 자연스럽게 부유하고 속물적이고 보수적인 분위기에 젖어들었다. 아르헨티나에서 보낸 어린 시절의 환경으로 되돌아간 것이다. 하지만 도라와 뤼

* 1903년 세바스티앵 보탱이 상업과 산업 분야의 명부를 만들었고, 이것이 귀족 가문을 비롯한 프랑스 명사들의 명부로 변했다. 이후 그의 이름 '보탱(bottin)'은 '전화번호부'라는 보통명사로 쓰이게 되었다.

에르메스 수첩의 비밀

공작부인 사이에는 세속적인 교류를 넘어서는 암묵적인 공조가 있었다. 똑같이 부에노스아이레스에서 자라난 두 여자는 처음 만난 날부터 가까워졌다.

공작부인의 이야기는 팜파스의 신데렐라 이야기에 가깝다. 그녀의 부모는 가난한 농부였다. 그런데 어머니가 세상을 떠난 뒤, 부유한 축산업자의 집에 입양되는 행운이 찾아왔다. 이어 파리에서 멋진 왕자님까지 만났다. '필리프 안 루이 마리 디외도네 달베르 드 륀'이라는 이름을 가진 11대 륀과 슈브뢰즈* 공작이었다.

후아나 마리아와 도라 마르는 스페인어로 대화할 수 있어서 즐거웠다. 게다가 알고 보니 부에노스아이레스에서 같은 동네에 살았고, 같은 여객선으로 대서양을 건너왔다. 또한 두 여자 모두 종교적 열정과 신비주의 작가들에 대해 깊은 호기심을 지녔다.

1952년 도라가 피카소에 이어 그녀의 삶을 완전히 바꾸어놓을 또다른 남자, 파리 생트마리 수도원의 수도사였던 동** 장 드 몽레옹을 만난 것 역시 륀 공작 부부 덕분이었다. 장 드 몽레옹은, 그에 대해 학위논문을 쓴 장 드 바즐레르에 따르면 "타협을 모르고 어떤 유형인지 규정짓기 힘든 사람, 수도사가 되기 전에 군인이었던 탓에 규율과 힘든 일과 위계에 대한 존중이 몸에 밴 사람"이었

---

\* 륀은 프랑스 중부 앵드르에루아르 지역이고, 슈브뢰즈는 파리 서쪽 근교 이블린 지역이다.
\*\* 베네딕트회, 샤르트르회 등의 수도회에서 성직자를 부르는 칭호.

다. 장 드 몽레옹은 훌륭한 성서 주석가였고, 16구의 전통주의 신자들 중에는 그의 의견을 구하는 이들이 많았다. 그는 교회의 모든 개혁을 거부하지는 않았지만, 현대적이고 합리주의적인 성서 해석에는 반대했다. 그는 히브리인들이 "예수를 부정하기 위해"[96] 성서 원전을 배반했다고 보았고, 기독교의 토대로 돌아가기 위해 가장 오래된 책들을 번역했다. 그에게 글로 쓰여진 모든 것은 진짜일 수밖에 없었다. 요나는 정말 고래 뱃속에 들어갔고, 아브라함은 아들을 제물로 바쳤으며, 예수는 물위를 걸었다. 그는 각각의 이야기에 영적이고 도덕적인 의미를 부여했다. 장 드 바즐레르에 따르면 "폴 클로델이나 프랑수아 모리아크 같은 작가들이 그의 저작에 큰 관심을 가졌다." 하지만 장 드 몽레옹과 도라 마르 사이에 특별한 친분이 있었다는 말은 들어보지 못했다고 말한다. 그러다가 잠시 주저하더니, 갑자기 별로 중요하게 여기지 않았던 세부적인 일 하나를 떠올린다. "신도 중 한 사람이 기증한 그림 덕분에 장 드 몽레옹이 수도원에 출판사를 차릴 수 있었어요. 난 믿지 않았는데, 그게 피카소의 그림이었다는 말을 들은 적이 있습니다." 모든 게 들어맞는다. 장 드 몽레옹이 책을 출간할 수 있도록 도라 마리가 피카소의 그림 한 점을 기증한 것이다.

도라 마르 보존 자료, 특히 1952년의 비망록을 살펴보면 이 수도사가 그녀의 인생에서 얼마나 중요한 역할을 했는지 확인할 수 있다. 정확한 이유는 알 수 없으나 아무튼 도라는 그해 7월 26일부터 매일 자신의 삶과 고통을 기록했다. 워낙 작은 비망록이었기에 축약된 전보체로 써야 했지만, 어쨌든 거르지 않고 매일 써나 갔다. "심한 피로. (……) 그림 그릴 의욕 없음. 전혀 집중하지 못한 채로 그림. (……) RPM(몽레옹 신부)에게 편지 보냄. 피로, 슬픔, 오래전 상태로 돌아감. (……) A(분석 치료)의 무용성 증명 혹은 그저 냉담기. 어쨌든 힘겹다. 혹은 다 포기시키려는 공격. (……) 분석 치료가 실패한 것 같다. (……) 본능적이고 불경스러운 악취 속에서 칠 년 동안이나 이어왔는데. (……) RPM의 답장. 토요일 약속. 이상한 일이지만 이 답장을 기다리느라 진이 빠졌다. (……) A 전화. 연결 안 됨. (……) PDM(동 몽레옹 신부)과 만날 약속. 행동 개시. 슬픔, 두려움, 하지만 도움이 되는 행동이리라. (……) 하느님을 되찾았다."[97] 도라와 동 몽레옹의 첫 만남은 1952년 8월 2일, 수르스 수도원에서였다. 도라는 '경이로운 만남'이었다고 적었다.

도라의 비망록이 한 장씩 넘어가고 날짜가 하루하루 지나가는 동안 때로는 고통스럽고 때로는 희망으로 가득찬 일지가 이어졌다. 우울증 상태는 그대로였지만, 몇 주 만에 정신분석 상담실에서 고해실로 옮겨간 것이다. 도라는 정신분석을 거부하고 수도사와 교주의 중간쯤에 자리한 이 영혼의 인도자에게 완전히 빠져들었다.

보존 자료 중에는 동 장 드 몽레옹이 도라에게 쓴 편지들도 있다. 그는 이따금 도라를 '부인'이라고 칭하기도 했지만 대부분은 '아이'라고 불렀고, 이 둘을 섞어 쓰기도 했다. 그는 도라에게 고독과 기도와 명상 속에서 평화를 얻으라고 조언했다. 신부의 조언에 따라 도라는 수녀원의 피정에 몇 차례 참석했고, 꽤 큰돈을 기부하기도 했다.

도라는 장 드 몽레옹에게 모든 걸 상의했다. 1957년에 피카소를 개종시키려는 생각으로 그에게 보낼 편지를 썼을 때도, 동 장 드 몽레옹이 먼저 읽어본 뒤 그대로 보내도 좋다고 허락했다. "그 사람이 이 편지를 받으면 적어도 한순간은 생각해볼 겁니다. 그리고 투우사의 창이 황소의 살에 꽂혀 있듯이 편지가 그의 가슴 한가운데에 꽂혀 있겠지요. 그렇게 당신은 의무를 행하는 겁니다." 도라의 강박적인 편협함에 분노한 피카소는 답장조차 하지 않았다. 장 드 몽레옹은 포기하지 않았다. "그 사람과 당신을 이어주는 우정을 생각한다면 그의 영혼을 구원하는 문제는 당신에게 달려 있습니다. 그가 어떤 악덕과 불의를 행하고 어떤 행동을 저지르든 달라지는 건 없습니다. 그 사람처럼 유명한 인물이 신앙을 받아들이게 된다면, 교회에 바치는 경이로운 찬양이자 지옥에 대한 값진 승리가 될 겁니다."

공산당 역시 1944년에 피카소의 가입을 앞두고 같은 말로 기뻐하지 않았을까? 서로의 지옥이 달랐을 뿐이다.

언급해야 할 동 장 드 몽레옹의 편지가 더 있다. 1958년에 도라는 혹시 대모가 필요한 아이가 있으면 자신이 나서고 싶다고 말했다. 확실히, 도라에게 그 문제는 일종의 강박이었다! 신부는 스페인 선교단에 도라의 의사를 전달했다. 같은 파일 속에 한 소녀가 보내온 편지와 엽서 몇 장이 들어 있다. 도라가 그 소녀와 남동생의 대모가 된 것이다. 그토록 원하던 아이를 가지게 된 셈이지만 정작 편지들을 읽어보면 깊은 애정을 주고받은 사이로 보이지는 않는다. 도라는 한 아이를 사랑하기보다는 한 영혼을 구원하고 싶었던 게 아닐까?

1960년대에 장 드 몽레옹과의 서신교환이 끊긴다. 계속되었는데 편지가 남아 있지 않은 것일 수도 있다. 장 드 바즐레르에 따르면, 말년에 사제는 정신이 약간 이상해졌다. 그의 모든 말을 성서의 말로 받아들이던 도라는 편지가 끊기자 길을 잃고 헤맸다. 하지만 그가 권한 영적 계율에 따라 하루에 몇 차례씩 기도를 했고, 아침 첫 미사도 거르지 않았다.

이상하게도 도라는 미사 내용까지 다 적어두었다. 1967년부터 1973년까지, 한 장씩 뜯어 쓰는 편지용 노트를 열 권 넘게 가득 채웠다. 읽어보면 앞부분은 우습기까지 하다. 마치 교실 뒤에 서서 수업중인 젊은 교사를 지켜보는 장학사처럼 매일 사제들의 실수를 기록하고 전례상의 오류를 지적했다. 사제가 정치문제를 언급해서 화가 났던 순간, 음식 냄새 때문에 묵상을 방해받은 순간도 적혀 있다. 해가 갈수록 그녀가 적은 내용은 신학 수업을 받아

적은 강의록과 비슷해진다. 피카소가 세상을 떠난 1973년 이후에는 아무것도 없다.

여전히 새벽마다 생쉴피스 성당이나 생제르맹데프레 성당으로 향하는 도라의 모습이 이웃들에 눈에 띄기도 했다. 해가 갈수록 등이 굽고 때로는 이상한 연보라색 가발을 쓰기도 했지만, 걸음걸이만은 늘 단호했다. 미사가 끝나면 곧바로 그녀는 집으로 돌아와 규칙적인 묵상 시간만 빼고 줄곧 그림을 그렸다. 수도원에 들어갔으면 더 좋았겠지만, 어쨌든 도라는 자기만의 방식으로 수도사의 삶을 살았다. 도라의 보존 자료 중에는 종교적 명상록들도 많다. 성 아우구스티누스, 아빌라의 성녀 테레사,* 토마스 아퀴나스, 그리고 당연히 동 장 드 몽레옹이 직접 헌사를 적어준 전집이 있다.

하지만 『나의 투쟁』도 있다. 전체 내용을 프랑스어로 번역한, 흰색 표지에 하켄크로이츠와 붉은 독수리가 그려진 책. 모르던 일은 아니다. 마르셀 플레스가 이미 도라의 서재에서 보았던 책이다. 그래도 나는 경악하고, 어떤 끔찍한 내용이 나올지 몰라 차마 책을 펼치지 못한다. 여기저기 페이지 귀퉁이가 접혀 있는, 꽤 낡은 책이다. 많이 읽었기 때문이리라. 도라가 읽었거나, 혹은 도라의 아버지가 읽었을 수도 있다. 메모나 밑줄은 보이지 않는다. 어디까지 읽었는지 표시하기 위한 서표만 꽂혀 있다. 그런데 그 서

---

* 16세기 스페인의 수녀이자 신비주의 사상가로 수도원 개혁운동에 앞장섰다.

에르메스 수첩의 비밀

표가 에펠탑 앞에 선 히틀러의 사진이 박힌 엽서다! 그냥 내용을 알고 싶어서 산 책이었다면 적어도 이런 사진은 버리지 않았을까? 도라의 머릿속에 무슨 생각이 들어 있었을까? 알고 싶지 않다. 욕지기가 솟는다.

# 메네르브의 건축업자 코닐

Architecte Ménerbes Conil
22 rue de la Petite Fusterie
2258 Avignon

메네르브의 건축업자. 나의 영적 안내자까지는 아니라 해도 적어도 도라 마르에게 안내해준, 소홀히 할 수 없는 인물이다.

처음에는 행운도 끝났나 싶었다. 지역 건축업자 조합에 기록이 전혀 없었고, 보클뤼즈*에 사는 코닐이라는 이름을 가진 사람들에게 모두 연락해보았지만 어디서도 답장이 오지 않았다.

다행히 잊힌 기억들도 지켜내는 인터넷이 있다! 메네르브의 건축업자는 알베르 코닐이었다. 사무실은 아비뇽에 있었지만, 일쉬르라소르그**에서 태어난 그는 뤼베롱을 잘 알았다. 전쟁 동안에는 메네르브에서 4킬로미터 떨어진 유령 마을에 모인 젊은 예술

---

\* 메네르브와 아비뇽은 보클뤼즈도(道)에 속한다.
\*\* 아비뇽과 메네르브 사이, 메네르브에서 약 20킬로미터 떨어진 곳이다.

에르메스 수첩의 비밀

가들의 유토피아적 모험에 참여하기도 했다.* 오페드 그룹의 책임자는 훗날 '로마대상'**을 수상할 (그리고 파트리크 모디아노의 장인이 될) 위대한 건축가 베르나르 제르퓌스였다. 콘수엘로 드 생텍쥐페리***도 마르세유의 빌라 에르벨에 피해 있던 초현실주의자들 몇 명을 이끌고 와서 몇 달 동안 오페드에 머물렀다.

메네르브의 집은 사람이 살기 힘든 상태였다. 1946년에 프랑수아즈 질로도 집이 너무 낡았다고, 천장이 무너져내릴 것 같다고 불평했다.[98] 누군가의 마음을 세심하게 배려해본 적 없는 피카소가 어처구니없게도 질로와 함께 메네르브의 집에 며칠 머물렀을 때의 얘기다. "바보같이 난 잠자코 열쇠를 건네줬어요."[99] 도라가 말했다. 피카소는 여자를 버린 뒤에도 완전히 놓아주지 않았고, 그림과 집, 자신이 준 선물까지 언제나 자기 것인 양 행동했다. 피카소와 질로가 메네르브에 오래 머물지는 못했다. 피카소의 젊은 새 연인은 전 연인의 집에서 마음이 편치 않았고, 무엇보다 전갈을 참아내지 못했다. 메네르브를 떠나면서 피카소는 숙박비를 지불하듯 프랑수아즈 질로와 함께 묵은 도라의 침실을 그린 그림 두

* 1940년에 파시즘에 반대하는 젊은 건축가, 화가들이 버려진 마을 오페드에 올라가 마을을 재건하려 했다.
** 17세기 루이 14세 때 왕립 미술 아카데미에서 뛰어난 미술가들을 뽑아 '로마대상'을 수여하고 로마에 유학을 보내주었다. 18세기부터 건축 분야도 포함되었다.
*** 엘살바도르 출신의 화가이자 건축가. 작가 앙투안 드 생텍쥐페리의 아내였다.

점을 남겨두었다.

증언들을 모아보면 도라가 그 집을 많이 고치지는 않았다. 그녀는 우선 알베르 코닐에게 방 세 개와 욕실 두 개가 있는 3층 수리를 맡겼다. 전면 쪽으로 난 창문에 덧창을 달았고, 피카소가 작은 꽃들과 함께 초록색으로 칠해놓은 욕실의 변좌를 없앴다. "우상 숭배도 정도껏이지." 도라가 말했다. 도라의 말을 전해 들은 피카소는 이렇게 대꾸했다고 한다. "교황의 오줌보다 더 귀한 게 어디 있다고!"

하지만 메네르브의 집은 끝없이 돈을 먹어대는 밑 빠진 독이었다. 매해 지붕과 배관을 손보고 벽에 석회를 다시 발라야 했다. 도라와 함께 손봐야 할 곳을 돌아본 건축업자는 아내나 동료들에게 어처구니없던 그날 일에 대해, 시시콜콜 따지고 들며 비용을 줄이려 애쓰던 도라에 대해, 그리고 그녀의 부정할 수 없는 매력과 저항하기 힘든 목소리에 대해 얘기했을 것이다.

도라는 아무것도 버리지 않았다. 그녀의 보관 자료에는 심지어 건축업자 코닐의 감독하에 1953년까지 아비뇽의 업체들과 메네르브의 석공들이 해낸 작업의 비용 청구서까지 포함되어 있다. 그 뒤로 도라가 다시 코닐을 만난 흔적은 없었다.

니콜라의 아들 제롬 드 스탈은 1970년대에 그 집의 상태가 얼마나 엉망진창이었는지 기억했다. "비가 오면 물이 흘러내려서 계단이 온통 이끼로 덮여 있었어요."

그래도 도라는 거의 마지막까지 메네르브를 찾았다. 기차를 타고 가서 아비뇽역에 내리면 메네르브의 택시기사가 기다리고 있었다. 1980년대부터는 그 기사가 아예 파리로 올라와서 도라를 태우고 갔다. 도라는 외투를 여러 벌 껴입고 물건은 전부 비닐봉지에 넣어 든 채, 그 옛날 피카소의 이스파노 수이자를 타고 갈 때처럼 택시에 올라 메네르브로 향했다.

안 드 스탈은 마을 사람들이 "도라의 집 덧창들을 마치 병자의 눈꺼풀 살피듯 확인했다"[100]고 회상했다. 마을 사람들은 도라의 모빌레트가 포도밭 가운데를 지나는 것을 보았고, 나중에는 등이 굽은 도라의 그림자가 그녀의 집 아래쪽에 자리한 노트르담데그라스 성당을 향해 가는 것을 보았다. 하지만 괜히 봉변을 당할 수도 있었기에 용기를 내어 다가가는 사람은 없었다.

# 대리석 가공업자 푸이요

Marbrier Pouillaud
1 avenue du Cimetière, Clamart
Mic 0039

'Pouillaud'가 아니라 'Rouillard'였다! 왜 이렇게 멋대로 썼을 까? 어차피 대리석 가공업자라는 사실이 중요할 뿐 푸이요든 루 이야르든 그녀에겐 상관없었으리라.

그런데 왜 클라마르*의 업자를 골랐을까? 대답은 대리석에 새 겨져 있다. 도라의 외조부모 앙리에트와 쥘 부아쟁이 잠든 가족묘 가 클라마르의 부아타르디외 묘지에 있었다.

시市에서 제1차세계대전 전사자 추모비 제작을 맡긴 것으로 보아 루이야르는 당시 클라마르 일대에서 가장 뛰어난 대리석 가공 기술 자였을 것이다. 제2차세계대전 전사자 추모비 작업도 자연스럽게

* 파리 근교의 남서쪽 도시.

에르메스 수첩의 비밀

그에게 돌아갔다.

1942년 10월에 열린 도라의 어머니 장례식에는 참석자가 많을 수 없었다. 나치 치하 파리에서는 여럿이 클라마르까지 이동하는 것부터 쉽지 않았다. 가족의 오랜 친구 몇 명이 참석했고, 아마도 피카소도 왔을 것이다. 물론 확실하지는 않다. 당시 피카소는 어떻게든 아무 일도 일어나지 않은 것처럼 지내려 했고, 누가 죽어도 죽음을 생각하지 않기 위해 부정하려 애썼다. 묘지까지 왔을 사람은 폴 엘뤼아르, 누슈, 위게트 랑바…… 정도가 전부다.

1969년 2월 3일, 아버지 요제프 마르코비치가 94세를 일기로 세상을 떠났을 때도 도라 곁에는 사람이 없었다. 1950년대에 아르헨티나에서 완전히 귀국한 도라의 아버지는 팔레 도르세 호텔에서 대부호처럼 살았다. 일요일마다 딸을 뤼테시아 호텔로 불러 함께 점심식사를 했고, 그때마다 같은 일이 되풀이되었다. 그는 종업원들 때문에 기분이 상해서 난리를 치는가 하면, 유대인들을 비난하는 신랄한 말들을 쏟아냈다. 하지만 도라는 아버지에게 놀랄 만큼 관대했다. 메네르브로 내려가는 즉시 어린 소녀처럼 아버지에게 엽서를 보냈고, 아버지가 말년에 이르러 제대로 걷지 못하게 되었을 때는 사부아가의 자기 아파트에 와서 지내라고 권하기까지 했다. 요제프 마르코비치도 자기 형편상 그게 낫겠다고 생각했지만 자존심이 허락하지 않았다. 절대로 딸의 집이나 양로원에서 생을 마감하고 싶지 않았던 그는 결국 호텔에서 숨을 거두었다.

1997년 7월 도라의 관이 땅에 묻힐 때 장지까지 온 일행은 채 열 명이 되지 않았다. 이웃에 살던 영국인 부인, 도라를 보살피던 요양보호사, 피카소미술관의 장 클레르와 엘렌 세켈-클랭, 보부르의 관장인 베르네르 슈피스, 화가 레이먼드 메이슨 그리고 마르셀 플레스가 전부였다. 도라가 생전에 자신의 장례를 알리지 말라고 당부하기도 했다. 열흘이 지난 뒤에야 〈르 몽드〉지에 도라 마르의 부고가 실렸다.

이어서 오늘날까지도 사람들에게 상상력과 의혹을 불러일으키는 일이 일어났다.

도라가 죽은 뒤 유서를 찾아야 했다. 도라의 집에서는 아무것도 나오지 않았다. 공증인들이 가진 것은 1958년에 작성한 유언장뿐이었다.[101] 아버지가 법정상속인으로 지정되어 있고, 혹시라도 아버지가 먼저 사망할 경우를 대비해 동 장 드 몽레옹과 다른 두 사제의 이름이 적혀 있었다. 또한 도라는 자신의 영적 스승인 장 드 몽레옹에게 피카소의 판화 한 점과 그림 세 점을 남겼는데, 그 그림 중에는 시인 막스 자코브를 그린 유명한 초상화가 포함되었다. 앙드레 뒤부셰와 테오 레제에게는 피카소의 그림이 들어간 초판본 책들을, 자신이 대모 역할을 했던 두 자녀에게는 돈을 조금 남겼다.

하지만 유언장에 이름이 오른 이들 가운데 사십 년 뒤까지 살아 있는 사람은 앙드레 뒤부셰와 도라가 대모로 후원했던 오데트 남매뿐이었다. 더구나 그 세 사람 모두 '특정유증' 대상자였기 때문에, 공증인은 법적으로 먼 친척 중에서라도 상속권자를 찾아내야만 했다. 족보학 사무소 두 곳이 그 일을 수임했다. 19세기에 설립된 '앙드리보 기록보관소'와 젊은 법률가들이 새로 세운 '들라브르사社'였다. 성공보수는 유산의 25~30퍼센트로 정해졌다. 도라가 소유한 피카소의 그림이 꽤 많았기 때문에 이는 막대한 액수였다.

프랑스에서는 앙드리보 기록보관소가 빠르게 성과를 거두었다. 관례에 따라 도라의 외가 쪽으로 아주 먼 친척 한 명을 찾아낸 것이다. 하지만 크로아티아에서는 수십 명의 마르코비치가 상속권을 다퉜다. 오 년간의 전쟁이 막 끝난 터라 크로아티아의 도시와 마을 들에는 아직 전쟁의 상흔이 가득했다. 보존 자료들도 모두 파괴되었다. 두 사무소에서 유능한 조사원을 파견했다. 양측 조사원들이 성당에서 마주치는가 하면, 한쪽 조사원이 어느 관청을 다녀가면 몇 시간 후에 다른 쪽 조사원이 찾아오곤 했다. 사회면에 실릴 만한 큰 사건이 벌어졌을 때 언론이 특종을 얻기 위해 달려드는 상황과 유사한 사람 찾기가 크로아티아 산간 지역에서 벌어진 것이다. 마침내 들라브르사에서 제일 젊은 조사관이 황금알을 낳는 거위를 찾아냈다. 크로아티아 시골의 외딴 농가에 사는 가난한 농부 아낙이었다. 아흔세 살의 노부인은 온통 검은색 옷차림에 머리에는 숄을 쓰고 부엌에 앉아 있었다. 딸이 프랑스어를 할 줄 알았기에 망정이지 하마터면 유산상속 건에 대해 한마디도 알아듣지 못할 뻔했다. 그녀는 프랑스의 예술가 도라 마르에 대해 아는 바가 없었고, 심지어 피카소가 누구인지도 몰랐다. 하지만 아르헨티나로 돈을 벌러 떠난 건축가 사촌은 기억하고 있었다. 그렇게 하늘에서 황금이 떨어졌다!

그 정도로 큰돈이 걸린 일이면, 더구나 생판 모르는 누군가가 복권에 당첨되듯 그 큰돈을 손에 넣게 되면, 그 정당성과 관련한 의혹이 따르는 법이다. 왜 그들인가? 유산으로 진짜 이득을 보는 사람은 누구인가? 당시 유명한 예술계 인사들이 공개적으로 의혹을 제기했다. 가장 널리 알려진 피카소의 전기작가 존 리처드슨, 유명한 미술품 수집가 하인츠 베르크그륀, 그리고 도라의 마지막 전시회를 연 마르셀 플레스, 세 사람 모두 도라에게서 자기가 죽으면 재산을 성당에 남겨달라는 부탁을 받았다고 주장했다. 그런데 도라가 지정했다는 성당이 16구 관할인지 6구 관할인지 불분명했다. 심지어 파리의 교구는 행정구역과 일치하지도 않았다. 하지만 그들은 포기하지 않고 도라의 진짜 유서가 없어졌다고 주장했다. 도라가 죽고 며칠 뒤에 그녀의 아파트에 밤새도록 불이 밝혀져 있는 것을 봤다는 이웃들의 증언도 나왔다. 집안일을 하러 오던 여자 중 하나는 자기가 너무 많은 것을 안다는 이유로 쫓겨났다는 주장까지 했다. 그러고는 당연히 행적을 감추었다! 결국 도라는 죽고서도 전설을 이어간 셈이다. 그녀는 마지막까지 의문을 남겼다. 이번에도 저주를 받은 걸까? 자기 재산을 노리는 사람들을 경계하던 도라가 옳았던 걸까?

사실 자식도 없는 도라가, 더구나 언제 도둑이 들지 모른다는 생각에 늘 신경을 곤두세웠고 자신이 가진 피카소 그림의 가치를 수시로 추정해보던 그녀가 상속 문제를 분명하게 정리해두지 않았다는 것은 쉽게 믿기 어렵다. 하지만 만일 누군가 도라의 자필 유서를 없앴다면 문에 출입금지 봉인을 하기 전이었거나 아니면 그것을 떼어내던 당일이었을 텐데, 그날 아침 도라의 아파트에는 사람이 굉장히 많았다. 그런 상황에서 비밀이 새어나가지 않게 해내려면 상당히 정교한 노력이 필요했을 것이다. 하지만 무엇을 위해 그렇게 힘든 노력을 했겠는가. 유서가 있든 없든 공증인, 공매인이 받는 감정가에 따른 보수는 그대로다. 유서가 사라져서 이득을 본 쪽은 아흔 살이 넘은 두 여자, 그리고 경쟁 관계의 족보학 사무소 두 곳뿐이었다. 게다가 도라의 아파트에 출입금지 봉인이 쳐지기 전까지 두 여자는 자신들이 상속자라는 사실을 알지 못했고, 두 사무소는 아직 이 일을 수임하지도 않았다.

물론 그 무엇도 배제할 수 없겠지만, 무엇보다 공증인 대신 하느님과 더 자주 대화를 나누던 늙은 도라의 혼란스러운 상태를 고려하지 않을 수 없다. 도라는 모든 것을 경계하면서도 일처리는 뒤죽박죽이었다. 실제로 피카소미술관의 큐레이터가 나서서 챙겨주기 전까지는 여든 살이 넘도록 자기 사진들에 대한 저작권료도 받지 못했을 정도였다! 어쩌면 자기가 유언장을 새로 작성했다고 착각한 채 지냈을 수도 있고, 혹은 실제로 작성했지만 갑자기 정신이 나가 찢어버렸을 수도 있다. 아니면 아예 관심이 없었을 수도 있다. 자식이 없고 남은 가족도 없으니 모든 것이 국가로 귀속되고 피카소미술관으로 간다고 생각했을지도 모른다. 도라는 그것이 싫지 않았을 것이다. 그녀는 정기적으로 전화를 걸어 안부를 물어주는 피카소미술관의 큐레이터들을 좋아했다. 언젠가는 이런 말도 했다. "좀 기다려요. 내가 죽으면 어차피 다 그리로 갈 거잖아요." 그렇게 다시 피카소에게 돌아가는 것이 그녀 평생의 꿈은 아니었을까?

무엇보다, 도라도 자신의 유산을 둘러싼 이 풀리지 않는 미스터리를 무척 좋아하지 않았을까?

에르메스 수첩의 비밀

# 피카소

Picasso

90182 à Cannes

La Californie

4 Vauvenargues

도라 마르의 보존 자료 중 검은색 플라스틱 상자 속에 여권, 운전면허증, 유권자 수첩과 함께 다른 연도의 수첩들이 들어 있다. 수첩들을 비교해보니, 이름들이 도중에 사라지기도 하고 새로 등장하기도 한다. 피카소의 이름은 한참 나중의 수첩들을 여러 번 넘겨본 뒤에야 만날 수 있다. 거의 지워진 상태지만 틀림없이 파블로 피카소다. 칸의 전화번호 90182가 맞고, 4번지 보브나르그 성도 맞는다.* 1950년대 말에 도라는 피카소의 연락처를 다시 알아냈을 것이다. 그를 신앙으로 이끌 생각에 편지를 써서 동 장 드 몽레옹의 의견을 구하던 때였다. 하지만 혹시라도 성미 고약한 감

---

* 피카소는 1955년부터 자클린 로크와 함께 칸의 '빌라 칼리포르니'에 머물렀고, 1959년부터는 프로방스 생트빅투아르산 아래 보브나르그성에서 지냈다.

시인 자클린 로크가 받을까봐 무서워 칸이나 보브나르그로 전화를 걸기는 힘들었다.

ODEON 2844. 피카소의 또다른 전화번호다. 도라는 이 번호를 수첩에 적은 적이 없다. 피카소가 프랑수아즈 질로와 자식들을 낳고 같이 살던 1950년대 초 그의 또다른 연인이었던 한 젊은 공산주의자의 회고록에서 이 번호를 확인할 수 있다.

ODEON 2844. 피카소와 헤어진 뒤에도 도라가 외우고 있던, 도라의 몸에 문신처럼 남아 있던 번호다. 심장에 새겨졌다는 말도 부족하다. 이 번호는 그녀의 모든 세포 속에 생생한 기억으로 새겨져 있었다. 심지어 전기충격 치료를 받은 후까지도!

ODEON 2844. 피카소가 전화를 받는 일은 드물었다. 대부분은 케르베로스처럼 입구를 지키던 친구이자 비서인 사바르테스가 받았다. 도라는 사바르테스를 싫어했고, 사바르테스도 도라를 싫어했다. 사바르테스가 전화를 받으면 도라는 인사도 건너뛰고 더없이 거슬리는 목소리로 퉁명스럽게 할 말을 하거나 아예 말없이 끊어버렸다. 때로 운좋게 이네스가 받기도 했다. 이네스는 도라가 무쟁의 바스트 오리종에서 눈여겨보았다가 피카소에게 추천해서 데려온 가정부였다. 이네스는 오랫동안 도라에게 고마워했지만, 도라라는 별이 희미해지는 것을 지켜보면서 서서히 거리를 두기 시작했다. 도라는 사람들이 은혜를 모른다고, 아니면 자기 앞가림이 먼저인 법이라고 생각했을 것이다.

ODEON 2844. 피카소와의 결별 초기에 도라는 참지 못하고 계속 전화를 걸었다. 밤마다 전화를 걸어 허공에 벨소리가 울려퍼지는 내내 기다렸다. 피카소는 전화를 받지 않았고, 견디기 힘들면 아예 수화기를 내려놓았다. 어차피 누구 전화인지 알고 있을 테니 도라 입장에서는 상관없었다. 그 벨소리를 통해 그녀는 피카소와 프랑수아즈 사이로 파고들었다. 그들을 방해하기 위해 전화벨을 울리고, 비명 대신 전화벨을 울리고, 자신이 고통받고 있다는 사실을 피카소가 계속 떠올리게 하기 위해 전화벨을 울렸다.

도라가 더이상 전화를 하지 않자 오히려 피카소는 도라의 기억에서 자기가 지워지지 않게끔 그녀만이 의미를 이해할 수 있는 기이한 선물을 보내곤 했다. 하루는 사부아가의 아파트로 엄청나게 큰 상자가 왔다. 제임스 로드는 조각상인 줄 알고 흥분했다. 하지만 선물은 피카소가 도라를 앉혀두고 초상화를 그리던 의자와 거의 비슷하게 생긴, 흉하고 불편하기 이를 데 없는 의자였다. 심지어 도라를 그 자리에 묶어두겠다는 듯 밧줄까지 감겨 있었다! 피카소가 선물한 고양이를 마지못해 받았던 것처럼, 도라는 의자도 받아서 보관했다. 피카소의 선물을 버릴 수는 없었다. 피카소는 마치 그녀를 조롱하듯 메네르브로 기도대를 보내기도 했다.

피카소가 사망하고 십 년이 지난 1983년에, 정확한 상황은 알 수 없지만 아무튼 한 캐나다인 의사가 피카소의 집에서 '도라에게'라고 쓰여 있는 작은 상자 하나를 발견했다. 도라에게 연락했지만 답이 없어 결국 그는 상자를 열어보았다. 상자에는 알파벳 P와 D가 새겨진 반지 하나가 들어 있었는데, 반지 안쪽에 작은 못 같은 것이 튀어나와 있었다. 만일 도라가 그 반지를 끼었다면 그 못이 옛날 되 마고에서 도라가 들고 있던 칼처럼 그녀의 손가락에 상처를 입혔을 것이다.

도라는 ODEON 2844에도 칸의 90182에도 더이상 전화할 일이 없게 된다. 다른 이들에게 피카소는 이미 죽은 사람이었지만 도라의 꿈과 묵상 속에는 여전히 살아 있었다. 그녀는 매일 신에게 피카소의 영혼을 구원해달라고 기도했다. 옛 친구들이 자신의 신비주의적 강박을 조롱하거나 안타까워해도 개의치 않았다. 의무를 다하고 있다는 확신이 그녀의 마음에 평화를 안겨주었다.

한편 그보다 세속적인 애도도 이어졌다. 도라는 그림 경매 소식을 모두 챙겼고, 『아르귀스 드 라 프레스』*를 정기구독 하며 피카소와 관련된 기사들을 빠짐없이 확인했다.

---

* 정기구독자들에게 파리에서 발행되는 주요 신문들의 기사를 정리해서 알려주던 언론 모니터링 잡지.

에르메스 수첩의 비밀

# 도라 마르

Dora Maar

11 à Ménerbes

도라와 어떤 관계였는지 미처 알아내지 못한 채 남은 이름들을 더 조사할 수도 있었다. 도라의 미용사에 대해 알아보고, 아라공, 위네, 드아름, 브라크, 자코메티의 행적을 따라가볼 수도 있었다. 하지만 모든 여행이 그렇듯 일단 하나의 여정을 고르고 나면, 혹은 하나의 여정이 정해지고 나면 나머지 풍경까지 모두 살펴보기는 어려운 법이다. 중요한 것은 내가 도라에게, 그리고 메네르브에 이르렀다는 사실이다.

나는 메네르브에 가서 묵었다. 그녀가 살았던 3층 방 바로 위, 4층의 아름다운 방이었다. 그녀의 방과 똑같이 정원으로 창이 나 있었고, 똑같이 무화과나무와 자스민꽃이 눈에 들어왔다. 오른쪽으로 절벽이, 왼쪽으로는 계곡의 포도밭이, 멀리 뤼베롱산이 펼쳐진 전망도 똑같았다.

벽에 걸린 그림 몇 점이 그곳이 도라의 영토임을 말해주지만, 그 집은 이제 미국의 한 재단에 팔린 뒤 완전히 새로 고쳐져 예술가들을 위한 숙소가 되어 있었다. 도라가 지금 이 집의 현대적인 시설과 푹신한 소파, 와이파이, 에어컨을 보면 무슨 생각을 할까?

"건물들 입구에 가면 그곳을 지나다니던, 이제는 사라져버린 사람들의 발소리가 아직도 메아리치는 것 같다. 그들이 지나간 뒤에도 무언가가 계속 진동한다. 그 파동은 점점 약해지지만, 정신을 집중하면 포착할 수 있다." 모디아노의 『도라 브루더』속 구절이 도라 마르의 집에 울려퍼졌다. 나는 더없이 약한 파동이라도 포착해내려고 정신을 집중해보았다. 도라의 아틀리에에 서서 먼 곳을 살피고, 그녀가 타던 모빌레트 주변을 서성거리고, 그녀가 내 꿈에 나오기를 기대했다. 하지만 솔직히 그 어떤 파동도 포착하지 못했다. 속삭이는 소리도, 유령도 없었다. 한밤중에 와이파이가 끊기고 공유기의 불빛이 반짝였을 뿐이다. 도라가 인터넷을 끊기라도 한 걸까?

날이 밝자 옛날 도라의 방에 그랬듯이 방안 가득 빛이 들이쳤다. 도라도 매일 이렇게 환한 아침을 맞이했으리라. 불면과 번뇌의 밤을 보낸 뒤에도 도라는 머리맡에 놓인 묵주를 들고 창가로 가서 무릎을 꿇었다. 그리고 어느 날은 분명한 모습을 드러내고 또 어느 날은 안개 속에서 흐려지는 언덕들을 바라보며 기도했다.

더없이 아름다운 광경을 바라보며 매일 아침 감사 기도를 했다.

> 나 자신도 알지 못하는 내 비밀 속에
> 내가 광기와 공포와 슬픔을 겪은 이 방에
> 살아 계신 당신이 나를 살게 합니다
> 여름날이 깨어납니다
> 광막한 유배지, 하지만 여름입니다
> 태양 가득히 고요한 하늘
> 영혼에 오직 행복뿐인 평화의 영토
> 집으로 돌아가는 아이.[102]

도라의 진짜 모습은 무엇일까? 도라의 삶은 입체파 초상화를 닮았다. 몇 개의 면으로 해체되고, 그중 어떤 면들은 완전히 불투명하다. 서로 다른 시점들이 행적과 관점을 흐트려놓는다. "도라를 바라볼수록 도라가 더 안 보인다. 도라의 운명을 생각할수록 더 이해할 수 없게 된다."[103] 피카소의 전기를 쓴 카탈루냐의 시인 조제프 팔라우 이 파브레가 한 말이다. 그는 이렇게 덧붙였다. "아마도 그녀 스스로 다른 사람이 자기 내면을 들여다보지 못하기를 바랐고, 후세에 스핑크스로 남기를 바랐던 게 아닐까?" 정말로 도라 스스로 바란 일일까? 나는 도라가 쉬지 않고 자기 자신을 찾으려 했다는 생각이 든다. 이 수첩을 따라가면서 나는 여러 명의 도라와 마주쳤다.

제일 처음 만난 도라 마르는 야심 있고 좌파 사회운동에 적극적으로 참여한, 자유롭고 빛나는, 그러나 성마른 성격의 젊은 사진작가다.

두번째는 열정적인 사랑에 빠진 여인, 독자적인 삶을 완전히 포기하고 심지어 종속되어버린, 복종을 즐기며 사랑받지 못하면 고통스러워하는 여인이다.

세번째는 착란을 일으키다가 결국 광기에 빠진 여인이다.

네번째는 정신분석과 종교와 그림의 힘으로 다시 일어선, 내가 가진 1951년 수첩의 주인이다.

다섯번째는 서서히 외부세계와 단절되어 예술과 침묵과 명상 속에 칩거한 여인이다.

그리고 여섯번째, 사람을 피하고 오로지 전화통화로만 세상과 연결된 늙은 도라다. 매력적이다가도 과대망상에 사로잡히고 가끔은 신랄해지는, 때로는 인간을 증오하고 반유대주의를 주장하는 예측 불가의 여인. 나는 도라 마르를 강박관념에 사로잡혀 미쳐버린 늙은 여자로 귀결시키고 싶지 않다. 하지만 그런 도라 마르도 존재했다.

도라를 희생자의 이미지에 묶어두고 싶지도 않다. 피카소가 저지른 가장 가혹한 일은 바로 후세가 도라를 '우는 여인'이라는 모욕적인 이름으로 기억하게 만든 것이다. 정작 도라가 우는 모습을 본 사람은 거의 없었다. 피카소는 또한 도라를 괴롭히고, 버리고, 그런 뒤에도 지배력을 유지하기 위해 멀리서 고통을 안김으로써 그녀를 동정의 대상으로 만들었다. 하지만 도라는 그들이 카페 되마고에서 처음 만난 그날부터 자신의 의지로 스스로를 내던졌고 격정적으로 빠져들었다. 고통 속의 쾌락이 깊이를 잴 수 없는 신비인 게 맞는다면, 피카소에게 그랬듯이 신에게도 도라는 스스로 선택한, 혹은 스스로 부과한 예속 속에서 자유의지를 행사했다. 도라는 이렇게 말했다. "나는 그의 연인이 아니었다. 그가 내 연인이었다."

도라의 수첩이 왜 나에게 왔는지는 알 수 없다. 왜 나였을까? 왜 도라 마르였을까? 도라 마르의 유산을 상속한 이들 중 한 명에게 메일을 보내보았는데, 그 역시 수첩이 왜 사를라에 혹은 베르주라크에 가 있었는지 알지 못했다. 그는 아마도 1998년 경매 때 낙찰받은 사람이 자기가 내놓는 물건이 어느 고집 센 여자의 손에 들어갈 줄은 모른 채로 되판 모양이라고 했다. 그동안 나는 세상에 우연은 없다고 주장해왔다. 설사 모든 것이 바람 속에 흩어진다 해도, 그 또한 바람의 결정이다. 우연은 없다. 공교롭게 두 가지 일이 동시에 일어났을 뿐이다.

처음에 수첩이 우편으로 배송되었을 때, 나는 막 다른 책을 마무리한 참이었다. 알제리에서 태어나 아우슈비츠에서 생을 마감한 증조부대 선조의 삶을 회고한 책이었다. 그리고 수첩의 주인을 찾는 과정에서 내가 제일 먼저 전해 들은 증언은 도라가 말년에 반유대주의자가 되었으며 서가에 『나의 투쟁』까지 꽂혀 있었다는 말이었다. 싫은 냄새를 피하듯이 그냥 밀쳐낼 수도 있었다. 하지만 도라 마르를 어떻게 밀쳐내겠는가! 밀쳐버릴 수 없는 질문들도 있었다. 반파시즘 투사였던 그녀가 대체 어떤 일을 겪으면서 반유대주의자가 되었을까? 도라의 보존 자료에서 한 가지 단서를 찾아냈다. 신에 대해 토로한 긴 글이 있었다. "……화상들이 화가들을 좌지우지하는데, 대부분 유대인인 그 화상들은 미국인 억만장자들의 손안에 있고, 내가 아는 그런 억만장자들 또한 모두 유대인이다. (……) 더는 기독교인 화가를 위한 자리가 없다." 좌절과 원한, 쓰라린 상처, 길을 잘못 든 신앙의 혼합에 중독되어버린 진부한 예가 아닌가. 나는 이런 평범한 증오가 아닌 다른 어떤 것이 나오리라 기대한 걸까?

내가 행한 조사, 내가 던진 질문들과 나의 고집에 대해 도라는 무슨 생각을 할까? 아마도 처음에는 그 수첩이 내 손에 들어왔다는 사실이, 그리고 수첩의 주인을 확인하기 위한 나의 초현실주의적인 도전이 흥미로웠을지 모른다. 하지만 곧 화가 났을 것이다. 도라는 "누군가 나에 대해 글을 쓰는 게 싫다"고 말했다. 그런 글은 "중요하지도 않은 것들을 시시콜콜 모아서 선정적으로 만들 뿐이고, 작가들은 어차피 배신자들"[104]이기 때문이다. 그렇다. 나역시 그런 시시한 것들을 찾아냈다. 일부는 그야말로 가십거리에 지나지 않아 무시해버렸다. 하지만 내가 도라를 배신했다는 생각은 들지 않는다.

"그래서, 이제 도라 마르를 사랑할 수 있겠어?" T.D.가 물었다. 그럴 수 있다. 나는 이성을 잃은, 가까이 지내던 수도사에게 조종당한, 고독과 쓰라린 상처 때문에 증오심을 품은 늙은 여자 말고, 이 수첩을 쓰던 때의 도라 마르를 사랑한다. 그림을 그리고, 외출을 하고, 때로는 혼자 칩거할 수 있었던 도라 마르. 자신의 과거를 의연하게 붙잡고 버티던, 철저하게 자기 자신을 찾으려 애쓰던, 그러면서도 외로움 때문에 약해지곤 하던 도라 마르. 라캉과 함께 앞으로 나아가고 뒤부셰와 깊은 대화를 나누던 도라 마르 말이다. 나는 도라 마르의 나약함 때문에 가슴이 뭉클했고, 도라 마르의 힘에서 깊은 인상을 받았다. 그녀는 분명 사랑보다는 숭배의 대상이 되고 싶어했다. 시간이 가면 사람들이 자기 작품의 진가를 알아볼 거라고 확신했다. 실제로 나 역시 처음에는 도라의 사진작품에 찬탄했지만, 지금은 그녀의 그림들, 수수한 풍경화와 어두우면서도 환한 빛을 발하는 정물화, 점묘법을 사용한 크로키들이 좋다. 그리고 평론가들의 말에 신경쓰지 않고 자기 길을 나아간 도라의 고집이 좋다.

도라의 무덤에도 가보았다. 그곳에 가서 뭘 하려는 건지는 나도 몰랐지만, 아무튼 몇 주 동안 계획한 일이었다. 도라의 이름이 새겨진 화강암 묘석에는 아마도 그녀를 좋아하는 사람들이 가져다

두었을 기념물 두 개가 놓여 있었다. 하나는 기이하게 목이 잘린 불상 조각이었고, 다른 하나는 네페르티티가 새겨진 메달이었다. 다시 궁금해졌다. 어째서 목이 잘린 현자인가? 어째서 파라오의 아내인가? 하지만 곧 내가 온 이유는 그것이 아님을 깨달았다. 나는 그저 수첩 하나만으로 그녀의 세계를 여행할 수 있게 해준 것에 대해 감사 인사를 하고 싶었다.

에르메스 수첩의 비밀

# 지은이 주

1　제임스 로드James Lord, 『피카소와 도라*Picasso et Dora*』, Séguier, 2000.

2　마르셀 플레스Marcel Fleiss, 「게르니카에서 마인 캄프까지De Guernica à Mein Kampf」, '게임의 법칙La Règle du jeu' 웹사이트.

3　마르셀 장Marcel Jean, 『초현실주의 미술의 역사*Histoire de la peinture surréaliste*』, p. 280. 휘트니 채드윅Whitney Chadwick, 『초현실주의 운동 속의 여성들*Les Femmes dans le mouvement surréaliste*』(Chêne, 1986)에서 재인용.

4　파브리스 마즈Fabrice Maze의 다큐멘터리 〈자클린 랑바Jacqueline Lamba〉, SevenDoc, 2006.

5　도라 마르, 「장래의 화가 솔랑주 드 비에브르에게 보낸 편지Lettre à la future peintre Solange de Bièvre」, 1928년 12월, 피카소미술관 보존 자료.

6　앙드레 브르통André Breton, 『미친 사랑*L'Amour fou*』, Gallimard, 1937.

7　안 발다사리Anne Baldassari, 『피카소와 도라 마르: 너무 어두웠다

*Picasso Dora Maar: Il faisait tellement noir*』(Flammarion, 2006)
에서 재인용.

8   도라 마르 보존 자료.

9   앙드레 브르통, 『오브에게 보내는 편지*Lettres à Aube*』, Gallimard, 2009.

10  다큐멘터리 〈자클린 랑바〉, op. cit.

11  아드리앵 보스크Adrien Bosc, 『선장*Capitaine*』, Stock, 2018.

12  제임스 로드, 『피카소와 도라』. op. cit.

13  도라 마르 보존 자료.

14  메리 앤 코스Mary Ann Caws, 『도라 마르의 여러 삶*Les Vies de Dora Maar*』(Thames & Hudson, 2000)에서 재인용.

15  미술사학자 파트리스 알랭Patrice Allain에게 인용 허락을 받았다.

16  자크 겐Jacques Guenne, 『아르 비방*Art vivant*』, 1934년 10월 호. 알리시아 두호브네 오르티스Alicia Dujovne Ortiz, 『시선에 묶인 여인*Prisonnière du regard*』에서 재인용.

17  마르셀 뒤아멜Marcel Duhamel, 『너의 삶을 이야기하지 마*Raconte pas ta vie*』(Mercure de France, 1972)

18  릴리 마송Lily Masson의 증언. 알리시아 두호브네 오르티스, op. cit. 에서 재인용.

19  도라 마르 보존 자료.

20  브라사이Brassaï, 『피카소와의 대화*Dialogue avec Picasso*』, Gallimard, 1969.

21  Ibid.

22  Ibid.

23  클로드 루아Claude Roy, 『우리*Nous*』, Gallimard, Folio, 1972.

24  프랑수아즈 질로Françoise Gilot, 『피카소와 함께 살기*Vivre avec Picasso*』.

25  폴 엘뤼아르Paul Éluard, 『시간은 흘러넘치고*Le temps déborde*』, 디디에 데로슈Didier Desroches라는 가명으로 출간한 시집, Cahiers d'art, 1947.

26  빅토리아 콤발리아Victoria Combalía와의 전화 인터뷰, 『아르 프레

스Art Press』, 1995년 2월 호.

27  롤런드 펜로즈Roland Penrose, 『피카소, 그의 삶과 그림*Picasso. His Life and Work*』, 1958년 초판, 1961년 프랑스어판(Grasset).

28  클로드 모리아크Claude Mauriac, 『앙드레 지드와의 대화*Conversations avec André Gide*』, Albin Michel, 1990.

29  장 주네Jean Genet, 모리스 토스카Maurice Toesca에게 보낸 편지, 1944년 3월 말. 에리크 마르티Éric Marty, 『문학적 참여*Engagement littéraire*』, 에마뉘엘 부쥐Emmanuel Bouju 엮음(Presses universitaires de Rennes)에서 재인용.

30  프랑수아즈 지루Françoise Giroud, 『늘 행복할 수는 없다*On ne peut pas être heureux tout le temps*』, Fayard, 2001.

31  앙드레루이 뒤부아André-Louis Dubois, 『우정의 별자리 아래*Sous le signe de l'amitié*』, Plon, 1972.

32  도라 마르 보존 자료.

33  빅토리아 콤발리아, 『도라 마르*Dora Maar*』, Circe, 2013.

34  콕토Cocteau, 『일기*Journal*』.

35  콕토, 『존재하기의 어려움*La difficulté d'être*』, 1947.

36  『피카소-콕토 서한집, 1915~1963년*Picasso Cocteau Correspondance, 1915~1963*』, Galliamrd, 2018.

37  앙리 소게Henri Sauguet, 『음악, 나의 삶*La Musique, ma vie*』, Séguier, 1990.

38  막스 자코브는 1938년 가톨릭 지식인들과 함께 「스페인 지식인들에게 고하는 선언」을 발표하며 프랑코 정권에 지지를 표했다. 클로델이 서명했다는 얘기를 듣고 별생각 없이 결과도 가늠해보지 않은 채 한 행동이었다.

39  『피카소-콕토 서한집, 1915~1963년』, op.cit, 1945년의 편지.

40  페르낭드 올리비에Fernande Olivier, 『내밀한 추억*Souvenirs intimes*』, Calmann-Lévy, 1988.

41  고인의 유언에 따라 1949년 생브누아쉬르루아르 묘지로 이장되었다.

42  미레유 칼그루버Mireille Calle-Gruber, 『클로드 시몽, 기록해야 할 삶*Claude Simon, une vie à écrire*』, Seuil, 2011.

43  클로드 시몽 보존 자료, 1989년 3월 14일~1990년 9월 29일. 미레유 칼그루버, 『클로드 시몽, 기록해야 할 삶』, op. cit.에서 재인용.

44  미레유 칼그루버, 『클로드 시몽, 기록해야 할 삶』, op. cit.

45  안 발다사리, 『피카소와 도라 마르: 너무 어두웠다』, op. cit.

46  시몬 드 보부아르, 『사물의 힘La Force des choses』, vol.1, Gallimard, 1963.

47  피카소의 조카인 화가 자비에 빌라토Javier Vilato가 미술사학자 빅토리아 콤발리아에게 들려준 이야기이다. 빅토리아 콤발리아, 『도라 마르』, op. cit.

48  프랑수아즈 질로, 『피카소와 함께 살기』, op. cit.

49  마들렌 리포Madeleine Riffaud의 시 「총을 든 여인들Femmes avec fusils」.

50  제임스 로드, 『피카소와 도라』, op .cit.

51  '자크 라캉의 알려지지 않은 모습들', 어느 익명의 환자가 남긴 1952년부터 1966년까지의 이야기, 롤랑 자카르Roland Jaccard의 블로그 leblogderolandjaccard.com.

52  제라르 밀러Gérard Miller의 다큐멘터리 〈라캉과의 약속Rendez-vous chez Lacan〉, Montparnasse, 2011.

53  자크알랭 밀러Jacques-Alain Miller, 자크 라캉의 책 『종교의 승리 Le Triomphe de la religion』(Seuil, 2005) 소개글.

54  제임스 로드, 『피카소와 도라』, op. cit.

55  니콜라스 폭스 웨버Nicholas Fox Weber, 『발튀스Balthus』, Knopf, 1999.

56  지그문트 프로이트Sigmund Freud, 「도라, 히스테리 분석의 단편 Dora, Fragment d'une analyse d'hystérie」, Payot, 1905, 2010.

57  피에르 레Pierre Rey, 『라캉과 함께한 한 계절Une saison chez Lacan』, Robert Laffont, 1989, p.174.

58  제롬 페뇨Jérôme Peignot, 『거울 속 초상화들Portraits en miroir』, Les Impressions nouvelles, 2017.

59  엘렌 미셸-볼프롬Hélène Michel-Wolfromm, 『그것Cette chose-là』, Grasset, 1969.

60   프랑수아즈 질로, 『피카소와 함께 살기』, op. cit.

61   로랑스 베나임Laurence Benaïm, 『마리로르 드 노아유, 기이함의
     자작부인Marie-Laure de Noailles. La vicomtesse du bizarre』,
     Grasset, 2001.

62   제임스 로드, 『피카소와 도라』, op. cit.

63   존 리처드슨John Richardson, 『마법사의 도제The Sorcerer's
     Apprentice』, Knopf, 1999.

64   네드 로럼Ned Rorem, 『멈출 때를 알기, 회고록Knowing When to
     Stop, a Memoir』, Open Road Media, 2013.

65   미셸 피투시Michèle Fitoussi, 『헬레나 루빈스타인, 아름다움을 발명
     하는 여인Helena Rubinstein. La femme qui invente la beauté』,
     Grasset, 2010.

66   제임스 로드, 『피카소와 도라』, op. cit.

67   『르뷔 아르Revue Art』 1956년 11월 호.

68   프랑수아즈 질로, 『피카소와 함께 살기』, op.cit.

69   아리아나 스타시누풀로스 허핑턴Ariana Stassinoupoulos Huffing-
     ton, 『피카소, 창조자와 파괴자Picasso, créateur et destructeur』,
     Stock, 1989.

70   미술사학자 다니엘 르콩트Daniel Le Comte가 수집한 증언, 『수배
     문: 앙드레 마르샹Avis de recherche: André Marchand』, Cospi
     Vidéo, 2007.

71   『라이프Life』, 1947년 10월 13일.

72   프랑수아즈 질로, 『피카소와 함께 살기』, op. cit.

73   다니엘 르콩트, 『수배문: 앙드레 마르샹』, op. cit.

74   존 리처드슨, 『마법사의 도제』, op. cit.

75   제임스 로드, 『피카소와 도라』, op. cit.

76   장 빈데르Jean Binder, 『뤼시앵 쿠토, 초현실주의의 이면Lucien
     Coutaud, l'Envers du surréalisme』.

77   콕토, 『일기, 1942~1945년Journal 1942~1945』, Gallimard, 1989.

78   장 위고Jean Hugo, 『기억의 시선Le Regard de la mémoire』, Actes
     Sud, Babel, 1989.

79 클로드 아르노Claude Arnaud, 『콕토*Cocteau*』, Gallimard, 2003.

80 빅토리아 콤발리아와의 전화 인터뷰, 『아르 프레스』, op. cit.

81 롤런드 펜로즈, 『피카소, 그의 삶과 그림』, op. cit.

82 폴 뒤부셰Paule du Bouchet, 『사라진 여인*Emportée*』, Actes Sud, 2011.

83 폴 뒤부셰, 『땅 위에 서서*Debout sur la terre*』, Galliamrd, 2018.

84 앙드레 뒤부셰André du Bouchet, 「불과 미광Le Feu et la lueur」, 『빈 열기 속에서*Dans la chaleur vacante*』, Mercure de France, 1962.

85 알리시아 두호브네 오르티스와의 인터뷰. 『시선에 묶인 여인』, op. cit.

86 제임스 로드, 『피카소와 도라』에서 재인용.

87 스테판 레비 쿠엔츠Stéphan Lévy Kuenz의 책, 『피카소 없이*Sans Picasso*』(Manucius, 2017)의 맺는말.

88 『르 푸앵Le Point』, 2007년 1월 24일.

89 로랑스 베나임, 『마리로르 드 노아유, 기이함의 자작부인』, op. cit.

90 『레 카이에 데 세종Les Cahiers des saisons』, 34호, 1963년 5월.

91 도라 마르 보존 자료.

92 제임스 로드, 『피카소와 도라』, op. cit.

93 타니아 푀르스터Tania Förster, 『도라 마르, 피카소의 우는 여인*Dora Maar Picassos Weinende*』, Europaische Verlagsanstalt, 2001.

94 『발튀스의 회고록*Mémoires de Balthus*』, 알랭 비르콩들레Alain Vircondelet 편, Le Rocher, Poche, 2016.

95 피에르 레리스Pierre Leyris, 『기억을 위하여*Pour mémoire*』, Certi, 2002.

96 동 장 드 몽레옹Dom Jean de Monléon, 『선지자 요나에 관한 해설*Commentaire sur le prophète Jonas*』, Nouvelles Éditions latines, 1970.

97 도라 마르 보존 자료.

98 프랑수아즈 질로, 『피카소와 함께 살기』, op. cit.

99 제임스 로드, 『피카소와 도라』에서 재인용.

100 스테판 레비 쿠엔츠의 책, 『피카소 없이』의 맺는말, op. cit.

101 미술사학자 빅토리아 콤발리아가 이 유언장을 보았고 『도라 마르』에 수록했다.

102 메리 앤 코스, 『도라 마르의 여러 삶』, op. cit.에서 재인용.

103 빅토리아 콤발리아, 『도라 마르』, op. cit.에서 재인용.

104 존 리처드슨, 『마법사의 도제』, op. cit.

# 감사의 말

이 책을 피카소의 친구이자 전기작가였던 존 리처드슨에게 바친다. 그는 나를 반갑게 맞아주고 너무도 소중한 조언을 해준 것에 제대로 감사 인사를 할 틈을 주지 않고 세상을 떠났다.

마르셀 플레스 덕분에 내가 가진 수첩이 도라의 것임을 확인할 수 있었다. 그것 말고도 이 책은 그에게 많은 것을 빚지고 있다.

나를 신뢰해준 클로드 피카소, 실비 보티에, 아니 마일리스 그리고 장 루이 카에르와 앙투안 들라브르에게도 감사한다.

수첩의 인물들 중 마지막 생존자인 에티엔 페리에에게 깊은 감사를 전한다.

내 편이 되어준 아를의 안 카르팡티에에게 감사한다.

메네르브에 있는 메종 도라 마르의 그웬 스트로스, 영화감독 파브리스 마즈, 갤러리 운영자인 로라 페쇠르에게 감사를 전한다.

심리학의 세계로 이끌어준 자클린 오장드르, 필적감정의 세계로 이끌어준 세르주 라스카르에게도 감사한다.

오브 브르통, 앤서니 펜로즈, 제롬 드 스탈, 클로드 사로트, 마들렌 리포, 아르망드 퐁주, 미셸 샤방스, 폴 뒤부셰, 비올렌 므뉘브랑툼, 장 빈데르, 에티엔 레리스와 장 레리스, 장마리 마냥, 세르주 브람리, 마르틴 몽토, 리처드 오버스트리트, 제롬 페뇨, 잔 페리에, 다니엘 볼프롬 그리고 르지냥 박사…… 나에게 직접적인 혹은 간접적인 증언들을 제공해준 모든 이에게 감사한다.

로랑 르 봉, 베르나르 블리스텐, 올리비에 베르그뤼엔, 엘렌 세켈 클랭, 델핀 위쟁가, 안 엘브론, 다마리스 아마오, 아만다 매독스, 파트리스 알랭, 메네울드 드 바즐레르, 엘렌 뒤브뢸, 알렉상드르 마르, 장 이브 모크, 파스칼 르 토렐-다비오, 비올레트 앙드레스, 실비 곤살레스와 안 야노버, 로랑 르콩트, 로즈엘렌 이셰, 루이 드 바즐레르, 장폴 루이, M. L.과 E. 무아세, 비르지니 모니에, 요요 마그, 족보학자 장마리 앙드리보, 피에르 니콜라, 파스칼 카질, 플로라 공바르, 그리고 갤러리 1900-2000의 기록 관리를 맡고 있는 로디카 시블레라에게 감사를 전한다.

아를미술관의 큐레이터였던 장 모리스 루케트가 특별히 기억에 남는다.

다른 수첩들을 찾아주거나 나의 연구를 도와준 친구들, 안 클레르그, 아네트 게를라크, 안 샤옹, 프레데리크 말, 수잔나 레아, 식스틴 레옹 뒤푸르, 소피 랑베르 뒤마, 필리프 모로 슈브롤레, 도미니크 파스칼, 스테판 레비 쿠엔츠, 누리아 니에토에게 감사한다.

나의 행운을 믿어주고 이 책을 출간해준 마뉘엘 카르카손, 늘 배려해준 에밀리 푸앵트로에게 감사한다.

'공식 일러스트레이터' 록산 라가슈에게도 고마움을 전한다.

인내심을 갖고 기다려준 나의 진짜 보물들, 피에르와 조제핀이 고맙다.

무엇보다 이 책이 세상에 나온 것은 고맙게도 수첩을 잃어버려준 티에리 드메지에르 덕분이다.

# 옮긴이의 말

이 책은 저자 브리지트 벤케문의 남편 티에리 드메지에르가 오랫동안 아끼던 에르메스 다이어리를 잃어버린 데서 시작한다. 같은 품목이 단종된 탓에 가장 비슷한 것을 이베이에 찾아내는데, 배송된 다이어리의 안주머니에 판매자가 속지를 제거할 때 미처 꺼내지 않은 작은 전화번호 수첩이 들어 있다. 그리고 놀랍게도, 1951년도의 스무 장짜리 작은 수첩 속에는 제2차세계대전 무렵 파리를 빛낸 예술가들의 이름이 한가득 적혀 있다! 아라공, 브르통, 브라사이, 브라크, 발튀스, 콕토, 샤갈, 엘뤼아르, 자코메티, 라캉, 레리스, 스탈, 사로트…… 이 화려한 명단 앞에서 전율하지 않을 사람이 있을까? 그렇다면 이 수첩의 주인은 누구일까? 수첩의 정체를 확인하기 위해 저자는 판매자를 통해 다이어리가 이베이의 빈티지 소품 항목에 오르게 된 경위를 알아보지만, 그 길은 곧 막혀버린다. 그녀는 포기하지 않고 스스로 탐정이 되어 직접 알아내기로 하고 수첩에 적힌 인맥을 통해 미지의 인물을 찾아 나선다. 수첩의 주인이 교류한 인물들 중에는 "초현실주의자들이 많고, 갤러리 운영자들, 캔버스 제작자들도 있다. 이 수첩의 주인은 화가일 확률이 높다." "배관 설비업자와 대리석 가공업자, 의사, 수의사의 번호를 적어둔 것으로 보아 '그 혹은 그녀'는 이 땅에 발을 딛고 살던 사람이다. 그리고 미용사의 연락처도 있다. 분명 여자다!" 이렇게 수첩의 주인이 화가이고 여자라는 추론에 이른다. 마지막으로, 수사 종결에 가장 큰 기여를 한 단서는 '메네르브의 건축업자'라는 이름에서 찾아낸 프로방스의 지명 메네르브다. 1951년에 이 수첩을 사용한 사람은 메네르브에 산 적이 있는 여성 화가, 도라 마르였다!

도라 마르. 본명은 앙리에트 테오도라 마르코비치로, 1907년 파리에서 태어났다. 크로아티아 출신의 건축가였던 아버지를 따라 아르헨티나에서 유년기를 보낸 뒤 파리로 돌아왔고, 사진과 미술을 배우며 도라 마르라는 이름을 쓰기 시작했다. 사진 스튜디오를 열고 패션과 광고 사진으로 명성을 얻었으며, 사회에서 소외된 이들을 카메라에 담은 르포 사진들도 찍었다. 이후에는 초현실주의 예술가들과 교류했고, 바타유의 연인이었고, 극좌파 정치운동

에르메스 수첩의 비밀

에 참여했다. 초현실주의의 영향으로 포토몽타주 등 전위적 기법을 사용하여 독창적인 사진들을 찍었다. 그렇게 초현실주의자들의 뮤즈로 파리 예술계를 활보하던 도라는 1935년에 카페 되 마고에서 피카소를 만나고, 이 년 뒤 〈게르니카〉를 그리는 육 주 동안의 작업을 사진으로 기록하면서 피카소의 '공식적인 연인'이 된다. 이후에도 초상 사진들을 찍기는 했지만, 피카소의 영향으로 카메라 대신 붓을 주로 잡았다.

파리 예술가 사회에서 제왕처럼 군림하던 피카소의 연인이라는 달콤하고 영예로운 자리는 오래가지 않았다. 1943년에 피카소는 젊은 새 연인 프랑수아즈 질로에게 빠졌고, 나치에서 해방된 파리가 활기를 되찾을 즈음 메네르브의 집을 도라에게 '선물'로 준 뒤 완전히 떠나갔다. 그사이 도라는 신경발작을 일으켜 정신병원에 입원해야 했고(그녀의 비극이 많은 사람들이 믿은 것처럼 피카소가 야기한 불안과 고통 때문인지, 혹은 피카소의 주장대로 초현실주의자들의 영향 탓인지, 혹은 필적감정가의 추측대로 유년기부터 어머니와의 관계에 깔려 있던 '유기 공포증'이 야기한 '경계성인격장애' 때문이었는지는 말하기 어렵다), 이후에도 오랫동안 자크 라캉의 정신분석 치료를 받았다. 하지만 도라의 내적 공허는 그대로 남았고, 그 자리는 곧 종교적 열정으로 채워졌다. 이후 도라는 파리와 메네르브를 오가며 살았고, 계속 그림을 그렸고(하지만 그녀의 그림은 평론가들의 환영을 받지 못했고, 스스로도 알고 있었듯이 갤러리들이 그나마 전시회를 열어준 것은 그녀가 가지고 있던 피카소의 그림들 때문이었다), 점점 사회와 단절된 삶을 살다가 1997년 파리에서 사망했다.

어느날 갑자기 손에 들어온 육십 여 년 전의 수첩을 어떻게 할 것인가? 브리지트 벤케문은 무엇보다 수첩에 적힌 이름들이 도라 마르의 삶에서 어떤 의미를 차지했는지 알고 싶어한다. 그래서 인터넷 자료를 비롯하여 관련기사와 서적과 보존 자료들을 뒤지고, 관계된 인물들을 직접 찾아가서 증언을 듣는다. 그리고, "편지로 만든 소설도 있으니, 알고 지낸 이들의 이야기로 전기를 만들지 못할 이유는 없다"는 믿음으로, 도라가 알았던 사람들의 이야기를 통해 그녀의 삶을 한 면씩 재구성해나간다. 그 이 년 동안의 작업으로 일종의 퍼즐 같은 새로운 형식의 전기가 태어난다. 또한 정치적으로는 파시즘과 그에 맞서는 극좌파 운동이 공존하고, 예술적으로는 초현실주의와 큐비즘의 전위적 시도들과 예술가들의 감수성을 옥죄는 전쟁이라는 현실이 함께하던 시대의 문화적 지형도가 완성된다. 저자는 수첩에 적힌 많은 이름을 모두 다루지는 못했고, 명성과는 상관없이 약 마흔 명 정도가 '선정'되는 영광을 누렸다. 우선 저자의 말대로 "모든 여행이 그렇듯 일단 하나의 여정을 고르고 나면, 혹은 하나의 여정이 정해지고 나면 나머지 풍경까지 모두 살펴보기는 어려운 법"이기 때문

에르메스 수첩의 비밀

이기도 하고, 무엇보다 가려져 있던 여인의 내면을 들여다보고 달래주는 데는 "시시한 것들"이 더 큰 의미를 가질 수도 있다는 믿음 때문이다. 때로는 글을 쓰고 있는 저자 자신의 삶과 관련된 것들에 주관적으로 끌려가기도 한다. 그렇게 아라공, 자코메티, 샤갈, 브라크, 차라…… 등이 버려지고 그 대신 도라보다 더 잊힌 화가 앙드레 마르샹이, 심지어 배관 설비업자와 수의사 등이 등장한다. 일반적인 전기와 달리 저자의 상상이 더해질 때도 있다. "내가 그려보는 장면들이 설령 사실과 다르다 해도 충분히 개연성이 있으리라 믿는다"는 고백대로, 그것은 "도라의 삶 그대로라고 말할 수는 없어도, 적어도 도라가 살아간 시대의 삶"이기 때문이다.

물론 수첩 속의 이름들을 따라가는 과정이 쉽지만은 않다. 저자를 괴롭힌 가장 큰 감정은 피카소라는 너무도 강렬한 인간의 광채에 가려진(성적 일탈에 큰 의미를 부여하던 초현실주의적 분위기에서 이름만으로도 도라에게 화려한 후광을 만들어준 바타유도 한몫을 했고, 도라를 종교로부터 떼어내기보다는 오히려 더 깊이 밀어넣었다는 의심을 받기도 하는 라캉의 명성 역시 또다른 그림자였다), 자신의 삶과 예술보다 유명해진 피카소의 그림 속 '우는 여인'의 굴레에 묶여버린 여인에 대한 안타까움과 연민이다. 그래서 브리지트 벤케문은 도라가 피카소를 "카페 되 마고에서 처음 만난 그날부터 자신의 의지로 스스로를 내던졌고 격정적으로 빠져들었다"고, 피카소에게 그랬듯이 신에게도 "스스로 선택한, 혹은 스스로 부과한 예속 속에서 자유의지를 행사했다"고 주장해본다. 심지어 피카소의 죽음 이후 스스로 생을 마감한 마리테레즈나 자클린 로크와 달리, 끝까지 "살아남았다"는 억지에 가까운 주장도 한다. 저자 스스로 유대인이었기에 더 힘들었을 도라의 반유대주의에 대한 분노 혹은 두려움 앞에서는, '마르코비치'라는 성 때문에 늘 유대인이 아님을 증명해야 했던 도라가 (본명 대신 '도라 마르'라는 이름을 쓰기 시작한 것도 이런 상황과 무관하지 않았다) 나치의 위협이 강해질수록 일종의 신경쇠약 상태에서 반유대주의자가 되었다고 믿어보려 애쓴다. 그렇게 저자는 애정과 연민으로 도라 마르의 삶을 끝까지 따라간다. 그리고, "좌파 사회운동에 적극적으로 참여한, 자유롭고 빛나는, 그러나 성마른 성격의 젊은 사진작가" 도라가 아닌, 열정적 사랑의 고통 이후에 "착란을 일으키다가 결국 광기에 빠진" 도라도 아닌, "외부세계와 단절된 채 예술과 침묵과 명상 속에 칩거"하면서 광적인 신앙과 인간 혐오에 빠진 말년의 도라도 아닌, 이 수첩에 밤색 잉크 혹은 연필로 이름들을 써나간 도라를 사랑하게 된다. 그렇게 이 책과 함께, 피카소의 세계를 벗어나 "어두우면서도 환한 빛을 발하는" 자기만의 그림을 그리던 화가 도라 마르, 이따금 약해지기는 했지만 "자신의 과거를 의연하게 붙잡고 버티던, 그러

에르메스 수첩의 비밀

면서도 철저하게 자기 자신을 찾으려 애쓰던" 도라 마르의 초상
을 세상에 내어놓는다.

# 도라 마르 연보

1907년     도라 마르 프랑스 파리에서 출생. 출생 당시의 이름은 앙리에
          트 테오도라 마르코비치Henriette Theodora Markovitch.

1910년     가족이 부에노스 아이레스로 이주

1926년     가족이 다시 파리로 돌아옴. 이때부터 도라 마르라는 가명을
          쓰기 시작. 국립예술학교École des Beaux-Arts, 뤼미에르 영화
          학교 등에서 사진에 입문하고 앙리 카르티에 브레송Henri
          Cartier-Bresson에게 사사한다. 초현실주의 예술가 자클린 랑바
          Jacqueline Lamba와 교유하게 된다.

1929년     파리를 떠나 바르셀로나와 런던을 여행하며 대공황 직후의
          풍경을 사진에 담는다.

1932년     처음으로 잡지(『Art et Métiers Graphiques』)에 사진을 발표
          한다. 첫 개인전이 반더버그 갤러리the Vanderberg Gallery에
          서 열린다.

1932년     시나리오 작가 루이 샤방스Louis Chavance를 만나면서 급진
좌파로 정치적 활동을 전개. 파시즘 반대, 반의회주의적 폭력
에 반대하는 청원에 서명하고 파업 중인 공장에서 벌어지는
마르크스주의적인 활동에도 적극 참여한다. 샤방스를 통해
사상가 조르주 바타유Georges Albert Maurice Victor Bataille를
만나게 되면서 1936년 무렵까지 '바타유의 여자'로 알려진다.
알베르토 자코메티Alberto Giacometti, 루이 아라공Louis
Aragon, 앙드레 브르통André Breton, 폴 엘뤼아르Paul Éluard
와도 어울리기 시작한다.

1935년     파블로 피카소Pablo Picasso와 카페 되 마고에서 만나 이후
공식적으로 그의 연인이 된다. 이후 피카소와 그의 작품들을
사진으로 기록한다. 정신과의사 자크 라캉Jacques Lacan을 바
타유의 친구들과 초현실주의자들이 함께한 '반격' 모임에서
처음 만난다.

1936년     연극 위뷔 로이Ubu Roi를 위해 제작한 콜라주와 포토몽타주
작업이 파리의 샤를 라통 갤러리의 '초현실주의 오브제'전과
런던 '국제 초현실주의'전에서 대중에게 공개된다. 같은 해
뉴욕 현대미술관MoMA에서 열린 '환상주의, 다다, 초현실주
의'전에도 참가한다. 미국 사진가 만 레이Man Ray의 모델이
된다.

1937년     피카소가 〈게르니카〉 작업을 시작하자 작업의 과정을 역시
사진으로 담는다. 피카소가 도라 마르를 모델로 한 〈우는 여
인〉를 그린다.

1937년     피카소의 조언에 따라 사진을 포기하고 그림을 그리기 시작
한다. 사진가 리 밀러Lee Miller와 무쟁에서 만나 가까이 지낸

리 밀러는 도라 마르의 사진을 여러 장 찍는다.

　　　　를 방문한 프리다 칼로Frida Kahlo de Rivera를 만나 초상

　진을 찍는다.

제2차세계대전 발발

독일군 파리 점령 직전 피카소, 피카소의 새 연인 마리테레즈 Marie-Thérèse Walter와 함께 프랑스 남서부의 루아양으로 이주. 의사로부터 불임 진단을 받는다.

　년　자클린 랑바의 조카 브리지트의 대모가 된다. 그러나 브리지트는 다섯 달만에 사망한다. 정신이상의 초기 징후들이 나타난다. 불교, 카발라, 비교秘教에 관심을 갖는다.

1942년　도라와 다투던 어머니 쥘리 마르코비치가 전화 통화 중에 쓰러져 갑자기 사망한다. 3월 도라 마르는 사부아가로 이사한다.

1943년　피카소는 새 연인 프랑수아즈 질로Marie Françoise Gilot를 만난다.

1944년　도라 마라 최초의 그림 전시회가 열린다.

1945년　피카소와 결별. 잔다르크 병원에 열흘간 입원. 폴 엘뤼아르의 주선으로 자크 라캉으로부터 정기적으로 정신과 상담을 받기 시작한다.

1947년　피카소와 프랑수아즈 질로 사이에서 클로드 피카소가 태어난다.

1951년　이 책에 나오는 에르메스 수첩을 구입한다.

1956년　앙드레 뒤부셰André du Bouchet의 시집에 들어갈 에칭화 네 점을 그린다.

1958년　런던 레스터 갤러리에서 도라 전시회를 연다. 리 밀러와 롤런

드 펜로즈가 개막식에 참석한다.

| | |
|---|---|
| 1963년 | 장 콕토 Jean Maurice Eugène Clément Cocteau 사망 |
| 1964년 | 프랑수아즈 질로 『피카소와 함께 살기』 출간 |
| 1969년 | 아버지 요제프 마르코비치 사망 |
| 1973년 | 피카소 사망 |
| 1977년 | 클로드 피카소와 만난다. 리 밀러 사망 |
| 1990년 | 마르셀 플레스가 도라 마르의 마지막 전시회를 연다. |
| 1997년 | 향년 90세를 일기로 파리 좌안 사부아가에 있는 아파트에서 별세. |
| 2019년 | 파리 퐁피투센터와 런던 테이트모던에서 대규모 회고전 개최. |

지은이 **브리지트 벤케문**

프랑스의 저널리스트이자 작가. 지은 책으로는 『위대한 알베르(Albert le Magnifique)』,
『사진 속 어린 소녀(La petite fille sur la photo)』가 있다. 우연히 손에 넣은 중고 수첩
의 비밀을 2년 동안 끈질기게 추적하여 완성한 이 논픽션으로, 2019년 르노도상(Prix
Renaudot) 후보에 올랐다.

옮긴이 **윤진**

아주대학교와 서울대학교 대학원에서 프랑스 문학을 공부했으며, 프랑스 파리 3대학에
서 박사학위를 받았다. 대학에서 프랑스 문학 강의를 했고, 현재는 전문 번역가로 활동중
이다. 옮긴 책으로 문학이론서인 르죈의 『자서전의 규약』, 마슈레의 『문학 생산의 이론을
위하여』, 소설로는 라클로의 『위험한 관계』, 베르나노스의 『사탄의 태양 아래』, 곰브로비
치의 『페르디두르케』, 모파상의 『벨아미』, 졸라의 『목로주점』, 유르스나르의 『알렉시·은
총의 일격』, 코엔의 『주군의 여인』, 콜레트의 『파리의 클로딘』, 킴 투이의 『루』, 뒤라스의
『태평양을 막는 제방』 등이 있다. 그 외에도 시몬 베유의 『중력과 은총』, 뒤라스의 『물질
적 삶』, 바타유의 『에로스의 눈물』, 모드 쥘리앵의 『완벽한 아이』 등을 옮겼다.

에르메스 수첩의 비밀
도라 마르가 살았던 세계

초판 인쇄  2022년 3월  3일
초판 발행  2022년 3월 23일

지은이  브리지트 벤케문
옮긴이  윤진

디자인  김마리 최미영

펴낸곳  복복서가(주)
출판등록  2019년 11월 12일 제2019-000101호
주소  03707 서울특별시 서대문구 연희로11다길 41
홈페이지  www.bokbokseoga.co.kr
전자우편  edit@bokbokseoga.com
문의전화  031) 955-2696(마케팅)  031) 941-7973(편집)

ISBN  979-11-91114-21-8 03860